햇볕은 쨍쨍 모래알은 반짝

햇볕은 쨍쨍 모래알은 반짝

고윤희 지음

좋은땅

차례

햇볕은 쨍쨍 모래알은 반짝

귀향

　아침에 일찍 일어나 서둘렀기 때문에 소라는 김포공항에 시간적 여유가 있게 도착하였다.

　리무진버스에서 짐을 내려 공항청사 안으로 들어가 예약한 항공사에서 체크인을 하고 큰 캐리어와 배낭이 컨베이어 벨트를 타고 가는 걸 확인하니 마음이 홀가분해졌다.

　에스컬레이터를 타고 가면서 공항 내부를 살펴보았다.

　아침인데도 많은 사람이 분주히 오가고 있었다. 다들 어디로 가는지 자신의 목적지로 가는 항공사를 향해 바쁜 걸음을 내딛고 있었다.

　그동안 숱하게 오간 공항은 올 때마다 마음이 설레었는데 그것은 목적이 여행이었기 때문이었고 오늘은 여행이 아니고 고향에 정착하기 위해 제주도에 가는 길이라 마음이 어수선하고 한편으론 무거웠다.

탑승시간까지 40분이나 남아 있어 간단히 샌드위치를 먹고 커피를 마신 다음 탑승수속을 마쳤다. 기내에 들어가서 좌석을 찾아서 앉고 입고 있던 재킷을 벗어 무릎 위에 올려놓았다.

'이제 고향으로 돌아간다. 아니다, 집으로 간다.

정확히 말하면 친정으로 하차하는 것이다.

어정쩡한 신분으로 내세울 것 하나 없는 상태로 고꾸라지는 중이다. 금의환향하겠노라며 서울로 떠나던 철없지만 당차고 야무진 얼굴은 어디에도 없다.

아, 사람들이 뭐라고 할까.'

다른 부서이지만 식품회사에서 일을 하다 만난 남편은 결혼과 동시에 주식투자를 하고 도박에 빠져들었다. 그러다 다른 회사로 옮겼고 결국 회사도 그만두면서 거짓말을 수시로 하였고 그 과정에서 부부싸움도 많이 하여 결국 이혼을 결심하게 되었다.

아이도 없던 탓에 둘은 결혼 3년 만에 협의이혼을 하였고 남편은 아파트 전세금의 절반을 챙겨 부모가 사는 미국으로 가 버렸다.

소라의 어머니는 처음에는 딸의 이혼에 충격이 컸다. 서울에 있는 대학까지 보내며 뒷바라지를 했고 똑똑하고 야무지고 자존심이 강한 딸이 이혼이라니. 하지만 사위의 사람됨에 실망을 하고 있던 터라 둘의 결정을 어쩔 수 없다고 받아들이고 딸이 타지에서 외롭게 지낼 것을 염려하여 제주에 내려와 같이 살자고 하였다.

소라는 오랜 고민 끝에 귀향하기로 결정하였다.

바다 냄새, 멸치 냄새가 하늘 끝까지 닿던 마을.

이 마을은 예전에는 멸치와 갈치를 중심으로 산업이 형성되었는데 지금은 멸치잡이가 예전만 못하고 갈치배도 기름값과 인건비 상승으로 많이 줄어든 상태였다.

이제는 오히려 숙박, 관광, 음식점업이 대세고 대부분의 마을 주민은 감귤농사, 밭농사를 짓고 있었다.

소라의 친정집은 바다에서 가까운 곳에 있다. 해안도로에서 야자수가 몇 그루 있는 작은 공원을 지나 돌담길 골목으로 들어서서 조금만 가면 하얀 칠을 한 나무 대문이 눈에 띄는 파란 지붕의 집이다.

아버지가 돌아가시기 전까지 정성 들여 가꾸어 계절마다 갖가지 꽃들이 피어나는 마당에는 잔디가 깔려 있고 이제 4월인데 벌써 봉오리를 터트리기 시작한 줄장미가 소라를 수줍게 반겨 주는 것 같았다.

감나무 밑에는 장독대가 있고 수돗가 옆 담에는 오래된 이끼가 붙어 있었다. 청량한 햇빛 아래에서 엄마의 작업복이 바람에 펄럭

펄럭 날려 마치 운동회의 깃발 같았다.

소라는 자기 방에서 짐을 정리하다가 잠시 손을 놓고 어제 일을 생각하였다.

어제 제주공항에 도착하여 짐을 찾고 천천히 끌고 나가는데 환영 라운지에서 '소라 씨!' 하고 크게 부르는 소리가 들려 깜짝 놀라 보니까 한 남자가 '한소라 님의 귀향을 환영합니다.'라고 쓴 팻말을 들고 서 있었다.

그 옆에 모자를 쓴 남자는 차키를 흔들며 윙크를 했다. 어리둥절해하는 소라에게 '가면서 얘기합시다.'라며 두 남자는 소라의 캐리어와 배낭을 하나씩 들고 청사 밖 주차장을 향해 바쁘게 걸었다.

소라는 엄마가 한 말이 그제야 생각이 났다.

'어떤 남자가 너를 마중 갈 것이다. 좋은 사람이니 마음 놓고 짐을 싣고 같이 오너라.'

'아니, 엄마, 무슨 소리야? 나 혼자 알아서 갈 테니까 보내지 말아요.'

'다, 너를 생각해서야. 이 기집애야.'

'아무튼 보내지 말아요. 모르는 사람이랑, 그것도 남자랑 같이 어떻게 집까지 가요?'

소라는 전화를 끊었다. 서른셋, 다 큰 딸을 엄마는 아직도 어린애로 보고 극성맞은 데가 있었다.

'그래서 내 동생은 엄마의 잔소리를 피해 서울 고시촌에서 시험

준비를 하는 걸까?' 하고 생각했다.

　다섯 살 아래 선재는 서울에서 회사에 다니다가 그만두고 집에 내려왔다가 7급 공무원시험을 보겠다며 다시 서울로 올라갔다.

　차를 타고 가면서 두 남자는 자신들은 서울에서 이주해 제주에 정착한 선후배 사이라고 했고 소라의 어머니를 잘 알고 신세를 많이 지고 있다는 말을 했다.

　운전을 하는 현우는 마흔 살, 옆에 앉은 희찬은 서른두 살이었다. 소라도 제 나이와 편하게 갈 수 있게 해 줘서 고맙다는 말을 하고 차창만 바라보았다.

　두 남자는 알아듣지도 못할 랩을 하다가 장난을 치고 서로 탓을 하기도 하고 저녁메뉴에 대한 것을 고민하기도 하였다. 차창 밖을 보며 소라는 언제 봐도 좋은 하늘과 바다라는 생각을 하였다.

　그날 저녁, 엄마는 소라에게 두 남자의 사연에 대해 얘기해 주었다.

　이동통신사를 다니던 현우가 지친 심신을 달래려고 제주에 쉬러 왔는데 그때 제주가 현우를 자석처럼 강하게 끌어당겼고 '자신의 몸과 영혼이 진정으로 정착할 곳은 여기, 제주도.'라는 결정을 과감하게 내리게 되었고 직장에 다니는 아내와 어린 아들은 잠시 서울에서 살게 하고 혼자 퇴직금과 저축한 돈에 대출도 받아 소라네 집 앞에 둥지를 틀었다.

　앞집은 할머니 혼자 사셨는데 사업을 하는 아들이 목돈이 급해서 집을 급매물로 현우에게 시세보다 싸게 팔았고 할머니는 아들이 사는 집으로 가셨다.

현우는 인테리어디자이너인 후배 희찬을 불러 도움을 청하였다. 두 남자는 낡은 지붕을 고치고 집의 기둥과 보, 벽은 살리면서 실내를 모두 터서 최소한의 개조를 하는 공사를 하였고 담장도 허물어 바다가 보이게 하고 마당도 예쁘게 꾸몄다. 그리고 본채와 연결하면 기역 자 모양이 되는 집 뒤의 창고를 개조해 그들의 거처를 만들었다. 테이블, 의자와 주방 집기를 들이고 자리를 배치하고 온갖 신경과 정성을 쏟아 예상보다 시간이 많이 걸린 후에야 간판을 걸 수 있게 되었다.

그러는 동안 뒷집에 혼자 사시는 소라 엄마의 도움을 많이 받았는데 소라 엄마는 두 사람의 식사와 간식을 챙겨 주고 필요한 것도 빌려주었다. 두 사람도 소라 엄마에게 여러 가지로 도움을 주면서 세 사람은 어느새 서로 없어서는 안 될 사이가 되었다.

한적한 동네의 유일한 카페.

카페의 이름은 '노을'이었는데 그 동네는 바다에 지는 노을이 그 어느 곳보다 아름다웠다. 카페 안에서도 바다에 떠 있는 작은 섬을 볼 수 있고 그 풍광이 빼어났다. 마당에는 큰 파초 아래 철재로 된 테이블이 세 개 놓여 있었다.

소라는 자기의 이삿짐이나 다름없는 짐을 실어다 준 두 사람에 대한 감사의 표시로 해물전을 부쳐서 가져갔다.

실내는 별로 넓지 않았지만 소라가 보기에 꾸민 듯 꾸미지 않은 카페가 맘에 들었다. 감각이 있다고 느꼈다. 한쪽 벽면에 노출된 돌담과 목재로 꾸민 인테리어, 열린 주방에 쓰인 철 소재가 분위기를 만들어 내고 있었다.

카페사장 현우는 영업 준비를 하다가 소라를 보고 반갑게 맞이했고 희찬은 소라가 가져온 해물전을 보고 좋아서 정신을 못 차렸다.

현우는 커피와 쿠키를 내어 주며 언제든 와서 마셔라, 특별히 소라에게는 공짜라며 너스레를 떨었다.

"카페가 맘에 들어요. 단순 깔끔한 분위기라 젊은 사람들이 좋아하겠어요."

"네, 젊은 여행객들이 어떻게 알고 찾아오는지…. 현지인 손님도 많아요. 한번 왔다 가면 또 친구를 데리고 오고요. 여기서 보는 바다풍경이 예쁘다고 좋아하더군요."

옆에서 희찬이 거들었다.

"바로 저 바다풍경을 거액을 주고 산 셈이죠."

소라가 말했다.

"여기서 어린 시절을 보냈고 이후에는 휴가와 명절 때만 왔는데 그렇게 예쁘고 좋은 풍경인 줄 몰랐어요."

현우가 말했다.

"그게 바로 등잔 밑이 어둡다는 것이죠. 너무 가까이 있으면 좋은 것도 못 알아봐요."

"우리 동네에 이런 예쁜 카페가 있어서 좋아요. 엄마도 아주 좋아 하세요."

"운이 좋았죠. 자연과 가까이 하는 생활을 꿈꿨는데 꿈이 이루어 졌어요. 이렇게 되기까지 정말, 소라 씨 어머님이 많은 도움을 주셨 어요."

소라가 앙증맞게 생긴 쿠키를 하나 먹고 커피를 마시는 사이 벌써 손님이 여러 명 들어왔다. 오픈한 지 얼마 안 된 아직 이른 시간 인데….

소라가 장사가 잘되는 것 같다고 했더니 후배 희찬의 덕이 크다고 했다. 잘생긴 애가 친화력까지 있어서 손님들이 좋아한다는 것이었다. 인테리어를 도와준 희찬이 서울로 돌아가지 않고 합류하면서 남자끼리 동거 아닌 동거를 하게 되었다고 현우는 덧붙였다.

카페 구석에는 클래식기타가 있었다. 분주히 손을 움직이던 희찬이 언제 한 곡 선사하겠다며 큰 소리로 말했다.

며칠 후 엄마는 아침식사를 하면서 소라에게 앞으로 어떻게 할 생각이냐고 물었다.

엄마는 간호보조 일을 했었는데 농협에 다니는 아버지를 만나고 결혼하면서 그만두었다. 엄마는 결혼하고 일 년 후에 소라를 낳았고 그 뒤에 아들을 낳았다. 그 후로는 이상하게 더 이상 아이가 생기지 않았다.

소라의 친할머니와 할아버지는 대대로 내려오는 밭농사와 감귤 농사를 지었다.

아버지는 결혼해서 시내에 살다가 할아버지가 돌아가셔서 할머니 혼자 계실 때 이 집으로 돌아와 과수원을 물려받아 본격적으로 감귤 농사를 지었다.

아버지는 삼 년 전 과수원에서 집으로 오는 길에 심장마비로 쓰러져 돌아가셨다. 소라네 가족은 그 충격에 한동안 정신이 없었다.

친척들도 하나씩 돌아가셔서 이제 가까운 친척은 몇 명뿐이고 소라의 동년배 친척들은 전국으로, 해외로 흩어져 살고 있다.

이젠 과수원도 모두 빌려주고 임대료를 받고 있어서 생활에 어려움이 없으나 엄마는 여기저기 요청이 들어오는 대로 소일거리로 일을 하고 있었다.

엄마의 물음에 소라는 천천히 할 일을 찾아보겠다고 말했고 엄마는 소라에게 당분간 푹 쉬라고 했다.

소라는 동네에 유일하게 남아 있는 친구 연희를 찾아갔다. 소라는 고등학교부터 시내에서 다녔고 연희는 고등학교를 마치고 엄마를 따라 물질을 하는 젊은 해녀다.

모두가 도시로 떠났지만 연희는 고향을 지키고 동네 사람들의 칭찬을 받으며 행복하게 살고 있다. 연희와 연희 어머니가 물질해서 캐 온 해산물을 재료로 식당을 하고 있는데 남편은 신선한 생선을 구입해서 수족관에 집어넣고 회를 떠서 손님들에게 제공하고 있다. 연희는 벌써 열 살이 된 딸도 있다.

연희 가족은 소라에게 귀향을 축하한다고 말하고 고향에서 재미있게 살자며 축하주를 건넸다.

연희 어머니는 여기서 새로 좋은 남자를 만나라고 말했고 연희는 '혼자 편하게 살아라. 나라면 그렇게 하겠다.'며 호들갑을 떨었다. 모두가 반겨 주어서 소라는 기뻤고 친구가 있어서 든든했다.

동네 사람들은 가끔 자기들끼리 수군대기는 했지만 모두 반겨 주었고 어려운 일이 있으면 언제든 말하라고 하였다. 따뜻한 사람의 정을 느낄 수 있었다.

그러나 집에 돌아와 혼자 자기 방에 있을 때는 외로움과 회한이 몰려왔다. 잘 살아 보려고 했는데 결국 이혼한 자기 처지가 지금 어느 위치에 있는지 모르겠고 아득한 바닷속으로 빨려 들어가는 것 같았다.

엄마에게 미안해하면서도 걱정해 주는 엄마에게 오히려 화를 내고 있었다. 악몽도 자주 꾸었다. 잠이 깨면 더 이상 잠을 이룰 수 없어 불면의 밤이 지속되었고 그럴수록 엄마에게 들키지 않으려고 애를 썼다.

마당으로 나오면 멀리 고기잡이배에서 나오는 집어등 불빛이 아름다웠지만 그에 비해 자신은 집어등 한 개의 빛도 없이 헤매는 눈이 먼 장님 같았다.

어느 초저녁에 잠깐 잠이 들었다가 깬 소라는 집을 나와 잠시 산책을 하였다.

카페 쪽으로 시선을 돌리니 안에는 손님이 서너 명 있고 그들과 떨어진 곳에 있는 카운터에는 아르바이트하는 박 군이 누군가와 통화를 하고 있었다.

소라는 따뜻한 차를 한 잔 마시면 밤에 잠이 올 것 같아서 카페에 들어갔다. 허브차를 주문하면서 사장님과 희찬이 보이지 않는다, 어디 가셨냐고 물으니 한치를 잡으러 갔다고 박 군이 대답했다.

아는 선장님의 부탁으로 한치 잡는 일을 도우러 배를 타고 바다에 갔다는 것이었다.

한치가 한창일 때라 밤마다 집어등을 켠 배들이 바다를 가득 메웠고 조명등을 켜 놓은 것처럼 무수한 빛을 발하고 있었다. 요즘 이 동네는 한치를 말리는 덕장에도, 도로가에도 수많은 한치가 빨래처럼 나부꼈다.

소라는 차를 마시고 카페를 나섰다. 얼굴에 스치는 바닷바람이 시원하였다.

다음 날, 카페사장 현우가 싱싱한 한치 한 상자를 소라 엄마에게 주고 갔다. 카페 뒷마당에는 빨랫줄에 한치가 가득 널렸고 밑에서 고양이가 쳐다보고 있었다.

담장 너머로 이 모습을 물끄러미 보고 있던 소라에게 현우가 말했다.

"참 싱싱하죠? 연한 게 마치 아기 피부 같지 않나요?"

"말려서 뭐 하려고요?"

"뭐 하긴요, 먹으려고요. 약간만 말려서 구우면 입안에서 부드럽고 고소하게 씹히는 게 맥주와 찰떡궁합이죠. 안주로 최고예요. 요즘엔 예전처럼 많이 잡히지 않아서 아쉽지만, 하하하."

"어제 밤새 잡느라 힘드셨을 텐데…."

"힘들지만 대자연이 꿈틀대는 소리를 들으며 바다가 내주는 싱싱한 보물을 만나면 경이로워서 힘든 것도 잊어버려요. 더구나 요즘 최고로 치는 한치 아닙니까? 하하하. 언제 같이 한잔합시다."

옆에서 희찬이 한 술 더 떴다.

"이때만 나오는 한치에 우리가 환장하죠. 안주로 딱!"

희찬이 딱! 하는 부분에서 손가락을 부딪쳐 경쾌한 소리를 냈다.

저녁때 소라와 엄마는 한치물회를 만들어 먹었다. 엄마는 한치를 갖다주는 현우가 마치 아들 같다고 하였다.

낮에는 더운 기온을 나타내는 요즘, 저녁에 먹은 한치물회는 새

콤 매콤하니 시원하고 맛이 있었다.

소라는 마을 주민센터에 전입신고를 하러 가려고 창고에서 자전거를 꺼내어 닦았다.

소라네 집에서 주민센터는 한참 떨어진 곳에 있었다.

자전거를 타고 해안도로를 따라가다 보니 걸어가는 사람들, 벤치에 앉아 쉬는 사람들이 계속해서 보였다. 그들은 풍경을 보거나 사진을 찍거나 앉아 쉬면서 얘기를 나누거나 음료수를 마시고 있었다.

바다풍경이 예쁜 이 동네에 요즘 들어 부쩍 여행객이 늘었다는 말을 들었다. 해안도로를 걷는 사람들은 바다에서 물질을 하는 해녀들의 모습을 신기한 듯 보면서 사진을 찍었다.

오랜만에 물질하는 모습을 본 소라도 자기도 모르게 자전거를 세우고 한참 동안 보았다.

주민센터에 도착하여 전입신고를 하고 주민등록표를 떼어 보았다. 엄마와 자신이 표시되어 있는 것을 보니 기분이 묘하였다. 짧지 않은 기간 남편이 세대주고 자신은 배우자로 표시되었었는데 이젠 정말 짝 없이 홀가분한 독신으로 돌아와 있었다.

소라는 한숨을 쉬며 밖으로 나왔다. 무심히 왼쪽으로 고개를 돌렸는데 주민센터 출입구 유리창에 포스터가 붙어 있는 것을 보았다.

'우리 마을 바로 알기'라는 프로그램을 알리는 포스터였다. 유심히 보고 있으니까 직원이 다가와 마침 한 사람 자리가 비어 있으니 신청하라며 설명을 해 주었다.

이 마을 출신의 퇴직교사가 만든 프로그램으로 그분이 해설과 진행을 맡아서 하는데 이 외에도 여러 가지를 기획 중이라고 하였다. 이번이 첫 모임으로 '자연환경'이 주제이며 일만 원의 참가비만 내고 일주일 후에 점심도시락을 챙겨 여기로 오면 된다는 것이었다.

소라는 포스터에 나온 곳을 예전에 친구들과 가 봤지만 다시 한 번 보고 싶고 마침 할 일도 없던 터라 신청하고 나왔다.

소라는 자전거를 탄 김에 읍내 여러 곳을 구경해 보기로 하였다.

주민센터를 기점으로 산 쪽은 과수원과 밭이고 바다 쪽은 관광지와 주거지, 상업지역이다.

그동안 친정에 올 때는 길게 있어 봐야 이틀 밤만 자고 갔기 때문에 마을을 건성으로 볼 수밖에 없었다.

남편은 처음에는 처가에 오는 것을 좋아하다가 갈수록 빨리 돌아가고 싶어 하는 눈치였다. 친정에 온 소라의 기분보다 그의 머릿속에는 늘 친구와 술만 있었다.

소라는 자전거 페달을 밟으며 신나게 달렸다. 소라의 옆으로 렌터카가 쌩하니 지나갔다.

돌로 비석을 깎고 조각하는 석 공방은 아직도 그 자리를 지키고 있으며 지금은 아들이 대를 이어 하고 있다.

초등학교와 우체국을 지나고 새로 단장한 버스정류장에는 오일장에 왔다 가는 할머니들이 버스를 기다리며 앉아 있었다.

소라는 편의점 앞에 자전거를 세우고 한라산수를 하나 사서 한모금 축였다. 옆은 미용실인데 안에는 파마를 한 두 여인이 앉아 있었다. 소라는 다시 자전거에 올랐다.

부쩍 늘어난 음식점과 예쁜 카페와 가게가 있고 관광농원 주차장에는 단체버스에서 관광객이 내리고 있었다.

여기저기 펜션과 게스트하우스 입구임을 알리는 간판들이 보이고 멀리 호텔도 보였다.

마을이 전보다 건물도 많아지고 골목을 반듯하게 펴서 도로가 새로 생기고 넓어지고 거리도 깨끗해졌다.

하지만 예전 모습을 기대한 소라에게는 관광의 편리함만 좇는 이 모습이 자신의 어릴 적 추억을 송두리째 없애 버린 것 같아 한편으론 섭섭하였다.

제주공항에서 집으로 오는 동안에도 그새 또 달라진 거리와 풍경이 생경하기만 하였다.

당근 파종을 위해 퇴비를 뿌리는 밭 사이의 길로 접어들어 소라는 힘껏 페달을 밟아 집으로 돌아왔다.

어젯밤에 연희가 소라에게 자기 식당에 백수의 손을 보태라고 전화를 했고 오늘 아침에도 전화를 해서 소라는 자전거를 타고 연희 네 식당으로 갔다.

곧 점심때라 인근 호텔에서 단체여행객이 들이닥칠 거라고 하였 다. 점심일정에 착오가 생긴 관광단이 어제저녁에 미리 예약을 해 서 다행이지만 52명의 식사를 차려 내야 하는 것이었다.

연희는 한꺼번에 많은 손님이 들어온 적이 없어서 조금 당황한 모양이었다. 연희와 남편과 어머니는 주방에서 음식을 준비하느라 정신없이 바쁘게 움직였다.

연희는 소라를 보자마자 안심한 표정으로 앞치마를 입히며 서빙 해 줄 것을 재차 부탁하였다.

돼지수육과 갈치구이와 성게미역국이 점심메뉴였다.

먼저 물병에 물을 채워 놓고 기본 찬을 각 탁자에 세팅하고서 한 숨 돌리고 있는데 알록달록한 옷에 모자를 쓴 손님들이 한꺼번에 들어오기 시작하였다. 잠시 후 식당 안은 손님들로 가득 찼고 음식 이 차려지고 식사를 하고 시끌벅적한 게 마치 잔칫집 같았다.

소라와 연희가 주방과 홀을 왔다 갔다 정신없이 수십 번 하고 나 서야 손님들도 디저트인 아이스크림까지 맛있게 먹고 만족해하며 관광버스를 타고 떠났다.

소라와 연희는 힘들다고 하면서도 해낸 기쁨에 하이파이브를 하 며 깔깔 웃었다.

"이런 경우는 식당 하면서 처음이야. 네가 도와주지 않았으면 큰일 날 뻔했어. 정신없었지?"

"이렇게 많은 음식을 어떻게 다 준비했어? 깜짝 놀랐어. 밤새운 거 아니니? 너희 부부 정말 열심히 사는구나."

"매일 밤새워도 좋으니 돈만 많이 벌었으면 좋겠다."

"지금도 많이 벌고 있으면서 욕심은, 이 기집애야."

둘은 마주 보며 웃었고 연희 남편도 빙그레 웃었다.

연희는 수고비로 돈 봉투를 준비하여 소라에게 주었고 소라는 지금 자기가 백수라서 고맙게 받는다며 흔쾌히 받아 옷 주머니에 넣었다.

마침 그때, 현우가 연희 남편에게 전화를 해서 오늘이 카페 3주년이라 빨리 영업을 끝내고 조촐하게 한잔하려고 하니 저녁때 모두 모이라고 하였다.

카페 마당에는 돼지고기 굽는 냄새가 구수하게 퍼져 있고 희찬과 박 군이 열심히 고기를 굽고 있었다.

소주잔에 술을 채우고 축하건배를 하고 나서 고기도 먹고 술도 한두 잔 하니 서로 이야기꽃을 피우며 모두들 흥이 올랐다. 고기로 배가 적당히 부르자 다음엔 한치구이에 맥주가 이어졌다.

술이 센 현우와 연희 남편은 주거니 받거니 하며 잔을 돌렸고 이런저런 이야기를 하다가 급기야 무개념 개발과 자연훼손에 대한 비판에 열을 올렸다.

연회와 희찬은 동시에 서로 얼굴을 보고 고개를 저으며 '또 시작이네.'라고 하고는 씁쓸하게 미소를 지었다.

맥주는 시원했는데 소라의 가슴은 뜨거워지는 것 같았다. 비슷한 나이의 사람들이 같은 동네에 살고 있고 이렇게 아름다운 밤에 한자리에 모일 수 있으니 모두에게 행운이라고 생각했다.

마당의 장식등 불빛도 은은히 빛을 내었고 밤하늘에 가득한 별들도 따스하게 빛나고 있었다.

우리 마을 바로 알기 제1탄

소라는 물병과 샌드위치도시락을 배낭에 넣은 후 청바지에 흰색 반팔티셔츠와 흰색 점퍼를 입었다. 운동화를 신고 배낭을 챙겨 자전거에 싣고 집을 나섰다.

아홉 시까지 모이라고 했는데 주민센터 마당에는 이미 색색의 아웃도어 차림을 한 사람들이 삼삼오오 모여서 웅성대고 있었다.

잠시 후 직원이 나와서 다들 모이라고 하고서 해설과 진행을 해주실 분이라며 한 사람을 소개하였다.

머리가 반백인 아저씨가 빨간색 점퍼를 펄럭이며 팔자걸음으로 걸어 나오더니 자기소개를 하였다.

"안녕하세요? 오늘 날씨처럼 화사하게 차려입고 잘 오셨습니다. 에, 저는 고등학교에서 영어교사를 33년 하고 정년퇴직을 한 이철민이라고 합니다. 제 고향을 위해 뭔가 보람된 일을 하고 싶어서 프로그램을 기획하였는데 이렇게 많이 호응을 해 주셔서 고맙습니다.

이번은 우리 마을 바로 알기 제1탄, 자연환경 편으로 먼저 오름을 본 다음에 오래된 마을을 가 보려고 합니다. 인쇄물을 참고하시고 그냥 여러분이 함께 오름에 오르고 마을을 탐방한다는 생각으로 가면 됩니다. 모두들 조심해서 아무 사고 없이 즐거운 시간이 되었으면 합니다."

소라는 아는 얼굴이라 반가우면서도 깜짝 놀랐다. 바로 소라가 중학교에 다닐 때 계셨던 영어선생님이었다. 그때는 40대 후반이었는데 앞에 계신 분은 어느새 나이가 많이 든 중년아저씨였다.

학교에서도 마을에서도 유명한 선생님은 바바리코트를 즐겨 입는 멋쟁이에다 어깨를 거들먹거리며 걸으면서 큰 눈을 부릅떠 아이들과 일부러 눈을 마주치고 뭔가 캐내려는 표정을 하고 있어서 별명이 '형사님'이었다.

선생님이 교실 쪽으로 걸어오면 아이들은 '이 형사가 떴다.' 하며 다들 자기 자리로 뛰어갔다. 때론 무섭기도 하지만 재미있는 선생님이어서 모두 선생님을 좋아하였다.

소라는 선생님 앞으로 가서 인사를 하였다. 소라를 잘 아는 선생님도 반가워하며 '이왕 이렇게 왔으니 오늘 내 옆에서 도와달라.'고 하였다.

소라와 직원은 사람들에게 인쇄물을 나눠 주었다.

선생님이 어디론가 가더니 탐방단을 태울 승합차를 손수 운전하고 와서 마당에 세웠다. 소라가 어떻게 된 거냐고 했더니 차는 선생님이 중고차를 구입했고 사람들이 낸 참가비로 연료를 넣었다고 하였다.

소라는 운전하는 선생님 옆 조수석에 앉았다.

총 15명인 탐방단은 다양한 연령의 사람들이었고 제주로 이주해서 사는 사람이 절반을 넘었는데 이주한 젊은 부부, 은퇴 후 정착한 사람, 그냥 제주가 좋아 휴직하고 와서 사는 사람이었고 나머지는 대학생이었다.

모두 이 마을에 사는 사람들이라고 선생님이 알려 주었다. 소라와 선생님은 이 작은 마을에 생각보다 이주민이 많음에 놀랐다. 그동안 신문과 방송에서 보고 알고는 있었지만 바로 옆에서 봐도 이상하게 실감이 나지 않았다.

선생님이 말했다.

"그들도 제주도 사람만큼 제주를 사랑하고 진심으로 제주를 좋아하는 게 아닐까?"

소라는 고개를 끄덕이며 그런 것 같다고 말했다.

그들 외에는 방학을 맞아 집에 온 대학생과 귀향한 사람인 소라 였다.

들판을 달리고 달려 점점 북쪽으로 가니 오름이 보이기 시작하고 어느새 차는 입구 주차장에 멈춰 섰다. 주차장에는 렌터카를 몰고 온 사람들이 많았다.

선생님이 팀원들을 향해 외쳤다.

"자, 이제 다 왔습니다. 오름에 대한 설명은 인쇄물에 잘 나와 있 고 우리는 직접 보고 느끼기 위해 왔으니 모두 천천히 걸어가면서 오름을 탐험해 봅시다."

모두들 환호하며 박수를 쳤다.

탐방을 위해서인지 날씨도 덥지 않게 청명함을 보였고 푸르른 나 무들도 더욱 싱그러웠다.

나무가 우거진 숲길을 걸어 올라가니 친구끼리 연인끼리 가족끼 리 모두 즐거워 보이는 얼굴의 사람들이 있었다.

완만한 능선을 따라 오르다 이마에 땀방울이 맺히기 시작하자 어 느새 물이 고인 분화구가 보여 이채로운 풍경을 보여 주었다. 높은 능선에 서서 보면 멀리 한라산이 보이고 바다도 보이고 밭과 들판 이 넓게 펼쳐진 모습이 가히 장관이었다. 시야가 사방으로 트여 있 어 시원했다.

선생님이 간략하게 설명을 해 주었는데 설명을 듣고 모두 사진을 찍느라 정신이 없었다. 중심부로 내려가니 분화구에 물이 고인 곳이 있어서 다들 신기해했다. 예전에는 더 많은 물이 고였는데 이젠 비가 많이 와야만 고인다고 하였다. 이 오름은 시간과 힘을 많이 들이지 않고 오를 수 있어서 이미 사람들에게 사랑받는 명소가 되어 있었다.

어느새 정오가 되었고 오름을 내려와 풀밭에 돗자리를 펴고 점심을 먹었다. 김밥, 샌드위치, 빵, 삶은 감자 등 각자 준비해 온 점심을 먹었다.

선생님은 소라가 싸 온 샌드위치와 회원 중 한 분이 따로 준비한 김밥을 드셨고 커피를 내려 보온병에 가져온 회원은 모두에게 커피를 한 잔씩 돌렸다. 자연의 품에 앉아 웃으며 식사를 하였다.

한참을 쉬고 난 후 탐방단은 차에 올랐다. 차는 다시 들판을 달리다가 읍내에 들어서고 다시 밭과 과수원이 연이어 있는 곳을 달리다 한 산간마을로 접어들었다.

집성촌인지 기와집 몇 채가 무리지어 있고 따로 떨어져 있는 집도 많이 있었다. 소라도 처음 보는 곳이었다. 흡사 오랫동안 고립되어 숨겨진 마을처럼 보였다.

'내가 사는 곳에 이런 데가 있었나?'

하천 양측으로 무성한 가지를 드리운 고목이 수십 그루가 서 있어 흡사 수묵산수화를 보는 것 같았다.

팽나무 군락지였다.

한동안 모두 아무 말도 못 하였다. 고목이 내뿜는 기운에 눌려 감히 함부로 입을 열 수가 없었다.

한참 후에야 여기저기서 탄성이 터져 나왔다.

"이런 곳은 처음 본다. 잘 보존했다."

"제주도에도 이런 곳이 있었나? 제주도 같지 않다."

선생님은 자신이 사랑하는 곳이라면서 '이렇게 자연적으로 팽나무가 군락을 이룬 곳을 찾기 어렵고 수령이 무려 500년 이상이다. 모두 천연기념물로 지정되어 있고 학술적 가치가 매우 높다.'고 설명하였다.

나무 옆에 있는 정자에서 쉬고 있는데 선생님이 어떤 할아버지를 모시고 왔다. 할아버지의 복장이 전통한복에 머리에는 감투와 갓을 쓰고 손에는 부채를 들고 계셨다.

기와집과 수묵화 같은 팽나무에 노인의 모습까지 흡사 시간을 거슬러 조선시대에 와 있는 듯했다.

선생님이 동네 어르신이고 훈장님이라고 소개하였다. 구순이 지나도록 아이들에게 한문과 예절을 가르치는 분으로 사람들로부터 존경을 받으신다고 하였다.

어르신은 동네의 자랑은 팽나무 말고 다른 것도 많이 있으니 보고 가라고 쉰 목소리로 말하고 나서 천천히 걸음을 뗴었다. 모두 어르신에게 인사를 하고 나서 팽나무를 배경으로 사진을 찍느라 분주히 움직였다.

탐방을 마치고 주민센터로 돌아와서 선생님은 다음에 있을 탐방에도 참석해 주기 바란다고 마치는 말을 하였다.

일행은 쉽고 재미있고 유익한 탐방을 한 의미 있는 하루라며 선생님에게 인사를 하였다. 탐방단 일행은 주민센터 마당에서 서로 인사를 나누고 헤어졌다.

선생님이 저녁밥을 사 준다며 소라를 읍내 식당으로 데리고 갔다. 그 식당은 선생님의 제자가 운영하는 곳이었다. 선생님은 가는 곳마다 제자들이 포진해 있어 아주 좋다고 너스레를 떨며 음식을 주문하였다.

소라와 선생님이 이렇게 마주 앉아 식사를 하는 것은 처음이었다. 소라가 먼저 선생님의 근황을 물었다.

'현재 69세. 부인은 2년 전에 췌장암으로 세상을 떠나고 혼자 시내에서 살고 있다. 두 자녀는 서울에 살고 있으며 손주는 3명. 부인을 떠나보내고 허전함, 외로움과 싸우다 우울증이 생길 것 같아 뭔가 해야겠다는 생각에 프로그램을 기획했는데 아주 잘했다고 생각한다. 활기가 생겼고 매일매일 살아 있음에 감사한다.'

회덮밥에 미역국을 먹으면서 선생님이 소라의 근황에 대해 물었고 소라는 사실대로 말했다.

선생님은 안타까워하면서 '그것도 너의 인생이고 앞으로 펼쳐질 인생도 너의 것이니 소중히 하고 네 처지가 어떻든 행복해야 한다.'는 말을 하였다.

선생님이 계산을 하고 나와서 소라를 집까지 태워다 주겠다고 하였고 소라는 차를 대접하겠다며 노을카페에 선생님을 모시고 갔다.

카페에는 손님이 많았다. 현우는 커피를 내리고 있고 희찬은 웃는 얼굴로 주문을 받고 있었다.

소라는 두 사람의 손발이 척척 맞는 걸 보고 왠지 기분이 좋아졌다. 소라가 선생님에게 현우를 소개하니 한가해진 현우는 합석을 했고 그들은 탐방단에 대한 얘기와 소라의 학창 시절의 한 부분에 대한 얘기를 나누었다.

그러다 선생님이 벽에 걸린 그림을 가리키며 '내 제자가 그린 그림'이라고 하였다.

벽에는 해녀와 거북, 물고기가 나란히 헤엄치는 10호 크기의 그림이 걸려 있었다. 그런데 그림을 자세히 보니 어두운 바탕색이 칠해진 밑에는 해골이 잔뜩 쌓여 있어서 소라는 이상하다고 생각했다.

현우가 반가운 얼굴을 하며 선생님에게 말했다.

"아, 저 그림을 그린 사람을 알고 계시는군요. 안 그래도 저 화가를 한번 만나야 하는데 실례가 안 된다면 선생님이 소개해 주실 수 있나요? 아니면 연락처나 사는 곳을 알고 계십니까?"

"왜, 무슨 일이 있었습니까?"

현우는 흠흠, 목을 가다듬고 나서 말했다.

"저 그림을 돌려줘야 하거든요. 카페를 오픈하고 나서 얼마 되지 않았을 때 저 앞 갯바위에 앉아 하염없이 바다를 보며 술을 마시던 남자가 있었는데 저도 무료해서 한참 보고 있었어요. 그러다 그 남자가 여기 들어와서 커피를 주문하고 창가에 앉아서 마셨는데 제가 잠깐 한눈을 판 사이에 남자는 사라지고 신문지로 대충 포장한 이 그림만 자리에 있더라고요. 다시 올까 기다려도 오지 않아서 보관하다가 걸어 두었어요."

소라가 말했다.

"커피 값은 받았어요? 그 남자가 그때 아무 말도 하지 않던가요?"

"커피 값은 이미 지불했는데 나중에 보니까 커피도 다 마시지 않았고 바람에 헝클어진 머리칼에 눈매도 무서워 저도 말을 붙이지 못했어요. 술을 마신 상태라 괜히 일이 생길까 봐. 그 사람은 고개를 숙이고 앉아 있었는데 내가 다른 일을 하다가 다시 보니 이미 자리를 뜨고 없었어요."

"그 화가를 잘 아는 친구가 있으니 내 알아보고 연락하리다. 수상 경력도 화려하고 이름 있는 화가였는데 몇 년 전 개인전을 끝으로 더 이상 그림을 그리지 않는다고 들었어요."

선생님의 얘기를 들은 그들은 다시 한 번 고개를 돌려 그림을 유심히 보았다.

그로부터 보름 후 선생님이 소라에게 전화를 하였고 다시 카페에 모였다. 선생님이 제자에게 직접 들은 얘기를 전해 주었다.

매스컴에 이름이 오르내릴 때는 그림도 잘 팔리고 의뢰도 많이 들어왔지만 시대가 빠르게 변하면서 화가의 그림은 더 이상 팔리지 않았고 그림이 아니라 한낱 제품을 만든 것뿐이라는 심한 자책감에 한동안 방황하면서 술을 마시며 지냈다. 그러다가 우연히 첫사랑을 만나게 되었다. 여자는 따뜻하게 다가와 위로해 주었고 두 사람 모두 나이는 많지만 미혼이었던 터라 당연하다는 듯이 바로 결혼을 하였다. 화가는 목수보조 일을 하면서 가정에 충실했지만 술을 마시면 예술 운운하면서 자신의 처지를 한탄하였고 급기야 아내에게 폭언하고 주위 사람에게 폭력도 일삼았다. 이를 견디지 못한 여자는 애를 데리고 친정에 가 버렸고 뒤늦게 자신의 행동을 반성한 화가는 무엇보다 가정이 소중하다고 느껴 여자에게 금주할 것을 다짐했다. 지금은 처가가 있는 부산에서 인테리어 일을 하고 있다.

저 그림이 이 카페에 있는 것은 금전적 도움을 준 친구에게 주려고 갖고 가다가 평소 바다를 보면 술이 당기던 화가가 딱 한 번만이라며 술을 마시고는 그림을 준다는 것도 잊어버리고 친구도 만나지 않고 이리저리 헤매다 돌아갔다는 것이었다.

화가는 친구에게 직접 카페에 가서 그림을 돌려받으라고 했는데 그 친구가 화가에게 도움을 준 친구였고 화가와 친구 모두 선생님의 제자였다.

선생님의 이야기를 듣고 나서 모두 아무 말 없이 멍하니 있었다. 뭔가 놀랍고 대단한 이야기를 기대했는데 싱겁게 끝나 버려 마치 미지근한 숭늉을 먹은 것처럼 시원하지 않았다.

그러자 선생님이 그 제자가 '그림을 여러 사람이 볼 수 있게 카페에 걸어 두었으면 한다.'는 의중을 전해 왔다고 하여 모두 박수를 치며 다시 그림을 쳐다보았다.

그림 속에서 해녀와 거북이가 힘차게 수면 위로 부상하고 있었다.

소동

날씨가 더워졌다.

길에는 여행객이 부쩍 늘었는데 대학생으로 보이는 앳된 얼굴도 많이 보였다. 그들은 주로 스쿠터를 타고 다녔다. 표정에 호기심과 발랄함과 귀여움이 묻어나와 보는 사람들로 하여금 자연스레 미소를 짓게 하였다.

그러나 무모하고 겁 없는 도전과 용기, 미숙하고 어색한 남녀관계도 눈에 보였다. 밤에도 많이 돌아다녔고 어린 여행객일수록 치기 어린 행동을 하며 우월감을 뽐내었다. 술에 잔뜩 취해서 바다에 뛰어드는가 하면 현지인과 싸움이 벌어져 경찰이 출동하기도 하고 렌터카가 길을 잘못 들어 사고가 나기도 하였다.

여행객을 많이 봐 온 마을사람들은 이제는 그들에 대한 관심도 많이 무디어져 아무런 사고 없이 무사히 여행하고 가기를 바라는 마음뿐이었다.

여행객들로 해서 먹고사는 관광지의 현지인에게는 좋은 자연환경이 축복인 동시에 생활의 불편함이기도 했다.

어느 날, 동네에 한바탕 소동이 벌어졌다.

평온하기만 한 동네에 그런 일이 벌어질 줄은 꿈에도 모르던 사람들은 탄식하며 안타까워했다. 경찰이 오고 시신을 실어 가고 사람들이 붐비고 어수선하였다.

아침에 물질하러 간 해녀들이 바다에 떠 있는 물체를 발견했는데 이불이나 옷 같은 쓰레기가 갯바위에 걸린 줄 알고 치우려 했는데 나중에 사람임을 알고 화들짝 놀라 신고를 하였다는 것이었다.

시신은 젊은 여자였으며 경찰은 발견한 사람들에게 이것저것 질문을 하다가 돌아갔다.

사람들은 각자의 상상으로 수군대고 안타까워하면서 이 동네에서 불미스런 일이 생긴 것에 대해 입을 모아 매우 유감이라고 하였다.

TV뉴스에서는 기사화되어 방송이 되었고 연일 뉴스시간마다 언급되었다.

'사망한 여자는 제주도에 애인과 여행을 온 사람이다. 남자는 특별히 기억에 남게 아름다운 제주도에서 청혼하려고 제주도 여행을 온 것이다. 2박 3일의 일정으로 와서 즐겁게 지냈다. 호텔 야외식당에서 청혼을 하려고 하는 그때 남자의 이전 애인이 나타났고 여자의 머리채를 잡고 난동을 피우며 아수라장을 만들었다. 이전 애인이 임신초음파 사진을 남자에게 내밀며 악을 쓰다가 쓰러지자 호텔 직원의 신고로 응급차가 왔고 놀란 남자는 같이 응급차를 타고 가버렸다. 난데없이 기막힌 상황을 겪은 여자는 혼자 술을 마시며 멍하니 있다가 호텔을 나와 바닷가 쪽으로 걸어갔다. 등대가 있는 방파제 쪽으로 걸어갔는데 만조 때라서 바닷물이 방파제까지 가득 들어찼고 어두운 곳이었다. 여러 정황으로 보아 술에 취해 몸을 가누지 못하는 상태에서 실족사한 게 분명하다는 수사결과가 나왔다.

남자의 이별통보를 받은 이전 애인은 남자가 자기를 버린 건 새로 생긴 여자의 직업과 가정환경 등 자신에게 없는 배경 때문이라 생각했고 평소 심한 열등감을 가지고 있던 여자가 둘 사이를 갈라놓을 작정으로 그 자리에 나타나는 바람에 생긴 사건.'이라는 해설도 붙여졌다.

동네 사람들은 이 동네에서 실족사한 것도 아니고 떠내려오다가 걸려 여기서 발견되었는데 뉴스에서는 연일 이 동네 이름이 언급되고 있어서 거북스러웠다.

그래도 죽은 원혼이 곱게 이승을 떠나갈 수 있게 제를 지내야 동네에 화가 미치지 않는다면서 제를 지낼 계획을 세우기 시작하였다.

그리하여 해녀와 선주협회가 주축이 되어 무당을 부르고 제를 지내게 되었는데 갯바위에 음식을 차리고 오색 깃발이 달린 깃대기 세워졌다. 무당의 신들린 춤사위가 한동안 계속되었고 징소리, 북소리가 그 뒤를 따랐다. 그다음 짚으로 만든 인형을 모형 배에 태워 조심스럽게 바다에 띄우고 음식을 바다에 던지는 등, 경건하면서도 요란한 의식이 진행되었다.

그러는 동안 바다는 파도를 끌고 와서 자해하듯 바위에 부딪치기를 반복하였다.

소라는 그 모습을 멀리서 지켜보며 사람들의 간절한 염원을 들어주려는 듯 바다의 심장이 끝없이 요동치며 꿈틀대는 것 같다고 생각하였다.

그날 밤 소라는 갯바위에 서 있는 자신의 몸을 큰 뱀이 감아올려 해변에서 하늘로, 도로에서 빌딩으로, 다시 바다로 헤엄치듯 돌아다니다 내팽개치는 바람에 아득히 절벽으로 떨어지는 꿈을 꾸었다. 깜짝 놀라 깨었지만 무서운 꿈이 아니라 뱀이 장난치는 것으로 받아들인 것은 뱀의 얼굴이 귀여운 광대였기 때문이었다.

이상한 꿈이라고 생각한 소라는 부스럭거리는 소리를 듣고 부엌으로 나갔다. 엄마가 부엌에서 쌀과 과일과 떡을 사각 바구니에 넣고 있었다.

"엄마 어디 가세요?"

"절에 가려고 하는데 같이 갈래?"

"절에는 뭐 하러 가는데 이렇게 많이 챙겨?"

"한동안 가지 않았더니 너도 혼자가 되어 돌아오고 동네에도 이상한 일이 생기고 해서 치성을 드리려고 한다. 네 앞길도 순탄하게 보살펴 달라고 부처님께 공양하고 빌어야겠다."

"엄마도 참, 그게 부처에게 빈다고 되나?"

"안 하는 것보다 낫다고 하더라. 같이 갈 거 아니면 부정 타게 그딴 소리 하지 마라."

"알았어, 다녀오세요."

잠시 후에 현우가 자신의 차를 끌고 왔고 뒷좌석에 엄마가 준비한 바구니를 조심히 실었다. 한복으로 갈아입은 엄마는 얼굴에 연신 미소를 지으며 바구니 옆에 앉았다.

소라는 엄마가 손에는 휴대폰을 들고 차에는 공양 바구니를 싣고 가는 모습을 보면서 가히 현대기술과 주술적 세계의 어색한 만남이라고 생각했다.

며칠 후 엄마가 아침 식사를 하며 말했다.

"외할머니 보러 가는데 같이 갈래?"

"외할머니는 전에 뵈었는데 무슨 일 있어?"

소라가 제주도에 내려오고 얼마 지나지 않았을 때 외할머니를 모시고 사는 외삼촌 집에 엄마와 같이 가 보니 치매 진단을 받은 지 2년이 지난 87세인 외할머니가 자꾸만 집 근처 밭에 가겠다고 고집을 부리셨다.

병원에서도 운동 삼아 산책하는 것은 괜찮다고 했지만 외숙모의 눈을 피해 어느새 밭에 가서는 일하는 사람들 옆에 멍하니 앉아 있다가 위험하게 차도를 가로질러 걸어가셨고 그때마다 외숙모나 시내에서 여행사를 운영하는 외삼촌이 출동하느라 일상생활에 큰 지장을 받고 있었다.

"할머니를 모셔 오려고 해. 동생에게만 무거운 짐을 지게 할 수 없구나."

소라는 엄마의 말이 무슨 뜻인지 알았다.

외삼촌이나 외숙모나 모두 심성이 착하고 바른 사람이었지만 할머니로 해서 두 사람 사이에 균열이 생기고 있었고 엄마는 할머니의 딸이자 같은 여자로서 책임을 떠안기로 한 것이었다. 그렇게 해서 소라와 엄마가 외삼촌 집에 가서 할머니를 모시고 집으로 왔다.

할머니가 소라네 집에 오신 후에는 기억력과 인지능력에 별다른 변화가 없고 혼자 거리를 나서는 일도 사라졌다. 가만히 있으면 치매를 앓는 분 같지도 않았다.

할머니는 방 안에서만 지냈고 마치 딸과 손녀에게 피해를 입히지 않으려는 것처럼 누워 있거나 앉아서 멍하니 TV만 보셨다.

소라와 엄마는 환경이 바뀌니 사람도 그에 적응하여 살아남으려는 본능 같다고 말하며 웃었다. 그러나 할머니를 가까이서 지켜보는 두 사람은 슬펐고 어떻게 할 수 없다는 것을 알기에 가슴이 아팠다.

외삼촌과 외숙모도 가끔 와서 할머니를 보고는 안도의 한숨을 쉬었는데 소라가 보기에 두 분은 얼굴도 밝아지고 예전처럼 사이도 좋아 보였다.

무거운 짐을 내려놓아 한층 가벼워진 두 사람은 다시 짐을 지는 일이 없도록 쐐기를 박기라도 하듯이 '이 집이 환자에게 안성맞춤이다. 여기에서는 이상한 행동을 하지 않아서 다행이고 그래서 얼마나 돌보기가 편한가. 여자뿐이라서 더 좋은 것 같다.'는 말을 늘어지게 하였다.

무거운 짐을 내려놓은 대신 양손에는 소라 엄마에게 줄 아첨용 선물보따리를 잔뜩 들고 왔다. 소라는 놓고 간 선물을 보고 좋아하는 엄마가 더 이해가 되지 않았다.

심지어 엄마는 '할머니처럼 얌전한 치매환자에 저렇게 물량공세를 하는 보호자라면 환자 열 명도 넘게 돌볼 수 있다.'고 큰소리쳤다. 무엇이 엄마를 물질숭배사상으로 물들게 했는지 모를 일이었다.

아무튼 3대의 세 여자가 한 집에서 조용하고 원만한 생활을 영위할 수 있다는 것은 어쩌면 행운이었다.

취업 면접

선생님이 소라에게 전화를 해서 일을 해 볼 생각이면 전공과 경력을 살려 식품회사에서 일을 하면 어떻겠냐고 물었고 소라는 흔쾌히 일하고 싶다고 대답했다.

선생님의 막냇동생이 식품회사에서 이사직을 맡고 있는데 회사에서 경력사원을 모집할 예정이라고 해서 소라에 대해 말을 했더니 마침 그런 인재를 찾고 있다는 것이었다. 그동안 타지에서 와서 일하던 인재도 어느 정도 제주에 머물면 육지를 그리워하다가 제주를 떠났다는 것이었다. 서울에서 경험을 갖춘 소라는 그 회사에 적합할 것 같다면서 서류와 면접일정을 알려 왔다고 하였다.

잠시 후, 소라가 노트북컴퓨터 앞에 앉아 이력서와 자기소개서를 작성하고 있는데 할머니가 어느새 옆에 다가와 소라의 모습을 빙그레 웃으며 보고 있었다. 그러다 소라의 팔을 당기며 밖으로 나가자고 하였다.

할머니의 얼굴은 눈꺼풀 위는 푸른색이고 떨리는 손으로 간신히

칠한 빨간 입술은 선을 빗나가 있어 우스꽝스런 모습이었다. 외출을 하고 싶어 화장을 하신 모습에 소라는 속으로 피식 웃었다.

할머니를 모시고 마당으로 나와 골목을 걸어서 도로로 나왔다. 할머니 손을 잡고 바다를 보며 천천히 걸었다.

거칠어진 할머니 손을 보고 애틋한 마음에 소라가 할머니에게 물어보았다.

"할머니는 어릴 적 꿈이 뭐였어요?"

"으응?"

소라는 할머니 귀에다 대고 큰 소리로 말했다.

"할머니가 어렸을 때, 이담에 크면 뭐 하는 사람이 되고 싶었어요? 기억하세요?"

그러자 할머니가 하늘을 보며 가느다란 목소리로

"가수."

하고 대답했다.

소라도 알고 있는 외할머니에 대한 얘기.

엄격한 집안 분위기에 아들을 우선시하고 딸은 살림밑천으로만 생각하던 시절에 소라의 할머니, 춘자는 늘 아들들에 밀려 뒷전이었고 초등학교를 다닐 때도 집안일을 도와 일만 하였다. 그래도 항상 밝은 얼굴로 콧노래를 흥얼거리며 옷감을 꺼내 놓고 멋을 내던 춘자에게 사람들은 끼가 다분하다고 하였고 집에선 그 말을 무척 싫어하였다.

　열네 살 때 마을에 유랑악단이 와서 보러 갔는데 춘자는 조명이 환하게 비추는 무대와 악단, 자유롭게 노래하는 가수에 감동과 충격을 받았고 잠을 이루지 못했다.

　밤중에 아무도 모르게 짐을 싸고 악단을 찾아가 자신은 고아이며 무슨 일이든 하겠다고 사정하였다.

　다음 날 집안에서는 딸을 찾기 위해 나섰고 수소문 끝에 악단이 배를 타고 떠나기 직전 부두에서 딸을 찾아올 수 있었다. 두들겨 맞은 딸에게 외출금지령이 내려졌고 그 후로 집안에 감시의 눈이 많아졌다.

　그래서 가수의 꿈은 이룰 수 없었지만 늘 밝고 소녀 같은 모습에 반한 할아버지를 만나 결혼을 하였다. 결혼 후 마을노래자랑에서 상을 받았고 전국민속경연대회에 대표로 출전하기도 한, 활동적이던 할머니였다.

　그런 할머니가 어쩌다 치매로 고생을 하시는지 정말 모를 일이었다. 소라는 할머니의 몸을 돌려세우고 천천히 집으로 향했다.

　태양이 바다를 향해 서서히 내려오고 있어서 하늘색이 노랗게 변하고 있었다.

　소라가 찾아간 회사는 시내에서 조금 벗어난 곳에 다른 기업체들과 이웃하고 있었다.

　기업체를 유치하고 산업을 육성시키기 위해서 도에서는 산업단지를 만들어 분양하였고 하나씩 기업체들이 들어오더니 10년이 지난 지금은 제법 큰 산업단지의 면모를 갖추고 있었다.

　입주한 기업들의 공통된 특징은 공해를 발생시키지 않고 산업폐기물이 극소량이어야 하며 수질오염을 일으키지 않는 등의 까다로운 심사를 통과한 것이었다.

　IT기업, 식물종묘회사, 식품회사, 호텔여행업, 이벤트행사사업, 출판미디어사, 광고대행사 등.

　소라가 찾아간 회사는 수산물을 가공하여 젓갈, 액젓, 통조림 등을 만드는 곳으로 꽤 큰 규모의 건물이었다.

　로비에는 눈에 익은 제품들을 전시해 놓고 있었고 입구 안쪽 넓은 창으로 푸른 정원이 보여 전체 분위기가 깔끔하고 시원한 인상을 주었다.

　선생님의 남동생인 이사님은 반갑게 맞아 주었는데 소라네 마을에서 잡은 멸치도 이곳에서 액젓으로 탄생하고 전복, 미역 등도 가공되어 큰 식품회사로 들어간다고 설명해 주었다.

　입사서류를 이메일로 발송하고 면접을 보러 온 사람은 소라 말고도 다섯 명이나 더 있었다. 남자가 넷, 여자는 소라를 포함해서 두 명. 모두 한자리에서 하는 게 아니고 한 사람씩 들어가서 면접을 보는 거라 부담은 덜했다.

인사담당관 앞에서 질문에 어떻게 대답을 했는지도 모르게 끝났고 집으로 돌아가는 버스 안에서 소라는 연희의 전화를 받았다.

"너 오늘 면접 본다며? 어떻게 되었어?"

"지금 막 끝나고 가는 길이야. 정신없어. 피곤해."

"바로 채용되는 게 아니었어? 선생님의 소개로 너 혼자 들어가는 거 아니었어?"

"소개는 무슨, 경쟁률이 6대 1이야."

"우리 형사님 빽도 별거 아니었네. 저녁에 한잔할래?"

음식점에서 만난 연희는 오늘은 가게가 쉬는 날이어서 오랜만에 실컷 수다를 떨고 싶다고 하였다.

바다 테마의 소품들로 꾸며진 예쁜 레스토랑이었다. 소라도 연희도 처음 와 보는 곳으로 해산물파스타, 해산물피자가 주 메뉴로 음식 특유의 냄새가 풍겨 나왔다. 근처에 펜션이나 게스트하우스가 많아 손님은 거의 여행을 온 사람들이었고 맛있는 식사를 하며 자기들만의 이야기를 맘껏 늘어놓고 있었다.

연희가 그들을 보며 부러운 듯 말했다.

"여행하는 사람들은 좋겠어. 저 얼굴들 봐. 근심, 걱정은 하나도 없이 평온하고 다정하고 사랑이 넘치는 얼굴들이잖아."

"저 사람들도 매일매일 스트레스를 받으며 열심히 일하며 살아.

그러다 너무 힘들어서 바다를 보러 온 거잖아."

"바다를 일부러 보러 온다고? 지겹게 보는 저 바다가 뭐가 좋다고."

"너는 지겹겠지만 도시 사람에게는 영원한 파라다이스고 다시 시작하는 힘을 주는 에너지원이야."

"그럼, 바다에 사는 난 힘을 얻으러 서울로 가야겠네."

"그렇지! 바로 그거야."

피자를 먹고 맥주를 마시며 한참 얘기를 하고 있는데 옆자리에 앉아 있는 남녀의 대화를 우연히 듣게 되었다. 자세히 들리지 않지만 부동산에 대해 말하는 것 같았고 무엇보다 귀에 생생한 단어는 '민주 씨'라고 부르는 호칭이었다. 몇 번이나 그 이름을 확인한 소라와 연희는 잠시 동작을 멈추고 눈을 동그랗게 뜨고 서로 얼굴을 보며 입모양으로 '민주?' 하며 동시에 옆 테이블로 눈을 돌렸다. 우아한 차림의 젊은 여성과 중년의 남자였다.

소라는 세월이 많이 흘러 민주의 얼굴이 생각나지 않았다. 긴가민가하는 사이에 남녀는 자리에서 황급히 일어나더니 계산대에서 계산을 하고 밖으로 나갔다.

소라가 입을 열었다.

"생각나? 민주?"

"아득하다. 이십 년이 넘게 흘렀네. 그냥 이름만 같은 거겠지?"

"우리와 비슷한 나이인 것 같은데, 우리 또래에 민주라는 이름이 흔하지 않지?"

"그래, 이름도 걔 아빠가 지은 거라며. 정치인 냄새가 물씬 나잖아, 민주주의. 호호호."

"오랫동안 안 보면 아무도 알아볼 수가 없어. 어디서 어떻게 살고 있을까?"

둘은 잠시 생각에 잠겼다.

소라가 물었다.

"그 집은 어떻게 되었지?"

"몇 번 주인이 바뀌다가 이젠 어느 기업의 소유가 되었다고 들었어. 집 주위가 무성한 나무로 둘러싸여 있어서 그 안에 집이 있다는 걸 모를 정도야."

"철없이 놀던 그때가 우리의 전성기였던 것 같아."

연희가 자신의 어깨를 올리며 말했다.

"난 지금이 전성기인데?"

"그래, 좋겠다."

소라와 연희는 서로 마주 보며 웃었다.

다음 날 소라는 대청마루에 있는 장식장 맨 아래 칸을 열었다. 세월을 모르고 대책 없이 그 모습 그대로 자고 있던 낡고 두꺼운 사진첩을 꺼내 들고 아득한 추억의 장을 펼쳤다. 사진 한 장을 발견하고 뚫어지게 보았다.

아홉 살 때쯤 민주네 집에서 놀 때 민주 엄마가 찍어 준 사진. 현관 계단에 쪼르르 앉아 있는 다섯 명의 아이들은 민주만 빼고 모두 까무잡잡하고 촌스러웠다.

친구 집에 갔던 엄마가 돌아오셔서 소라가 물어보았다.

"엄마, 내 친구 민주 생각나?"

"민주? 누군데?"

그러더니 곧바로 이렇게 말했다.

"아! 그 일본 집, 모를 리가 있니? 그 시절 최고의 화제였는데. 그런데 갑자기 왜?"

"아니, 사진을 보다가 생각이 났어."

"어이구, 한가하게 추억놀이를 하고 있었어요? 넌 똑똑한 애가 어떤 때는 참 어린애 같아. 회사 면접 본 건 언제 연락 온대? 떨어진 거 아니니?"

소라가 버럭 소리를 질렀다.

"엄마도 참, 왜 여기서 면접 얘기가 나와? 떨어지라고 비는 것 같네."

엄마도 소리를 버럭 질렀다.

"다 큰 딸이 이혼하고 내려와서 놀고 있으니 동네 사람들 보기 민망하다. 고개를 못 들고 다니겠어."

이틀 후 할머니와 점심을 먹고 나서 치우던 소라는 회사로부터 메시지를 받았다.

'당사에 관심을 가져 주셔서 고맙습니다. 아쉽지만 다음 기회에 같이 일할 수 있기를 바랍니다.'

엄마의 말대로 되어 버렸다. 엄마가 원망스럽고 미워졌다. 갑자기 점심 먹은 게 얹히는 느낌이 오며 명치가 답답해졌다. 그동안 소라는 당연히 채용이 될 거라고 생각하며 느긋하게 회사의 통지를 기다리고 있었다. 선생님의 동생이라는 인맥이 있고 무엇보다 서울에서 쌓은 경력이 있어서 자신이 적임자라고 생각했던 것이다.

그때 마침, 선생님에게서 전화가 왔다.

"미안해서 어떡하니? 난 당연히 네가 될 거라고 봤는데. 회사에서는 사업을 확장하기 위해 중국어를 하는 사람이 필요했대. 식품에 대해서도 잘 알고 중국어도 하고. 이건 완전히 사람을 효율과 생산성만 따져서 부려 먹겠다는 거잖아. 화가 난다."

"아니에요, 선생님. 제가 부족해서 그런 거죠. 회사 입장에서는 당연히 회사에 역량을 많이 발휘할 사람을 원하겠죠. 인사말 정도의 중국어만 하는 제가 자신만만했던 게 창피하네요."

선생님은 한숨을 한 번 쉬고 나서 말했다.

"식품공학을 전공하고 중국에서 언어를 배운 남자가 채용되었다더라. 내 동생도 유감이라고 전해 달래. 어디에든 중국 바람이 마구 불어닥치는구나. 너의 진가를 알아주는 더 좋은 기회가 있을 테니 실망하지 마라."

통화를 마치니 소라는 귀가 먹먹해졌다. 목청은 예나 지금이나 쩌렁쩌렁해서 과연 선생님은 건재하셨다. 소라는 실망하고 있을 자기를 위해 전화를 해 주고 용기와 힘을 실어 주시니 선생님이 참 고마운 분이라는 생각이 들었다.

선생님은 학교에서도 앞장서서 불의와 싸웠고 학생들 편에서 더 나은 환경을 만들어 주려고 애쓰셨다. 아직 학생들에게 권위적이던 다른 교사들과 달리 학생들과 가까워지려고 했고 급식비를 내지 못해 점심을 못 먹는 학생에게는 상담을 핑계로 상담실에서 점심을 같이 먹기도 하였다. 빈혈 때문에 쓰러진 애를 들쳐 업고 뛰기도 하였다. 무엇보다도 선생님은 학생들의 장점을 찾아내어 칭찬을 많이 하셨다.

소라는 회사의 메시지를 받고 내심 실망했는데 선생님의 말 한마디에 용기를 얻었다. 누가 뭐라고 하든지 마음을 강하게 먹으리라 다짐했다.

'내게는 나를 지지해 주는 선생님이 있으니 하나도 걱정할 게 없다. 아자!'

언제 왔는지 통화하는 것을 옆에서 들은 엄마를 피해 산책하려고 집을 나섰다. 바다를 보며 콧노래도 부르면서 여유롭게 걷다가 오랜만에 노을카페에 들어갔다.

쇼팽의 녹턴이 흘러나오고 있었다. 점심이 한참 지난 시간이라 손님이 빠져나가 자리가 많이 비어 있었다. 근처 식당에서 점심을 먹고 카페에서 커피나 주스를 마신 여행객들은 바다를 배경으로 사진을 찍고 서둘러 스쿠터나 렌터카를 타고 떠났다. 그들은 쉬려고 여행을 와서도 바쁘게 움직였다.

소라가 카페라떼 한 잔을 주문하며 희찬에게 사장님이 보이지 않는다고 하니 사촌동생 결혼식에 참석하러 서울에 갔다고 하였다. 그런데 온다는 날이 지나서 전화해 보니 일이 생겨서 며칠 더 있다 온다는 말을 했다는 것이다. 사장님 목소리가 예전과 달리 힘이 없어서 무슨 일이 생긴 것 같다고 희찬은 걱정하였다.

소라가 처음 보는 아르바이트생이 누군가를 기다리는지 잔을 닦으며 자꾸만 얼굴을 들어 밖을 보았다.

선을 보다

돌도 키운다는 장맛비가 며칠간 오지 않고 소강상태라 평온한 날이 지속되었다.

소라가 잠시 외출했다가 집에 와 보니 외삼촌이 와 있었다. 외삼촌은 소라의 인사를 받자마자 앉으라면서 특유의 은근한 잔소리로 여지없이 소라의 염장을 지르고 말았다.

"취업하기도 쉽지 않고 네 나이가 적은 것도 아니니 이참에 새로 결혼을 하는 게 어떻겠니? 내가 소개할 사람이 있는데…."

소라는 억지로 목소리에 힘을 실어 말했다.

"재취업에 재혼이라는 큰 문제를 안고 있었네요, 제가. 저는 재혼할 생각이 없어요."

외삼촌과 엄마가 어이없다는 표정을 지었다.

엄마가 또 염장을 질렀다.

"네가 지은 죄가 있으니 적당한 사람 만나서 결혼해라."

"아니, 이혼한 게 무슨 죄예요? 엄마도 참. 맘 편하게 아무 생각하지 말고 쉬라고 할 땐 언제고…."

소라의 말이 끝나기가 무섭게 엄마가 말했다.

"결혼을 안 한다니? 그 말은 니가 결혼하기 전에도 했었다. 빨리 남자 만나서 더 늦기 전에 아기를 낳아야지."

"나중에 날짜와 장소를 알려 줄 테니 만나 봐라. 고집부리지 말고 어른들 말 들어라."

"전 일하고 싶어요. 절대 재혼은 안 할 거예요."

"결혼하고 일하면 되잖아. 내 여행사에서 일해도 되고."

계속해서 이어지는 엄마와 외삼촌의 잔소리는 소라를 지치게 하였다. 괜히 엄마 곁으로 돌아온 거 아닌가 하는 생각도 했지만 고향의 냄새, 푸른 바다, 사람들은 행복을 느끼게 해 주었다. 외삼촌도 소라에 대한 사랑으로 신경을 써 주는 것이라 생각하면 한편 고마울 뿐이었다.

소라는 건성으로 만나 보겠다고 했고 그 말을 듣고 엄마와 외삼촌은 안도의 한숨을 쉬었다.

"어떤 사람인데요? 이혼남이에요?"

"마흔 살 총각인데 이혼한 여자도 좋다고 해서 소개해 주려는 거다."

"총각인데 한 번 갔다 와도 좋다니 얼마나 고맙니? 이번에 꼭 잡아서 결혼해라."

"엄마는 무슨, 딸을 그냥 치우고 싶어서 안달난 사람 같네. 왜 여태 결혼을 안 했대요?"

결혼을 안 한 것은 안정된 기반을 마련한 후에 하려다 보니 늦어졌다고 하였다. 결국 만나 보겠다는 확답을 받고 나서야 외삼촌은 집을 나섰고 엄마는 안도의 한숨을 크게 쉬었다.

소라는 할머니와 함께 빈둥거리며 TV를 시청하였다.

제주도 바다에 대한 다큐멘터리인데 바닷속에 사는 산호 중에서 연산호가 제주도에 가장 성공적으로 정착한 산호가 되었다고 설명하였다. 바닷속에 뿌리를 단단히 내린 연산호는 화려하고 싱싱해 보였다.

암컷이 알을 낳고 이후 부화할 때까지 수컷이 돌보는 어류가 꽤 많지만 문어는 어미가 알들을 돌봤다. 포도 알처럼 생긴 문어 알이 엄청난 수로 부화하여 퍼져 나가도 살아남는 것은 극소수였다. 산란을 마치거나 새끼를 부화시킨 어미문어가 참돔이나 다른 어류에게 무참히 뜯어 먹히는 장면은 정말 끔찍했다.

평화롭고 아름답게 보이는 바다, 하지만 그 속에도 생명체들은 생존과 경쟁으로 치열하게 살고 있었다.

소라는 내친김에 바다에 가 보기로 하였다.

바닷물이 빠져나간 갯바위에 수많은 고둥과 거북선, 따개비가 붙어 있는 것을 보았다.

소라는 금의환향은 못 해도 고향 사람 중에서 조금은 성공한 사람이 되겠다고 다짐했었고 자신도 있었다. 그런데 이렇게 취업부터 막히니 미래가 불투명하고 앞으로 어떻게 해야 할지 답답해졌다. 경쟁이 없는 곳은 없다. 심지어 바닷속 미물도 경쟁하며 살고 있지 않은가.

여기까지 생각한 소라는 잘 정착한 연산호보다 자신이 못하다며 자책을 하였다. 잘 다니던 회사를 성급하게 퇴사하고 귀향한 것과 그렇게 만든 남편이 원망스러웠다. 결혼 전의 그의 모습은 찾아볼 수 없이 변해서 어느 것이 진짜 그 사람인지 알 수가 없었다. 결정적인 이유가 있어서가 아니라 사람에 대한 신뢰가 깨지니 그 틈으로 마구 쳐들어온 감정에 굴복하게 되었고 남편은 기다렸다는 듯이 이혼을 받아들여 협의이혼을 하였던 것이다. 이혼한 직후 방황하다가 회사 업무에 집중하지 못해 자꾸만 실수하게 되어 퇴사하였고 고민하다가 귀향을 선택하였다. 마음의 안식처를 찾아 새롭게 시작하려는 생각이었다.

한참 동안 서성거리며 고둥을 잡다가 바다 쪽으로 길게 뻗은 갯바위에서 홀로 낚시하는 할아버지를 보았다. 밀짚모자를 쓰고 바람에 펄럭이는 시원한 모시옷을 입은 그분은 소라와 얼굴이 마주치자 가볍게 웃어 보였는데 얼굴에 주름이 가득하였다. 검게 그을린 얼굴에 허연 수염이 돋보였다. 소라도 본능적으로 꾸벅 인사를 하고 방해하지 않으려고 다시 돌아 나와 천천히 걸으며 고둥을 몇 개 더 잡아서 버려져 있는 비닐봉지에 담고 집으로 돌아왔다.

남자를 소개 받는다는 것을 잊고 있었는데 그날이 왔다. 아침에 외삼촌이 전화를 해서 장소와 시간을 알려 주었고 나가서 잘해 보라며 전화를 끊었다.

"립스틱을 너무 진하게 바르지 마라. 머리는 단정하게 묶는 게 좋겠다. 웃는 얼굴로 상냥하게 말을 해라."

옆에서 엄마는 열심히 코칭을 했지만 소라의 귀에는 하나도 들리지 않았다. 결국 엄마의 극성으로 더운 날씨인데도 블라우스에 린넨 재킷과 스커트를 입고 스타킹과 구두를 신었다.

외삼촌이 알려 준 관광호텔 커피숍에 혼자 앉아 남자가 오기를 기다렸다. 약간 긴장이 된 소라는 콧노래를 흥얼거리기 시작했다.

"햇볕은 쨍쨍, 모래알은 반짝. 모래알로 떡 해 놓고…."

그때 어떤 남자가 다가와 물었다.

"한소라 씨?"

"어, 어떻게 저를 알아보세요?"

"느낌이 한소라 씨일 것 같았어요."

잘생긴 외모에 세련된 정장 차림새, 중저음의 목소리를 가진 남자였다. 소라의 이상형이 그런 남자였기에 가슴이 뛰고 두근거렸다. 하지만 그런 외모에 절대로 속지 말자며 냉정해지기로 마음먹고 정신을 차렸다.

식재료납품업을 한다고 먼저 직업을 말한 그는 언뜻 보기에도 운동을 많이 한 사람 같았다. 상체에 적당히 근육이 있어 보였다. 두 사람은 얘기도 잘 통해서 대화를 하는 내내 웃음이 떠나지 않았다.

소라는 드물게 마음에 드는 남자라고 생각했는데 남자도 소라가 마음에 들었는지 다음에 또 만나고 싶다고 하였다. 커피만 마시고 휴대폰 번호를 주고받고서 악수까지 하고 헤어졌다.

며칠 후 남자가 전화해서 만나자고 했을 때 엄마는 좋아서 어쩔 줄 몰라 하며 눈물까지 보였다.

"왜 엄마가 좋아해? 눈물은 또 뭐야?"

"이 기집애야, 오늘 잘해라. 아니, 아예 들어오지 마라."

소라는 화사한 꽃무늬 원피스를 입고 나갔다.

약속장소에 먼저 와 있던 남자는 소라를 보자마자 원피스가 잘 어울린다고 칭찬을 했는데 남자는 이날도 색상만 바뀐 정장 차림이었다. 빳빳하게 칼 주름을 세운 바지가 눈에 띄었다.

두 사람은 레스토랑에서 스테이크에 와인을 곁들여 식사를 하였다. 취미에 대해 얘기하다가 좋아하는 음악과 영화가 같아서 둘은 놀랐다. 세상을 보는 눈도 비슷하여 공감 가는 부분이 많았다.

그런데 남자에게 이상한 점이 있었다. 식사를 하면서 끊임없이 손을 움직이고 있었는데 처음에는 소라도 알아차리지 못했다. 테이블 위에 올려놓은 접시며 컵, 포크, 나이프의 줄과 간격을 맞추고 있었다. 냅킨도 각을 살려 접었고 심지어 소라가 사용한 냅킨도 잘 접어 놓았다. 그러고는 아무 일 아닌 듯이 웃으며 앉아 있었다.

밖으로 나와 공원을 걸어가다가 아이가 찬 공이 물이 고여 있던 곳에 떨어져 남자의 바지에 물이 조금 튀었는데 순간 남자의 입에서 욕이 나왔다. 급기야 아이를 향해 큰소리로 야단을 쳤다.

"야! 눈 좀 똑바로 뜨고 차!"

그렇게 많이 젖지 않았고 조금 얼룩이 생긴 정도였는데 남자는 당황하며 어찌할 바를 모르다가 소라가 보고 있자 아무 일 아니라는 듯 웃어 보였다. 그러다 남자는 빨리 가서 세탁을 맡겨야 되니 오늘은 이만 헤어지자며 성급히 소라를 택시에 태우고 나서 바지만 내려다보며 어딘가로 뛰어갔다.

'강박증? 결벽증? 말로만 듣던 강박 증세?'

소라는 어처구니가 없어 헛웃음만 나왔다. 결혼 안 한 이유가 그것 때문이 아닐까. 아니, 못 한 이유.

결국 남자가 여자들로부터 환영받지 못하는 행동을 했기 때문이라는 생각이 들었다. 소라는 쓸쓸하면서도 자꾸만 웃음이 나왔다.

이튿날 남자가 전화를 해서 언제 만나자고 했지만 소라는 친절하게 거절하였다.

외삼촌이 어떻게 된 일이냐고 물었지만 그냥 인연이 아니라고만 대답했다. 그러다 엄마에게 이유를 들은 외삼촌은 그런 증세가 있는 줄 몰랐고 너무 심하면 결혼생활이 힘들 거라고 하면서도 아쉬워하는 눈치였다.

소라는 연희가 보고 싶어 연희의 가게로 갔다.

점심시간이 지나 식당은 한가하였다.

소라가 선을 본다는 사실을 알고 있던 연희는 궁금해서 죽겠다는 표정으로 소라를 빤히 쳐다보았다.

"사람은 괜찮은데 난 한 번 갔다 왔잖아, 결혼을 꼭 해야 하는가 하는 의문이 생겨. 그냥 혼자 살고 싶어."

"혼자 사는 것도 좋지만 아기를 낳아서 키워 보니 결혼하기를 잘했다는 생각이 들어. 색다른 경험이고 큰 기쁨을 줘. 아이는 한마디로 기쁨이야."

옆에서 듣던 연희의 남편이 말했다.

"젊어서는 혼자 사는 것도 좋지만 나이가 들어 혼자 있으면 엄청 쓸쓸할 것 같아요."

연희가 빤히 소라를 보며 말했다.

"네가 그런 마음을 갖고 있어서 그 남자를 밀어 낸 거 아니니? 괜찮았다며?"

결국 남자의 강박증에 대해서 털어놓았다. 얘기를 들은 연희는 웃음을 터뜨렸고 남편이 말했다.

"제 선배 중에도 그런 사람이 있는데 형수가 너무 힘들어했어요. 형수는 대충 치우며 살자는 주의이니 극과 극이죠. 거기다 선배는 잔소리가 심해서 자주 다투고, 그러면 선배가 자꾸 집을 비웠고요."

소라가 물었다.

"그래서 어떻게 되었어요?"

"이미 자식이 셋 있으니 형수가 참으며 살고 있는데 이제는 선배도 많이 느슨해지긴 했지만 증상이 나타나면 다시 다투고 그러면서 관계가 유지되는 거예요. 부부가 싸우면서 정이 들고 정으로 산다고 하지만…."

소라가 두 사람을 보며 잉꼬부부 같다고 하였다.

연희가 남편의 팔을 툭 치며 말했다.

"이 사람은 다 좋은데 술이 문제야. 친구들과 만나면 술을 사정없이 마셔 대는데, 정말 걱정이야."

그 말을 들은 연희 남편은 슬그머니 자리에서 일어나더니 재빨리 밖으로 나가 버렸다.

외할머니

하루 종일 비가 주룩주룩 내리고 있었다.

엄마가 부침개를 해 주겠다며 부엌에서 이것저것 준비를 하였고 소라는 옆에서 어슬렁거렸다.

집에만 있기가 답답했는지 할머니가 자꾸만 마당으로 나가서서 소라는 우산을 씌워 드리고 집 안에 모셔오기를 몇 번 반복하였다.

엄마가 감자전과 소라꼬치구이를 해서 세 사람은 마루에 둘러앉아 먹기 시작했다. 빗소리를 들으며 막걸리까지 곁들여 먹으니 참으로 맛이 좋았다.

언제부턴가 소라도 막걸리에 맛을 들이기 시작했는데 맥주와는 다른 달콤한 맛이 좋았다. 그러나 조금밖에 마실 수 없었다. 취기가 맥주보다 빨리 올라왔다.

소라가 양념을 바른 소라꼬치를 먹고 나서 손가락까지 빨아먹는 걸 보고 엄마가 웃으며 말했다.

"너처럼 소라를 그렇게 맛있게 먹는 사람은 첨 봤다. 소라가 소라를 먹네, 호호호."

그때 감자전을 천천히 씹어서 다 드신 할머니가 소라를 보고 말했다.

"오늘 학교에 안 가니?"

어리둥절해하는 소라를 보며 엄마가 말했다.

"예, 오늘부터 방학이라 학교에 안 가요. 어머니, 얘 이름이 뭐예요?"

"소라."

"내 이름은?"

"넌 영숙이잖아. 왜 자꾸 이름을 물어봐? 내일은 감자 캐러 갈 거다."

소라는 깜짝 놀라 작은 소리로 말했다.

"엄마, 할머니가 왜 이러셔?"

"예전으로 거슬러 갔나 보다. 그래도 우리 이름은 잊지 않아서 다행이다."

"슬프다. 그렇게 활동적이고 똑똑하던 할머니가 현재의 시점을 모르는 일이 생기다니…."

소라와 엄마는 할머니를 보며 안타까움에 한숨을 내쉬고 편히 낮잠을 주무실 수 있게 자리를 펴 드렸다.

소라는 집에 내려와서 생긴 습관이 하나 있는데 옛날 사진을 꺼내 보는 것이었다.

엄마의 결혼식 사진에 있는 외할머니는 단아하게 한복을 차려입고 긴장한 얼굴로 서 있는데 모녀 사이 아니랄까 봐 이십여 년 전의 엄마 모습이 있었다.

사진을 보는 소라 옆에서 엄마가 눈시울을 적셨다. 엄마는 소라에게 외할머니에 대한 얘기를 해 주겠다고 하였다. 엄마는 이내 옛날 생각을 하며 추억에 빠져 들었다.

보리농사를 지으며 하나씩 밭을 늘려 가던 부모님은 마늘농사까지 확장하며 자녀들을 학교에 보내고 대를 이어 살던 집도 새로 고쳤다.

생활에 조금 여유가 생기자 아버지는 읍내 다방에 출입하기 시작하였다. 당시 농한기에 마땅한 오락거리가 없던 남자들은 모여서 내기화투나 윷놀이를 하였는데 아버지는 친구와 함께 읍내 다방에 가서 커피나 쌍화차 마시는 것을 즐겼다.

고생하며 농사만 지어 온 촌사람에게 다방은 별천지 같았다. 유행하는 노래와 감미로운 음악이 흐르고 은은한 조명아래 푹신한 의자에 앉아 느긋하게 커피를 마시니 비록 흙을 만지는 농부이지만 마치 낭만을 아는 사람, 유식하고 멋진 한량이 된 것 같았다.

게다가 유난히 친절하고 몸매가 좋은 종업원들은 애교로 손님을 살살 녹였고 투박한 동네 아낙들만 보아 온 남자들은 세상에 이런 종자가 있나 싶었다.

영숙도 아버지를 찾으러 한 번 다방에 간 적이 있었다. 그때 영숙은 무뚝뚝하고 일밖에 모르는 성실한 아버지의 다른 모습을 보고 충격을 받았다.

아버지 옆에 찰싹 붙어 앉아 있는 종업원은 가슴골이 훤히 보이는 파인 옷을 입었고 치마는 겨우 엉덩이만 가릴 정도였다.

아버지는 한 팔은 여자의 어깨에 걸치고 한 손은 여자의 허벅지를 연신 문지르며 실실 웃고 있었다.

한 번도 본 적이 없는 화사한 얼굴의 아버지, 스무 살의 영숙은 그런 아버지의 모습에 충격을 받고 그냥 나오고 말았다. 아무에게도 말 못 한 영숙은 그 후로 아버지를 찾아오라고 시키면 자꾸만 화를 내었다.

아버지는 거의 매일 드나들다가 친해진 종업원의 꼬임에 넘어가 거액의 돈을 빌려주었는데 여자는 돈을 챙기고 육지로 사라지고 말았다.

이 사실을 알게 된 어머니는 노발대발했고 다방 마담을 붙들고 따지고 들었지만 돈은 찾을 길이 없었다.

목포에 있는 골재회사에 취직한 지 얼마 안 된 오빠가 결혼비용은 마련했으니 신혼집 보증금을 빌려주시면 갚겠다고 해서 준비해 놓은 돈이었는데 그 일로 해서 오빠는 결혼을 차일피일 미루게 되었고 결국 여자와 헤어지고 말았다. 그 후 일터에서 난 사고로 오빠는 세상을 떠났다.

큰아들을 잃은 충격으로 아버지는 매일 술로 지내다가 간경화로 고생하였고 결국 하늘나라로 가셨다.

어머니는 하루도 쉬지 않고 일을 하며 슬픔을 애써 감추는 듯 더욱 웃으려고 애썼다. 그러다 딸이 결혼하고 작은 아들까지 결혼해서 품을 떠나자 혼자 남은 어머니는 이제 홀가분해서 좋다고 하셨다.

여기까지 기억의 장을 펼친 소라 엄마는 잠든 어머니의 얼굴을 보며 자꾸만 눈물을 흘렸다. 그런 엄마 옆에서 소라도 눈물방울을 떨구었다.

밖에는 여전히 비가 내리고 있었다.

현우 이야기

사촌동생의 결혼식에 참석하러 서울에 가려고 제주공항에 온 현우는 결혼식보다는 5개월 만에 아내와 아들을 본다는 기대에 무척 설레었다. 전화와 메시지를 주고받을 때마다 동갑인 아내는 여전히 사랑을 느끼게 해 주었고 유치원에 다니는 아들은 건강하게 잘 자라고 있었다.

처음에는 한 달에 두세 번 서울에 올라갔는데 시간이 갈수록 카페 일이 많아져 자리를 비울 수가 없었다. 스스로 생각해도 5개월 만에 간다는 사실이 놀라웠다. 아내와 아들은 그동안 제주에 세 번 왔다 갔는데 아내의 여름휴가에 맞춰서 왔다. 현우는 그때마다 아내에게 제주에서 살자고 했지만 아내는 자식교육 때문에 싫다고 하였다.

현우는 자신의 제주행을 반대하지 않고 꿈을 펼쳐 보라고 응원해 준 아내에게 고마운 마음을 갖고 있었다. 매일 반복되는 회사일과 사람들로부터 오는 스트레스로 힘들어하던 자신을 믿어 주고 보내 준 덕분에 제주에서 자리를 잡을 수 있었고 이제는 마음도 안정을 찾아 편안해졌다.

공항에는 제주의 초여름을 즐기러 왔다가 돌아가는 사람들로 무척 붐볐다. 시간이 많아 앉아 있으려고 해도 빈자리가 없을 정도였다. 현우는 면세점에 들러 립스틱을 사고 간이매장에서 감귤초콜릿을 샀다.

서울에 도착한 현우는 먼저 집에 가서 가방을 놓은 다음 여섯 살 아들이 다니는 유치원에 가서 하원하는 아들을 만났다. 둘은 반가움에 서로 포옹하였고 그동안 밀린 얘기를 주고받으며 집으로 갔다.

아내가 퇴근하고 오면 바로 먹을 수 있게 저녁준비를 하려고 냉장고 문을 열어 보았다. 우유와 계란, 토마토, 김치만 있고 비어 있다시피 하였다.

현우는 아들과 함께 마트에 가서 재료를 구입하고 집에 와서 요리를 하기 시작했다. 아들이 좋아하는 오므라이스를 하는데 아내가 전화를 해서 조금 늦을 거니까 먼저 먹으라고 하였다.

한참 후에 퇴근한 아내는 현우를 보고 반가워하면서도 피곤한 기색을 보였다. 저녁식사를 하며 두 사람은 그동안 쌓인 얘기를 나누었다.

다음 날인 토요일, 결혼식이 끝나고 현우는 친구들을 만나러 갔다. 고등학교 동창이면서 제일 친한 친구 세 명은 만사 제쳐 놓고 현우를 만나기 위해 달려왔다.

소주에 삼겹살을 먹으며 네 사람은 회포를 풀었다.

친구들은 세 가지 측면에서 현우를 부러워하고 있었다. 도시를 떠난 것과 가족을 벗어나 홀가분하게 사는 것, 자기 가게를 가지고 영업을 하는 것.

자기네는 부러워만 하지 절대 용기를 낼 수 없고 도시에서 작은 울타리나 치고 평생 살아가는 수밖에 없다고 하였다. 무엇보다도 허락을 해 준 현우 아내를 칭송하다시피 하였고 현우는 좀 특이한 구석이 있다고 놀려 대었다.

한 친구는 나이가 들어 은퇴하면 제주도에서 살고 싶다고 하였다. 전에 가서 보니 현우가 생활하는 모습과 그 동네가 보기 좋았고 풍부

한 자연환경에 매력을 느껴 요즘도 자꾸만 생각난다는 것이었다.

친구가 말했다.

"왜, 있잖아. 시골사람들이 배타적이고 텃세를 부려 외지인이 정
착하기 힘들다고. 자기들만의 고향마을. 그래서 적응하지 못해 떠
나는 외지인이 많다고 말이야."

"그래도 현우는 잘 적응해서 살잖아. 그건 현우 성격이 좋아서일
거야."

현우가 웃으며 말했다.

"난 전적으로 마을사람들 덕에 살고 있는 거야. 먼저 마음을 열고
가까이 가면 그들도 진심으로 받아들이고 도와주더라. 처음엔 인사
를 해도 받아 주지 않아 고민이 많았는데 나중에 알게 된 사실은 모
두 요란하게 시작만 하다가 정리도 하지 않고 떠나 버리니 자기네
마을에 온 것에 대한 의구심으로 처음에 냉정했던 거지."

"도움을 받았어? 어떤 도움?"

"먼저, 카페를 하기 위해 필요한 장소를 현지인에게 소개받았고
수리하고 개조하는 과정에서 도와준 사람, 동네정보와 편의시설을
묻지도 않았는데 친절히 알려 준 사람, 자재 구입에 도움을 준 사람,
무엇보다 카페 공사할 때 먹을 것을 챙겨 주신 어머니의 도움이 컸
다고 생각해."

"어머니?"

"그래, 어머니. 내 엄마보다 더 친하고 잘해 주셔."

현우는 말을 이어갔다.

"관광지에서 일하는 사람들은 개방적인데 반해 관광지가 아닌 작은 마을은 폐쇄적인 데가 있었지만 지금은 많이 개방된 상태야. 오히려 일부 정착한 외부인들이 마을사람에 대해 오해하여 자기들끼리만 교류하며 사는 경우도 있는데 그건 참 아니라고 생각해."

"현우, 너는 거기 살면서 제일 좋은 게 뭐야?"

"무엇보다 아침에 바다를 보면서 피우는 담배."

"천혜의 환경에 가서도 담배를 못 끊었다 이거야?"

"와, 담배 피우는 맛이 나겠는데?"

흡연가인 친구가 거들었다. 급기야 이번엔 흡연과 금연에 대한 팽팽한 토론이 이어졌는데 결론이 나지 않았다.

다음 주제는 자녀에 대한 것과 직장에서의 일, 아내와의 갈등 등, 밤을 새워도 모자랄 정도로 이야기가 이어졌다. 도시에서 살든 시골에서 살든 고민거리는 같아 보였다.

현우는 휴대폰에 메시지 도착음이 수시로 울렸지만 음악과 말소리에 묻혀 듣지 못하고 계속 마시고 떠들어 댔다.

다음 날 현우는 아내의 푸념을 듣고 말았다.

"자주 오겠다는 약속도 지키지 않으면서 여기 와서도 친구들이 더 중요해? 메시지는 왜 무시해? 혼자 아이 양육하려니까 정말 힘들어. 우리가 따로 떨어져 산다고 엄마가 걱정을 하셔.”

눈물, 콧물을 닦아 가며 말하는 아내는 필사적이었다.

남편을 믿고 존중하고 남편이 하고자 하는 일에 말없이 호응해
준 예전의 아내가 맞나 하는 의심이 들었다. 깊이 생각한 건 행동에
옮기는 현우의 기질 때문에 제주에서 다시 시작하겠다는 걸 말려도
소용없다는 사실을 아내는 알았다. 그래서 허락을 했고 독립적으로
자신의 일을 하고 육아를 하며 사는 것에 만족하고 있었다. 같이 살
지 않아도 서로 믿음만 있으면 된다며 떨어져 사는 것을 반대하지
않았고 오히려 가끔 만나니 신선한 기분이 들어서 좋다며 따라 주
었던 것이다.

아내가 친구 남편은 아주 가정적이고 애정표현도 잘한다며 비교
를 했을 때 현우는 화를 벌컥 내고 집을 나오고 말았다. 이럴 때 바
다에 가면 화가 빨리 풀리는데 사방이 고층아파트로 막혀 있어서
좀처럼 화가 가라앉지 않았다. 아내 말도 맞는 말이고 미안한 점도
많지만 마냥 퍼붓는 아내가 야속했다.

그때 희찬이 전화를 했는데 카페는 잘 지키고 있으니 걱정하지
말고 가족과 편히 쉬다가 오라고 했지만 현우는 어쩐지 빨리 가고
싶다는 생각뿐이었다.

부부 갈등이 만든 어색한 분위기는 시간이 가도 진정이 되지 않
았는데 장모님의 방문으로 더욱 어색해져 버렸다.

열무김치를 가지고 오신 장모님은 현우를 보고 처음에는 반가워했지만 분위기가 이상하다고 느낀 다음부터는 현우에게 제주살이에 대해 묻다가 급기야 잔소리를 하기 시작했다.

"부부는 항상 같이 있어야 한다. 부부가 떨어져 살면 있던 정도 사라진다. 네 장인도 젊을 때 지방에서 일을 하다가 바람이 났다. 그때 일을 생각하면 아주 그냥, 지금도 치가 떨린다."

식사를 하면서도 장모의 푸념이 계속되어 현우는 밥을 제대로 먹을 수가 없었다. 장모의 행동을 말리지 않는 아내가 더 미웠다. 결국 산책을 핑계 삼아 아이를 데리고 집을 나왔다.

"아빠, 고래 보았어요? 거북이는?"

"다음에 엄마랑 제주에 오면 고래를 보여 줄게. 바닷속도 보여 줄게."

"바닷속에는 뭐가 있어요?"

"문어도 있고 예쁜 물고기가 엄청 많이 살고 있어."

"빨리 보고 싶다. 친구들에게 자랑하게."

다음번에 꼭 가자며 부자는 손가락을 걸었다.

현우가 카페를 창업할 때 도움을 준 사장은 가게 뒤편에 있는 작업장에서 땀을 흘리며 커피콩을 볶고 있었다.

'커피를 존경하는 사람'이라고 스스로 소개하는 사장. 작은 가게에서 시작해 대형 프랜차이즈 틈새에서 버티며 성공한 사장은 땀을 닦으며 현우를 반갑게 맞아 주었다.

회사원 시절, 커피를 좋아하는 현우가 회사 근처에 있는 작은 카페에 자주 찾아갔고 그때마다 사장은 친절히 현우를 맞아 주었다. 스트레스로 힘들어하는 현우에게 사장은 터놓을 수 있는 대화 상대가 되어 주었으며 어느새 손님과 주인이 아닌 진정한 친구가 되어 있었다.

서울에 올 때마다 빠지지 않고 찾아와주는 현우를 사장은 무척 좋아하였다.

"형님, 서울 매장 두 곳 모두 이렇게 잘되는데 제주에도 가게를 하나 내지 그래요?"

대답이 뻔한 걸 알면서도 현우는 물어보았다.

"제주엔 네가 있잖아. 난 욕심 없다. 욕심 부리다 사고 나서 이 길로 들어선 거 알잖아. 희망이라면 지금 일하고 있는 후배에게 매장을 차려 주는 거다."

사장은 영어교재사업을 하며 무리하게 확장을 하다가 부도가 났고 상처 입고 지친 심신을 달래려 무작정 모르는 나라 남미로 여행을 갔다.

과테말라 어느 도시의 골목에 작고 허름한 커피숍으로 들어갔는데 커피 맛에 먼저 반하고 주인장의 여유와 자부심이 넘치는 모습에 매력을 느꼈다. 마음이 얼마나 편안했던지 사장은 한참 동안 앉아 있다가 나왔다.

'나도 저런 사람이 되고 싶다. 저렇게 살아야 정말 사는 거다.'

여행을 마치고 한국으로 돌아왔다. 주인장의 모습이 머리에서 떠나지 않았다. 한 달 후 다시 과테말라행 비행기에 올랐고 여러 가지 준비 끝에 작은 카페를 차렸다.

카페를 찾은 손님들은 별다를 것 없는 이 카페에 오면 이상하게 기분이 좋아지고 머리가 맑아지고 글이 잘 써지고 아이디어가 생기는 등의 경험을 하였는데 다른 데서는 느낄 수 없는 무언가 이상한 게 있다는 소문이 나면서 날이 갈수록 손님이 많아졌다.

사장은 손님들이 그렇게 느끼는 이유를 현우에게 살짝 말해 주었다. 과테말라에서 사온 나무조각품을 가리키며

"저 원주민 추장, 뭔가 아우라가 있는 거 같지 않니? 영혼이 들어 있는 것 같아. 사 오기를 잘했지 뭐야."

하며 껄껄껄 웃어 댔다.

늘어 가는 손님을 감당하기에는 가게가 너무 작아 큰 가게로 이전을 하였고 이제 두 곳을 운영하고 있다. 그 조각상은 여전히 가게 구석에서 부리부리한 눈으로 손님들을 내려다보고 있다.

점심식사를 하며 두 사람은 밀린 얘기를 나누었다.

현우는 따로 떨어져 사는 고충에 대해 말했고 사장은 꼭 같이 살아야 가정이 유지되는 건 아니니 시간이 해결해 줄 거라며 위로해

주었다.

　부부 갈등이 해소될 기미를 보이지 않다가 현우가 아이를 유치원에 보내고 데려오고 저녁을 해 놓고 아내를 기다리는 와중에 아내도 서서히 풀렸는지 맥주를 사 왔고 두 사람은 마주 앉았다. 싸움의 빌미가 될 얘기는 의도적으로 하지 않고 주로 아이에 대한 말을 하였다.

　"이번 여름휴가 때 뭐 할 거야?"

　"아직 계획이 없는데, 왜?"

　"준서에게 고래를 보여 준다고 약속했거든. 바닷속에 사는 물고기도….."

　"준서는 유난히 고래를 좋아해. 전에 제주 갔다 와서 그림책을 보더니 고래에 푹 빠졌어, 실제로 본 것도 아닌데. 그럼 이번 휴가 땐 고래를 보러 가야겠네."

　"당신과 준서에게 미안해. 나만 생각해서 내린 결론이 당신을 힘들게 했어."

　"그땐 다른 길이 없었잖아. 입맛이 없어 밥도 못 먹고 잠을 못 자서 얼마나 고생했어. 제주도 푸른 바다가 당신을 살렸지."

　"당신이 혼자 준서 데리고 고생하잖아. 솔직히 장모님 보기도 부끄럽고 죄송스러워."

　"엄마는 직접 본 게 아니니까 당신이 그 당시 얼마나 심하게 앓았는지 가늠이 안 되어서 그런 거야."

"부모님 세대는 우리가 이런 생활하는 걸 이해하지 못할 거야. 젊고 아이도 어린데 떨어져 사는 우리를 보고 먹고살 만하니까 관심이 딴 데 가 있다고 생각하지."

"결국 중요한 건 우리의 자세 아니겠어? 누가 뭐라 해도 우리 인생이니까."

"비행기 타고 한 시간 거리여서 좋은 거 같아."

"자기는 거기서 생활하는 거 만족해? 행복해? 뻔한 질문인가?"

"시간이 갈수록 현지인이 되는 것 같아. 여기 오면 답답하고 숨이 막히는 것 같고 바다를 빨리 보고 싶고…."

아내는 현우에게 눈을 흘기며 말했다.

"나도 제주에 갈 때마다 파라다이스 같다는 생각을 해. 자기는 좋겠어, 낙원에 살고 있으니…."

두 사람의 대화는 그칠 줄 모르고 계속되었다.

다음 날, 현우는 가족과 작별 인사를 하고 제주로 돌아가기 위해 비행기에 올랐다. 가족과 헤어지는 건 언제나 아쉽지만 바다를 볼 생각을 하면 벌써부터 가슴이 벅차올랐다. 현우가 자리를 찾고 앉았는데 가운데 좌석이었다.

잠시 후에 어떤 남자가 현우에게 눈인사를 하며 옆 통로좌석에 앉았다. 개성 있는 차림새를 하고 있었다. 검은 바탕에 하얀 꽃그림이 크게 그려진 셔츠, 찢어진 청바지. 자리에 앉자마자 남자는 눈을 감았다. 현우도 눈을 감고 서울에서의 일을 상기하다가 잠이 들었다.

비행기에서 내린 현우는 버스를 타고 집으로 향했다. 서서히 저물어 가는 바다는 여전히 아름답고 열어 놓은 차창으로 풍기는 냄새가 좋았다. 푸른 거목이 현우를 반기는 듯 길 양옆으로 늘어진 곳은 볼 때마다 환상적이었다. 폐부가 씻기고 코가 뚫리는 시원함을 느끼며 마을에 도착하였다.

이웃 동네에 있는 해수욕장이 개장하여 사람들이 모여들었고 헤엄치고 모래찜질하며 시간 가는 줄 모르게 행복한 시간을 보내고 있었다. 모래를 쌓으며 성을 만드는 아이와 부모는 놀이에 열중하고 있고 젊은 남녀는 모래사장을 걷다가 사진을 연신 찍어 대고 있었다.

하얀 모래, 검은 현무암, 높게 자란 야자수는 하늘을 배경으로 하나의 그림 같고 새롭게 단장한 호텔의 유리창은 햇빛을 받아 반짝거렸다

현우의 가게는 계속 손님이 늘어 아르바이트생은 두 명으로 한 명은 주문을 받고 한 명은 커피를 추출하고 있었다. 현우, 희찬도 양손이 바쁘게 과일과 블렌더를 붙잡고 씨름하고 있었다.

한가해진 틈을 타 현우는 스쿠터를 타고 마트를 향해 달렸다. 자

리를 비운 동안에도 희찬이 잘해 주어 고맙다고 느껴서 맛있고 푸짐한 저녁을 먹일 참이었다.

대로변에 있는 큰 마트는 캠핑족과 펜션에서 숙식하는 여행객, 동네 사람들에게 신선한 육류와 생선, 채소를 제공해 주었다. 깔끔하고 찾기 쉽게 진열된 육류코너, 생선코너, 채소·과일코너와 공산품코너, 친절한 종업원 모두 현우 마음에 들었다. 흘러나오는 음악도 좋았다.

현우는 스테이크와 파스타 재료, 와인을 샀다.

돌아오는 길, 해안도로를 따라 달리다가 조금 안쪽으로 들어서면 포구를 지나는데 방파제 쪽은 사람이 없어서 누군가 있으면 금방 눈에 띄었다.

빨간 등대와 푸른 바다가 언제 봐도 좋은 곳. 서툰 솜씨지만 언젠가는 꼭 그림을 그리겠다고 생각하며 보는 그곳을 눈으로 스치며 지나가는데 누군가 방파제에 앉아서 고개를 푹 숙이고 있다가 일어서서 이제 집으로 돌아가려는지 몸을 돌려서 현우 쪽으로 걸어왔다.

흰색 꽃이 그려진 검은 셔츠와 찢어진 청바지. 빛을 등지고 있어 얼굴은 잘 보이지 않았는데 남자는 현우가 있는 곳을 지나쳐 골목으로 사라졌다.

현우는 '검은 셔츠가 요즘 유행인가 보다.' 하고 생각했다. 집에 와서 저녁식사를 준비하는데 이상하게 자꾸만 그 남자가 눈에 밟혔다.

다음 날 아침, 현우의 발걸음이 끌리듯 방파제 쪽으로 향했는데 아니나 다를까 검은 셔츠의 남자가 방파제에 서 있었고 하염없이 바다만 보고 있었다. 그러다가 갑자기 방파제 밑으로 쑥 내려갔고 순식간에 바닷속으로 사라졌다.

이를 보고 깜짝 놀란 현우는 얼른 바닷물로 풍덩 뛰어들었다. '큰일 났다. 꼭 구해야 한다.'는 생각을 하며 남자가 있는 방향으로 헤엄쳤다.

큰 파도가 한 번 왔다 간 후 남자가 보였고 현우는 남자의 등 뒤에서 가슴을 팔로 감아 올렸다. 다행히 금방 바다에 빠진 후라 남자는 의식이 있었고 바로 정신을 차렸다.

물이 뚝뚝 떨어지는 채로 방파제에 앉아 있던 남자는 현우에게 고맙다고 하고서 큰 소리로 울기 시작했다. 우는 것으로 봐서 사고가 아니고 제 발로 들어간 것 같았다.

어제는 안경을 끼고 있지 않는데 오늘은 검은 테 안경이 방파제 위에서 햇빛을 받고 있었다.

온통 젖은 현우가 기내에서 봤다고 말하니 남자도 수긍하였다. 서로 이런 인연이 있냐며 악수를 하고서 나란히 앉아 잠시 그대로 있었다.

아무 일도 없고 아무것도 모른다는 듯이 파도가 무심히 바위를 때리고 사라졌다.

남자는 현우에게 털어놓을 게 있는데 들어 줄 수 있냐고 하였다. 현우가 흔쾌히 허락하자 남자는 한숨을 쉬고 나서 두 달 전 이곳에서 시신이 발견된 익사사건을 알고 있냐며 그 여자가 자기의 연인이라고 하였다.

현우도 그 사건은 잘 알고 있다. 방송으로 연일 나왔고 이 동네에서 일어난 일이니까. 사건의 중심인물이 여기 앉아 있다는 것이 신기했다. 게다가 비행기에서 옆 좌석에 앉은 남자가 말이다.

"여기는 무슨 일로 다시 왔나요? 비극의 장소에 다시 오기가 쉽지 않은데…."

남자는 또 한숨을 쉬었다.

"말하기 힘들면 하지 마세요."

"제 생명의 은인이신데 다 얘기할게요."

"숙소는 어딥니까? 짐을 챙겨서 내 집으로 갑시다."

현우는 남자가 또 무슨 행동을 할지 몰라 제 눈앞에 두고 지켜봐야겠다고 생각했다.

남자가 숙소에서 씻는 동안 현우는 방을 둘러보았다. 작은 배낭 하나가 벽에 기대어 있고 식사한 흔적은 없고 빈 소주병 두 개와 과자봉지만 있었다.

편한 옷으로 갈아입은 남자가 머리를 닦으며 욕실에서 나왔다. 연신 고맙다고 머리 숙여 인사한 남자가 자기 이름은 정은표이고 나이는 서른여섯이라고 하였다.

집에 돌아와 방에서 쉬라고 말한 뒤 현우는 갈아입을 옷을 들고 씻으러 욕실로 갔다.

훨씬 밝아진 얼굴을 한 남자는 신세를 졌다며 또 인사를 했고 현우는 아침식사를 하자며 남자를 데리고 카페로 나왔다. 토스트를 먹고 커피를 마시고 나서 현우는 남자의 얼굴을 쳐다보았다.

정은표는 '정말 사랑하는 애인에게 추억을 선사하기 위해 제주에 여행을 왔다. 같이 보고 먹고 사진으로 남기는 모든 시간 동안 두 사람은 행복했다. 드디어 떨리는 마음으로 그녀에게 프러포즈를 했는데 헤어진 전 애인이 어떻게 알고 왔는지 그 자리에 나타났다. 민망하고 어리둥절해 있는데 전 애인이 갑자기 그녀의 머리채를 잡고 흔들며 난리를 피우다가 급기야 임신 초음파사진을 꺼내 보이며 아기를 가졌다고 소리를 지르더니 푹 쓰러지고 말았다. 전 애인이 쓰러진 것에 당황하여 구급차를 타고 따라갔다. 어이없이 당한 것도 분한데 전 애인을 따라가는 내 행동에 실망했을 그녀는 술을 많이 마셨고 밤바다에 갔다가 익사하였다. 사건정황을 조사한 경찰은 실족사가 틀림없다고 종결지었다. 프러포즈를 한 날이 그녀의 마지막 날이 되었으니 참으로 기가 막힐 노릇이다.'라고 말하곤 고개를 푹 숙였다.

현우는 애인이 그렇게 된 것은 유감이라고 말했다.

"전 애인이 임신이라고 했는데 어떻게 되었나요?"

"거짓이었어요. 임신 초음파사진도 친구 것이었죠."

"확실하게 헤어지지 않아서, 그러니까 매듭을 잘 짓지 않아서 그 런 것 아니었나요? 바람피운다고 생각해서요."

"시간차 때문이었나 봐요. 이별하자마자 바로 그녀를 만났으니까. 그녀 때문에 자기가 버림받았다고 생각해서 일을 벌인 거죠. 열등감 과 집착이 많은 여자였으니까. 그 여자를 생각하면 치가 떨려요."

"여긴 왜 다시 온 거죠?"

"나 때문에 그녀가 그렇게 되었다고 생각하니 죄책감으로 아무 것도 할 수가 없어요. 자꾸 그녀 목소리가 들리고 잠도 안 오고 숨도 못 쉬고 밥도 못 먹고, 그래서 나 스스로 해결하기로 결정했어요."

그는 숨을 몰아쉬고 다시 말을 이어 나갔다.

"직접 그녀를 만나 용서를 빌려고 들어간 거예요. 그러지 않으면 내가 살 수가 없으니…."

"그렇다고 바다로 들어가요? 그분이 묻힌 곳을 가는 게 아니고?"

"묘지에도 매일 갔지만 꿈에 나타난 그녀는 나를 자꾸만 바다로 부르는 거예요. 그래서 여기까지 와야 나를 용서해 주는 줄 알고…. 그녀가 나에게 오라고 손짓을 하더라고요. 그래서 걸어 들어간 건 데… 사장님이 구해 주고 나서야 정신이 돌아온 거죠."

현우는 이것이 트라우마의 한 증상이 아닐까 하며 병원에 가 볼 것을 권했는데 옆에서 듣던 희찬은 소름이 돋는다며 자꾸만 팔을 문질렀다.

남자는 그녀가 집에서 자기를 또 부르는 것 같다고 하면서 가야겠다는 말을 반복했다.

횡설수설하는 남자에게 현우는 다시 말했다.

"병원에 꼭 가 보세요."

남자는 일어서서 고개를 숙여 현우에게 인사를 하고는 짐을 챙겨 밖으로 나갔다.

그의 등 뒤에 대고 희찬이 큰 소리로 말했다.

"병원에 꼭 가세요."

카페에 밀려드는 손님으로 일하는 손이 부족하고 손님이 앉을 자리도 부족했다. 카페에 앉을 자리가 없으면 손님들은 커피나 음료를 사서 밖으로 나가 바위에 걸터앉아 바다를 보며 마셨다. 비가 오는 날에도 여행객들은 아랑곳하지 않고 차에서 내려 우산을 쓰고 경치를 보거나 카페에서 차를 마시곤 하였다.

식재료를 공급하는 업체 직원은 카페를 확장해야 하는 것 아니냐며 웃었고 쿠키와 케이크를 만들어 납품하는 자매도 매출이 늘어 좋다며 환하게 웃었다.

바쁜 시간이 지나고 조금 여유가 생기자 현우는 카페 뒤편에 난

문으로 나와서 방으로 연결된 통로를 거쳐 제 방에 들어왔다. 잠시 침대에 몸을 뉘었다.

얼마 만에 가져 보는 혼자만의 시간인가.

몸을 일으켜 앉아 창고를 개조한 방을 둘러보니 그동안 살림살이가 많이 늘어나 있었다. 침대와 이불, 소형 냉장고, 노트북을 빼면 거의 재활용이다. 테이블과 의자는 동네에 버려져 있는 것을 가져와 색을 다시 칠했고 옷가게 하던 사람이 떠나면서 주고 간 파이프 행거가 많은 옷을 걸치고 있었다. 벽에는 나무박스로 액자를 만들어 그림과 사진을 끼워 넣었다. 소라 엄마가 주신 알루미늄 밥상은 구석에 덩그러니 세워져 있다.

처음엔 카페에만 집중하느라 방은 그냥 잠만 자는 곳이었는데 시간여유가 조금 생기면서 물건을 들이고 정리하면서 지금의 모습으로 자리 잡았다.

초기에는 큰돈을 투자해서 만든 카페에 손님이 없어서 걱정이 많았는데 발로 뛰면서 홍보를 하고 찾아온 손님에게 친절과 정성을 들였더니 차차 손님이 늘기 시작했다. 운이 좋았다고 생각한다. 무엇보다 가까이 보이는 환상적인 바다풍경이 손님들을 사로잡았다.

마음속에 항상 품고 살았던 카페사장의 꿈이 생각보다 빨리 이루어졌다. 그렇다고 너무 큰 사업은 바라지 않는다. 감당할 수 있을 정도만 하면 족하다. 여기서 더 바란다면 아내와 아들이 내려와 함께 사는 것이다.

불혹의 사십대가 되어 자연과 가까이 살다 보니 내면 깊이 느끼는 무언가가 있다.

산과 크고 작은 바위에서 느끼는 자연의 위엄, 태풍이 오기 전 바다가 얼마나 고요한지 알았고 죽은 나무에서 새 생명이 자라는 것도 보았다.

사람이 자연을 빌려 쓰고 있으니 그 안에서 정말 겸손해야 한다고 생각했다.

숲이나 바다 깊이 들어가면 묘한 기분과 감동을 느꼈다. 마치 지구의 품 깊숙이 들어온 것처럼 무한한 안락과 평화, 그래서 그곳을 빠져나오면 새 살과 뼈, 피부로 다시 태어나는 것 같았다.

현우에게는 은밀한 습관이 하나 있었다.

실오라기 하나 걸치지 않은 몸으로 밤바다에서 수영하는 것이다. 카페공사를 하는 동안에도 툭하면 바다에 뛰어들었다. 한바탕 헤엄을 치고 나면 낮 동안 쌓인 온몸의 피로가 싹 가시고 정신이 맑아졌다.

바다가 바로 코앞에 있으니 얼마나 좋은가. 희찬에게도 권했지만 밤바다는 무섭다며 하지 않았다. 맨몸에 닿는 바닷물의 감촉은 수영장에서 수영할 때와 많이 달랐다. 햇빛에 달궈진 바닷물의 애무를 받는 것 같았다.

달이 떠 있을 때는 더 좋았다. 밤하늘엔 달, 출렁이는 검은 바다에는 벌거벗은 현우뿐이었다.

'이 세상에 바다와 달과 나뿐인 범우주적 순간'이라고 회찬에게 말하곤 하였다.

제사

아버지 제삿날.

소라는 엄마를 도와 제사준비를 하고 있었다.

아버지를 생각하면 눈물만 나왔다. 아무런 준비도 못 한 상태로 갑자기 돌아가셔서 가슴이 아팠다.

아침에 동생 선재가 전화를 해서 아버지가 그립다면서, 가고 싶지만 2차 시험 준비로 참석하지 못하는 점을 이해해 달라고 하였다.

엄마는 며칠 전부터 생선과 육류, 나물, 과일 등 좋은 재료를 구입하기 위해 시장을 뒤지고 다녔다.

소고기와 돼지고기는 산적을 만들고 나물도 정성껏 준비하였다. 아버지가 좋아하던 옥돔도 큰 것으로 마련했다.

옆에서 보던 소라가 맛을 보고 싶어 손을 뻗으면 엄마는 소라의 손을 내리치며 말했다.

"넌 나이 먹은 애가 언제 철들래? 그새 못 참고 제사음식에 손을 대면 부정 타서 안 돼. 우리 때는 제사음식 얻어먹으려면 졸음을 참으며 열두 시까지 기다려야 했어. 잠에 굴복한 아이는 먹지 못하는 거야."

밤 열두 시, 영혼이 찾아와 드시고 간 다음에 음식을 조금씩 떼어 내 지붕과 대문 앞에 고수레를 하고 나서야 음복할 수 있다는 것을 소라도 알고 있었다.

이제는 바쁘고 복잡한 시대에 맞게 시간을 앞당겨 하는 집이 많았다. 그런데 시간이 앞당겨졌다는 것을 조상신들은 어떻게 아는 걸까?

소라가 이런 생각을 하며 마루에 앉아 목면행주로 제기를 닦고 있을 때 시내에 사는 작은아버지 내외분이 오셨고 뒤를 이어 큰아버지도 오셨다.

소라의 아버지는 삼형제 중 둘째이고 막내인 여동생은 재일교포와 결혼해서 일본에 살고 있다. 소라도 대학생 때 고모를 보러 일본에 간 적이 있고 소라 아빠가 돌아가셨을 때 고모는 장례식에 참가하였다.

소라가 제주에 와서 모두 찾아뵙고 인사를 했기 때문에 큰아버지는 소라의 인사를 무뚝뚝하게 받았고 작은아버지는 소라의 어깨를 툭 치며 더 예뻐진 것 같다고 다정하게 말했다. 숙모는 '잘 지냈어? 엄마가 해 준 음식이 최고지?' 하며 환하게 웃었다.

먼저 소라의 외할머니에게 인사를 하신 다음 두 삼촌은 제기에 담은 음식을 제사상에 올려놓고 지방문도 쓰며 제사준비를 하였다.

아버지가 돌아가신 지 3년이 흘렀지만 두 삼촌은 고개를 숙이고 눈물을 찔끔 흘렸다. 워낙 사이좋은 형제였기에 아직도 가슴이 먹먹하고 안타까운 마음이었다.

큰아버지는 돌담 쌓는 일로 성공하였고 작은아버지는 중학교 교사로 근무하다가 정년퇴직을 하였다.

큰아버지는 일본에서 태어나서 제주에 왔는데 소라의 조부모는 일본에서 제주에 돌아온 지 5년이 지나서야 소라의 아버지인 둘째 아들을 낳았다.

형제가 모이면 큰아버지는 일본에 대한 이야기를 자주 했기 때문에 소라도 듣게 되었고 들을 때마다 영화의 한 장면을 보는 것처럼 현실감이 느껴지지 않았다. 그러나 이상하게도 자꾸만 그 얘기에 빠져드는 것이었다.

제를 지내고 음복의 시간을 기다리던 큰아버지는 작은아버지를 향해 다시 일본에 대한 얘기를 시작했다.

"그때 내 나이가 다섯 살이었대. 아버지와 내가 종이상자와 고물을 주우러 온 동네를 뒤지고 다니면 일본사람이 조센징이 자기네 것을 훔쳐 간다며 두들겨 패고 발길질을 했대. 그 바람에 아버지는 길바닥에 뒹굴며 쓰러지고 힘들게 모은 물건은 다 훔쳐 가 하나도 남지 않았다고….”

작은아버지가 말했다.

“어이구, 형님. 또 그 얘기예요? 잊을 만도 한데….”

큰아버지는 표정의 변화 없이 다시 이야기를 이어 갔다.

“하도 맞아서 그다음엔 밤에만 주우러 다녔대. 밤에는 일본사람이 길에 없으니까. 달빛, 별빛에 의지헤 고양이처럼 살금살금 다녔다고….”

“형님은 그때 일을 생생하게 말도 잘하시네요.”

“어떤 건 어렴풋이 기억나기도 해. 아버지가 그때 일을 얼마나 자주 말했던지 잊어버리려 해도 잊을 수가 없다. 아버지는 앉으면 나에게 그 말만 하셨으니까. 이젠 내가 말하고 있구나.”

큰아버지는 감회에 젖은 듯 눈을 감았다.

일제강점기에 우리나라 전역에 정착해 살던 일본인들은 농작물과 수산물, 광물 등 효용가치가 있는 것들을 싹쓸이 수탈해서 일본에 보냈다.

수확물을 뺏기고 노동력을 착취당하고 그들에게 강제적으로 이용당하다 보니 우리 민족은 가난을 벗어날 길이 없었다. 그래서 어떤 사람들은 무슨 일을 해서라도 돈을 벌고자 이국땅 일본에 가는 길을 택했고 배를 타고 현해탄을 건넜다.

그 당시 소라의 조부모는 갓 결혼한 신혼이었는데 조부는 부두에서 힘들게 일했지만 손에 쥐어지는 건 너무 적은 월급이었고 더구나 제주에는 할 일이 너무 없다는 걸 깨달았다. 그러던 차에 일본에 가면 돈을 많이 벌 수 있다는 말을 듣게 되었고 당분간 고향을 떠나 일본에 가서 살기로 마음먹었다. 일본에서 일할 사람을 모집하는 소개소를 통해 가는 것이었다.

인생의 동반자로서 새 삶을 개척하는 굳은 약속을 한 부부는 흡사 동지가 된 것처럼 비장한 각오를 하였는데 부모님에게 절을 하고 나서 큰 보따리와 가방을 한 사람이 두 개씩 옆구리에 끼고 두려움과 설렘을 가득 안고서 부산 가는 배에 올랐다.

부산항에 도착하여 부두 근처 여관에서 자고 다음 날 부두에 가 보니 벌써 많은 사람이 배에 오르고 있었다.

태어나서 처음 보는 커다란 배였다. 배는 사람들로 넘쳐났고 일본으로 가는 데 며칠이 걸리는지도 몰랐다. 배에서 사람들은 각자 챙겨 온 주먹밥이나 삶은 감자를 먹으며 겨우 허기를 달랬고 잠은 아무 데나 기대고 잤다. 도둑질을 하고 싸움이 벌어지고 여기저기서 멀미를 하고 사방에서 악취가 진동하였다.

부부는 배가 무사히 일본에 도착하여 일자리는 잘 잡을 수 있을 것인가 하는 의구심이 들고 걱정했지만 내색하지 않고 서로의 손을 꼭 잡았다.

드디어 배는 시모노세키항에 무사히 도착하였다.

배에서 고생한 사람들은 모두 초췌하고 피로한 모습으로 일본 땅을 밟았다. 말로만 듣던 머나먼 곳, 처음 와 보는 이국, 너무나 낯선 환경이 그들을 맞이하였다.

인력모집을 의뢰한 기업체에서 각각 안내자가 나왔고 모두 해당되는 곳을 찾아갔는데 부부를 포함한 많은 사람은 오사카까지 다시 이동하였다.

먼저 숙소부터 갔는데 부부가 같이 온 사람은 작지만 따로 방 하나씩 배정받았고 혼자 온 사람은 서너 명이 방 하나를 같이 쓰는 것이었다. 거기에 공동 부엌, 공동 빨래터, 공동 화장실이 있었다. 생각보다 깨끗하고 시설이 잘된 곳이라 여자들은 안심하였고 남자들은 돈만 벌 수 있다면 어떤 일이든 가리지 않고 죽어라 일만 하자며 서로 기운을 북돋았다.

부부가 배정받은 기업은 군복이나 배낭 등을 만드는 공장이었다. 남자들은 물론 여자들도 공장에서 일을 하였다.

정말 빨리 배우고 일을 잘하는 사람들을 보고 기업의 간부는 칭찬했지만 한두 명 있는 일본 노동자는 조센징이라며 괴롭히기도 하였다. 그럴 때마다 힘들고 괴로웠지만 꾹 참고 버티며 지냈다.

일밖에 모르는 생활을 하다가 부부는 일 년 후에 아들을 낳았다. 바로 소라의 큰아버지. 식구가 늘어 부부는 더 일을 해야 했다. 월급에서 최소한으로 쓰며 돈을 모았고 폐지와 고물을 주워 파는 일까지 하였다. 몸이 힘들어도 아들을 보면 힘이 솟구치고 고향으로 돌아갈 때를 생각하면 희망이 생겼다.

그렇게 악착같이 살다가 아이가 다섯 살이 되었을 때 가족은 드디어 꿈에 그리던 고향, 제주도로 돌아왔다. 돌아온 지 4년 후에 광복이 되었다.

이제 관심은 소라에게로 쏠렸다.

작은아버지와 숙모는 빨리 결혼해서 가정을 꾸리고 살아야 한다는 뜻을 다른 말로 빗대거나 다른 사람의 예를 들어가며 주거니 받거니 말하였다.

처음에는 이혼한 소라의 입장을 봐서 조심스럽게 말하다가 점점 고조되어 너무 솔직하게 말하는 모습에 소라는 기가 막힐 노릇이었다. 그냥 고개만 끄덕이며 빨리 제사가 끝나기만을 기다렸다.

우리 마을 바로 알기 제2탄

선생님의 우리 마을 바로 알기 제2탄이 시작되었다. 이번 주제는 '역사 바로 알기'였다.

선생님은 소라의 도움이 필요하니까 이번에도 와 달라고 하였고 소라는 흔쾌히 선생님이 가시는 길에 언제든 동행하겠다고 하였다. 선생님은 든든한 제자를 두었다며 좋아하셨다.

소라는 서둘러 주민센터에 가 보았다. 주민센터에 찾아와서 문의를 하는 여행객들을 상대하느라 직원이 애를 먹었다고 하였다. 어떻게 알았는지 그들도 참여하고 싶어 했지만 인원에 제한이 있고 주민을 상대로 한 프로그램이라 신분증을 확인하였다. 선생님은 자랑스러운 환경문화역사해설가 자격증을 갖고 있었다.

이번에도 똑같은 시간에 모이는데 점심은 오일장에서 먹을 거라며 이십대 후반의 직원은 안경 너머로 소라에게 오일장에서 뭐 먹을 거냐고 물었다.

"오일장 하면 국밥 아니겠어요?"

"에이, 모르시네. 요즘은 육개장이예여, 고사리육개장."

안경을 끼고 바짝 마른 직원은 소라를 보면 승부욕이 생기는지 혀 짧은 소리로 자꾸만 문제를 내곤 하였다.

'제주에 많은 세 가지 제주삼다, 뭐뭐뭐예여?'

'돌, 바람, 여자.'

'에이, 틀렸어여. 여자는 맞아여. 답은 카페, 자동차, 여행 온 여자예여.'

잔뜩 고무된 직원은 또 물었다.

'그럼, 제주에 없다는 삼무는 뭐게여?'

소라는 자신 있게 큰 소리로 대답했다.

'도둑, 대문, 거지.'

직원은 두 손을 교차시켜 X를 만들며 말했다.

'에이, 그건 옛날. 답은 기차, 동물원, 백화점이지여.'

소라도 언제 질문을 만들어 와서 꼭 한 번은 이기겠다고 벼르고 있었다.

다음 날, 아침부터 부슬부슬 비가 오다가 멈추었다.

한 사람, 두 사람 주민센터 마당으로 사람들이 모여들었다. 제1탄에 참여했던 사람도 있었다. 이번에는 동네 토박이도 '있었는데 철물점 양 사장님이었다. 정말 우리 마을을 잘 알아보고 싶어서 참가했다고 하였다. 그들은 서로 인사를 나누었다.

그들은 받은 인쇄물을 찬찬히 살펴보았다. 인쇄물에는 '일제의 잔재를 찾아가다'라는 제목으로 두 개의 흑백사진도 실려 있었다. 어떤 건물과 시멘트 구조물인 것 같았다.

선생님이 마당에 모인 사람들을 향해서 말했다.

"에, 이번 탐방은 우리의 역사를 똑바로 알아보기 위해 일제의 잔재 중 두 곳을 찾아갑니다. 역사의 암울했던 장소를 우리 함께 가서 봅시다."

차는 읍내를 빠져나와 외곽으로 바다를 보며 한참 달리다가 어느 바다 근처 공터에 멈춰 섰다.

차에서 내린 사람들은 선생님의 안내대로 바다의 짠내를 맡으며 작은 조선소를 지나고 동네의 좁은 골목길로 접어들어 어느 녹슨 철 대문 앞에 다다랐다.

대문을 열고 한 사람이 나오더니 선생님과 인사를 나누었고 몇 마디 얘기를 나눈 후 탐방단은 안으로 들어갔다.

넓은 마당에 높이 솟은 굴뚝이 보이고 지붕이 날아가 채 돌을 쌓아 지은 건물이 균열이 간 상태로 앙상하게 서 있었다. 제법 규모가 큰 건물로 내부는 콘크리트 기둥에 밑바닥은 노출된 채 그대로 있고 벽은 오랜 세월의 흔적을 보이고 있었다. 허물어져 쌓인 돌들이 무더기로 한곳에 있어 스산한 기운마저 도는데 굴뚝과 기둥과 벽과 창문틀만 남은 건물은 바로 수산물가공공장이었다.

선생님이 큰 소리로 말했다.

"이곳은 1920년대 일본강점기 시절 지어진 통조림공장입니다. 바다가 가까운 이곳에 공장을 지어 소라, 전복을 가공하여 일본으로 수출했습니다. 어린 전복껍질로는 의복단추를 만들었고요. 저 높은 굴뚝은 통조림에 들어가는 재료를 삶고 깡통을 가열하는 용도였던 겁니다.

일제는 우리의 지하자원과 곡창지대의 곡식과 바다의 해산물 등을 싹쓸이하여 전쟁물품을 공수했습니다. 자기네 배를 채웠습니다. 전쟁에 이용하기 위해 도민을 강제 징용하여 땅굴을 파서 진지를 구축하하는 것도 모자라 현지에서 물자를 가져갔습니다. 그것을 보면서도 아무 말 못 하던 약탈의 시대였습니다. 그 현장이 여기 있습니다."

선생님은 다소 흥분하신 것 같았다.

모두 고개를 끄덕이며 설명을 귀담아 들었다. 철물점 아저씨는 주먹을 불끈 쥐고 고개를 들어 하늘을 보며 일본을 향해 욕설을 내뱉었다.

선생님의 설명이 끝나자 사람들은 사진을 찍거나 벽을 유심히 살펴보거나 굴뚝을 올려다보았다. 벽에다 코를 대고 냄새를 맡는 사람도 있었다.

소라는 선생님에게 자신의 조부모 얘기를 짧게 해 드렸다. 그랬더니 선생님은 그 시대에 일본에 간 사람이 많고 고국에 돌아오지 않고 일본에 남은 사람도 많다고 하였다.

사람들이 자연스럽게 선생님 앞으로 모였다.

"오늘은 모처럼 오일장이니까 오일장에서 점심식사를 합시다. 옆에 오일장이 있는데 사람들이 몰려들기 전에 빨리 자리 잡으러 갑시다."

사람들로 북적이는 오일장은 여러 가지 상품을 파는 곳이라 볼 것이 많았다. 동네 마트에서 시장을 보던 소라도 오랜만에 보는 토속적인 모습에 기분이 좋았다.

점심식사는 각자 먹고 싶은 음식을 먹기로 했는데 결국 육개장과 국밥 두 가지로 나뉘었다. 국밥을 먹으려는 사람이 더 많았다.

소라가 속한 국밥 팀은 가마솥에서 나오는 뜨거운 김으로 가득한 식당에 자리를 잡았다. 벌써 와서 자리 잡은 손님도 있었다. 일부러 이 오일장에 국밥을 먹으러 올 정도로 여기 국밥이 유명하다고 철물점 아저씨가 말했다.

음식이 금방 나왔다. 모두 머리를 숙여 먹기 시작했다.

소라도 뜨거운 국밥을 후후 불어서 맛있게 먹었다. 소라는 오랜만에 국밥을 먹으니 아버지 생각이 났다. 어렸을 적에 아버지의 손을 잡고 오일장에 갔는데 갈 때마다 아버지는 꼭 국밥을 드셨다. 작은 그릇에 덜어 주면 소라는 콧물을 흘리며 맛있게 먹었다.

장난감을 많이 쌓아 놓은 점포에서 눈이 크고 예쁜 옷을 입은 인형을 보고 사 달라고 떼를 쓰다가 사 주지 않자 땅바닥에 주저앉아서 세상 떠나갈 듯이 울었다. 하나밖에 없는 딸이지만 비싼 인형을 사기엔 아버지의 지갑이 너무 얇았다. 그 후로 소라는 절대 아버지를 따라 오일장에 가지 않았다. 그때 소라는 네 살이었다. 엄마는 그런 소라를 보고 고집이 너무 세다고 걱정하였다.

탐방단은 점심식사를 끝내고 오일장 옆에 있는 대장간에서 달군 쇠를 두드리며 호미 만드는 것을 잠깐 구경하고 나서 차가 있는 곳으로 발걸음을 옮겼다.

차는 도로를 달리다가 들판 쪽으로 가더니 사방이 밭으로 넓게 펼쳐진 곳에 멈추어 세웠다.

선생님은 이곳도 가슴 아픈 장소라고 말했다. 일제의 만행으로 우리 도민이 강제로 동원되어 피땀을 흘린 곳이라 반드시 기억해야 한다고 하였다.

밭에는 둥근 동굴처럼 생긴 콘크리트구조물이 커다란 괴물처럼 입을 벌리고 엎드려 있었다. 밭 여기저기 흩어져 있는 여러 개의 구조물이 정말 흉물스럽게 보였다.

그 앞에서 선생님이 설명하였다.

"일제가 미군의 침략을 막아 내기 위해 도민을 징용하여 노동력 착취로 만들어 놓은 곳으로 군용기를 보관하고 침공하기 위한 격납고입니다. 저쪽 바다절벽에도 일제의 전쟁 흔적이 있죠. 그곳은 많이 봤을 테니까 생략하겠습니다. 역사의 시간이 흘러 우리 후손은 감히 이 앞에서 상상해 보려고 해도 그때의 암울하고 어두운 나날을 상상하기 어렵습니다. 하지만 한번 상상력을 동원하여, 피땀 흘려 벽돌을 나르는 많은 사람이 있고 그들과 얼마 떨어지지 않은 곳에서 군용기가 드나드는 모습을 그려 보십시오."

그러자 웅성거리는 소리가 들리고 눈을 감는 사람도 있었다. 철물점 아저씨는 또 주먹을 불끈 쥐고 하늘을 보면서 일제를 향해 욕을 하였다.

소라도 감회가 새로웠다. 중학교 2학년 때 여기에 견학을 왔었는데 그때는 선생님의 말이 무슨 말인지 몰랐다. 아니, 재미가 하나도 없어서 귀담아 듣지 않았다. 오늘 잘 왔다고 생각했다.

갑자기 후덥지근한 바람이 불더니 빗방울이 하나둘 떨어지기 시작했다. 모두 차가 있는 곳으로 달렸다.

잠시 후, 굵어진 비로 들판이 촉촉이 젖었다.

취업

새벽부터 비가 내리다 언제 비를 뿌렸냐는 듯 한동안 쨍쨍하더니 또 비가 오고 있었다.

마당에서 뽀송하게 말리던 빨래가 대청마루로 들어왔지만 가망이 없어서 엄마는 세탁소에 맡겨 대형건조기에서 건조시키고 왔다. 아직 동네에 빨래방은 들어오지 않았다.

할머니의 침구와 옷이 순면으로 만든 제품이 많았기에 엄마는 세탁소에 돈을 지불하고 건조시킨 것이었다.

해님이 해 주는 것을 돈 주고 했다고 엄마는 아쉬워했지만 한편, 첨단기술에 감탄을 하며 기계도 사람도 계속 진화한다고 하였다.

소라는 집 안이 습하고 축축한 느낌이 들어 습기제거제를 구석구석 갖다 놓았다.

천천히 콩나물을 다듬던 할머니가 그게 뭐냐고 물었다.

"시상에, 시상에 별 게 다 있네. 그 쬐만한 것이 호스도 안 달고 물을 빨아먹는다고?"

소라는 두 손으로 허공에 사각형을 그리며 말했다.

"이만한 제습기도 있어요, 할머니."

할머니는 그냥 웃었다. 허허허.

소라는 신문과 생활정보지를 식탁에 올려놓았다.

전에 광고를 볼 때는 한정된 산업 분야의 구인광고만 있어서 '아직도 제주 발전이 이 정도밖에 안 되나?'라며 실망을 했다. 기업체가 많지 않은 제주에서 자기가 몸담을 곳을 찾기가 어려웠다. 큰 기업들은 본사가 서울에 있어서 직원도 서울에서 내려와 제주지점 파견 근무를 하고 있고 가끔 현지채용도 했지만 직종이 한정적이었다.

소라가 볼펜을 귀에 꽂고 장을 넘기면서 '이렇게 귀한 인재가 갈 곳도 부르는 곳도 없다.'며 엄살을 부렸었다.

엄마가 한숨을 쉬며 말했다.

'서울에서 하던 일과 같은 일이 여기에 별로 없겠지. 너무 대책 없이 널 불러들인 게 아닌가 한다. 과수원을 빌려주지 말걸 그랬나?'

'아니야, 과수원일 하다가 엄마가 허리를 다쳤는데 난 농사일 안 할래. 내가 전부 정리하고 올 땐 호텔 청소라도 할 각오로 내려왔단 말이야.'

'얘는, 서울에서 대학까지 나온 애가 못 하는 소리가 없네. 호텔 청소라니?'

'나중에 청소회사를 차리는 거지, 헤헤헤.'

'어딘가 네가 할 일이 있겠지. 여기도 많이 발전했어. 타지에서 와서 정착해 잘사는 젊은 사람도 많아. 그런데 소라야, 네 꿈은 뭐니?'

'엄마도 참, 그건 어릴 때 물어보는 거 아냐?'

'어렸을 때 네 꿈은 교사였잖아. 그다음은 아나운서, 그다음은 변호사. 이렇게 꿈이 계속 변했어.'

'엄마는 기억력도 좋으셔. 지금 내 꿈은 취업하고 시집가는 거야, 엄마. 하하하.'

그때 엄마는 어이없다는 표정을 지었다.

오늘은 큰 박스 광고가 눈에 띄었다.

[꿈과 비전이 있는 기업-백록담식음료주식회사

상품기획개발 0명 품질관리 0명 생산 00명

각 분야 경력자우대 신입도 환영.

이력서, 자기소개서 지참 필히 방문접수.

많은 관심과 지원 바랍니다.]

꼼꼼히 다 읽고 나서 소라는 바로 자신이 적임자라는 생각이 들었다. 전에 면접 본 수산물가공회사보다 땅에서 난 식재료가 자신과 맞는다고 판단했다. 게다가 식품공학을 전공하고 경력도 있으니

고향에서 경력을 살려서 일하고 능력도 발휘하면 아주 좋은 일이 아닌가.

회사의 주소를 보니 소라의 집에서 차로 약 30분 거리에 위치하고 있었다.

'가까운 곳이네. 딱 좋다. 이건 마치 나를 위한 일자리, 내게 오라고 손짓하는 것 같아.'

아침부터 햇살이 뜨겁게 내리쬐고 있었다.

"햇볕은 쨍쨍, 모래알은 반짝. 모래알로 떡 해 놓고 조약돌로 소반 지어 언니 누나 모셔다가 맛있게도 냠냠."

소라는 이력서와 자기소개서를 들고 노래를 흥얼거리며 연희에게 차를 받기 위해 길가에 서 있었다.

현우가 조깅하다가 소라의 얘기를 듣고 오른쪽 주먹을 불끈 쥐며 '파이팅' 하고 외쳤다.

오랜만에 운전을 하였다. 소라가 서울에서 직장에 다닐 때는 버스를 이용했지만 남편이 회식을 하는 날이면 소라가 운전을 해서 데리고 오곤 하였다.

신혼 때만 해도 사이가 좋았고 서로 사랑하며 이해해 주었는데 도박하는 친구를 만나 도박을 하면서 변해 가는 남편이 안타깝기만 하였다. 술과 도박은 둘 사이를 갈라놓았고 시간이 가도 회복의 기미를 보이지 않았다.

이혼할 땐 집 전세금이 도박으로 진 빚을 갚느라 절반으로 줄어들었다. 줄어든 돈의 절반이 협의이혼 후 소라가 받은 전부였고 공교롭게도 그 금액은 결혼하면서 전세보증금이 모자라 남편이 받은 대출금액과 같았다.

소라가 주소를 내비게이션에 입력하고 가는데 큰 도로를 따라가다가 중산간으로 접어들어 관광농원을 지나서 개울물 흐르는 다리를 지나니 훤히 트인 곳에 자리 잡은 몇 개의 건물이 시야에 들어왔다. 그중 온통 흰색인 건물 정면에 회사명패가 보였다. 단층 건물로 외관이 크고 깔끔해 보였다.

소라는 주차 표시가 있는 곳에 차를 주차하고 나서 어깨를 펴고 당당하게 걸으며 건물 안으로 들어갔다.

며칠 후 면접을 보러 오라는 연락을 받고 소라는 여름이라 의상을 고민하다가 린넨 감색 수트로 정장 차림을 하고 다시 회사를 찾았다.

혼자 면접심사를 받는 소라 앞에 앉은 인사담당자와 실무자는 이 회사는 제주에서 생산한 보리, 당근, 양배추 등을 이용해 건강음료와 발효음료를 만드는 회사이고 이제 5년 차로 오래되지 않았지만 매년 성장하고 있다고 힘주어 말했다. 그런 다음 소라가 꽤 알려진 중견기업에 다녔었다는 점에 놀라며 예전에 했던 업무에 대해 질문을 하였다.

소라는 제품기획업무를 했던 자신의 경험을 말했고 담당자는 소라를 응시하거나 서류를 보며 듣거나 하였다. 담당자는 몇 가지 질문을 더 하고 대답을 듣고 나서 긍정적 결과를 기대한다는 말과 언제 채용 여부를 알려 준다는 말을 하고 끝을 맺었다.

소라는 돌아오는 차 안에서 라디오를 통해 나오는 음악의 볼륨을 높였다. 열어 놓은 차창으로 풀냄새가 강하게 들어왔는데 소라는 싱싱한 자연의 냄새라고 느꼈다.

태양이 사방으로 따스한 빛을 보내는 화사한 날이었다. 이른 아침에 엄마는 일을 하러 가고 소라와 할머니는 간단히 아침식사를 했는데 할머니는 식곤중인지 다시 잠에 드셨다.

면접결과를 보내 주는 날이라 소라는 아침부터 휴대폰만 처다봤는데 아무것도 손에 잡히지 않고 아무것도 할 수 없었다. 마당에 나와 어슬렁거렸는데 어느새 발은 골목을 빠져나와 거리로 가고 있었다.

카페 앞에서 현우가 분주히 움직이고 있고 어떤 꼬마아이가 고래 모형을 안고 있었다. 옆에는 엄마로 보이는 여자가 가볍고 시원한 차림새를 하고 서 있다.

현우가 소라에게 아내와 아들이라며 소개를 해 주어 서로 인사를 나누었다. 아내가 어제 휴가를 왔다며 아들에게 고래를 보여 주러

간다고 하였다.

현우가 소라에게 미소 띤 얼굴로 말했다.

"집사람이 내년부터 제주 근무를 하게 되었어."

"어머, 잘되었네요. 그럼 같이 사시는 거죠? 사장님이 좋으시겠어요. 아니, 가족분 모두."

아내가 말했다.

"어머님은 잘 계시죠? 빨리 뵙고 싶네요. 이번에 완전히 오는 건 아니고요. 임시파견이에요."

현우가 말했다.

"조금 아쉽지만 매일 꿈꾸던 일이 이루어져서 좋아."

"그래도 가족이 같이 살게 되어서 좋아요. 이 사람을 가까이에서 지켜볼 수 있고. 잘 부탁해요, 소라 씨."

아내가 손을 내밀어 악수를 청했다.

"환영합니다. 웰컴 투 제주."

소라도 아내의 손을 잡고 힘차게 흔들었다.

이 모습을 현우가 흐뭇하게 보았고 아들은 '나도 할래, 나도 할래.' 하면서 소라와 악수를 하였다. 인사를 하고 나서 현우 가족은 고래를 보기 위해 해안도로를 달렸다.

현우의 아내는 유명호텔체인 마케팅부서에서 일하고 있었다. 현우가 제주에 가면서부터 제주에서 잠시라도 근무하기를 바라고 있었는데 이번에 길이 열린 것이다.

현우 부부는 아들을 위해서도 가족이 함께 살아야 한다고 생각하고 있었다. 이번에 휴가를 즐기고 돌아가면 몇 달 후에는 가족이 한데 모여 사는 것이다.

잠시 후 소라의 휴대폰 메시지 신호음이 울렸다. 회사에서 보낸 메시지라는 직감이 들었다. 순간 소라는 눈을 감아 버렸다. 서울에서 취업할 때보다 더 가슴이 두근거렸다. 눈을 뜨고 천천히 메시지를 보았다.

[한소라 님, 당사 입사를 축하합니다.

우리 함께 새로운 길을 걸어 봅시다.]

서울에서 취업했을 때보다 더 기뻤다.

바로 엄마에게 알렸다. 엄마도 '우리 딸내미 살아 있네.'라며 기뻐하였다.

뒤이어 마침, 선생님이 전화를 하셔서 알려 드렸다. 선생님은 '고향을 위해서 일할 제자가 하나 생겼다.'며 좋아하셨다. 소라가 무슨 일로 전화하셨느냐고 물었다.

"다음번 우리 마을 바로 알기 3탄을 준비하는데, 향토음식에 관한 거라 네 외할머니가 생각나서…."

선생님이 잠시 헛기침을 하고 나서 말을 이었다.

"네 외할머니가 향토음식에 일가견이 있으시잖아. 도움을 좀 받을까 해서 그런다."

"아, 그럼요. 도와주실 거예요. 3탄은 저희 집에서 해도 되겠네요, 선생님."

"그래, 고맙다. 언제 찾아뵈어야겠구나."

전화를 끊고 나니 연희네 식당으로 자연히 발이 움직였다. 연희는 휴가 막바지 손님들로 바쁘게 움직이고 있었다. 소라는 얼른 앞치마를 두르고 도와주었다.

연희에게 짧게 말하니 좋아하며 축하해 주었다.

"이제부터 돈 벌고 결혼해서 아기도 빨리 낳아라. 넌 나만큼 되려면 갈 길이 멀다. 기집애야, 아예 그 회사에 있는 남자를 꼬셔라. 그게 제일 좋겠다, 빠르고⋯."

소라는 이렇게 노골적으로 말해 주는 친구가 고마웠다.

드디어 첫 출근일.

아침밥을 먹어야 힘이 나서 일을 할 수 있다며 엄마가 정성으로 차려 준 아침밥을 소라는 감사히 먹었다.

"잘 다녀오겠습니다."

소라는 할머니와 엄마에게 인사를 하고 집을 나섰다.

엄마는 딸이 단장하고 활기차게 출근하는 모습을 보면서 마음이 흡족해졌다.

회사는 직원 수도 많고 꽤 규모가 있는 기업이었다.

소라는 회사사람들에게 소개되었다. 모두 친절하고 표정에서 의욕과 자신감이 흘러나왔다.

소라는 제품개발팀에 배치되었다. 제품기획에 소질이 있고 실력도 있으니 그렇게 하자는 의견이 모아졌다고 인사담당자가 살짝 귀띔해 주었다.

소라는 지정된 자리에 앉았다. 먼저 큰 서랍을 열어 핸드백을 집어넣었다.

그때, 책상 위에 살며시 커피 한 잔이 놓였다.

소라는 오른쪽으로 몸을 돌렸다. 남자 직원이 살짝 고개를 숙이며 인사를 하였다. 소라도 살짝 고개를 숙였다.

커피를 마시면서 소라는 어쩐지 앞으로 회사생활을 잘할 수 있을 것 같다는 예감이 들었다.

아버지의 자전거

이른 아침에 어머니가 전화를 해서 아버지의 상황을 알려 왔을 때는 집으로 오라는 신호이기 때문에 나는 아침 겸 점심을 먹고 모처럼 혼자 있는 집에서 느긋하게 쉬다가 작은 가방에 짐을 챙기고 내려갈 준비를 하였다.

차는 아내가 쓸 일이 있어서 이미 사라진 뒤라 난 집에서 가까운 고속버스터미널에서 토요일의 인파에 휩쓸리며 겨우 버스에 몸을 실었다.

두 시간 반이 걸려 본가에 도착했을 때는 어둠이 막 내려앉기 시작한 초저녁이었다. 먼저 백구가 나를 알아보고 짖었고 꼬리를 힘차게 흔들며 빙글빙글 돌았다.

저녁식사를 준비하느라 주방에서 분주히 움직이다가 백구가 짖는 소리를 듣고 마당으로 고개를 내민 어머니는 나를 보고 무심히 한마디 하셨다.

"오지 않아도 되는데 힘들게 왜 왔냐? 배고프지?"

"엄마가 오라고 했으면서…."

어머니는 대화할 때 이상한 점이 있다. 특히 자식과 전화통화를 할 때다. 우선, 줄여서 말씀하신다. 아직도 이 밀레니엄시대에 통화료가 많이 나올까 봐 할 말만 빨리 하고 전화를 끊는다.

'그제, 네 아버지가 글쎄, 타지 말라는 자전거로 트럭에 넘어져 병원 갔다.'

내가 전화를 다시 해서 물어본 결과 다음과 같았다.

'그저께 아버지가 자전거를 타고 나갔다가 끌고 돌아오는데 트럭이 비키라고 경적을 크게 울리는 바람에 급하게 구석으로 비키다가 자전거와 같이 고꾸라지면서 오른쪽 팔을 다쳐 병원에 갔다.'

병원에서 X-LAY와 초음파검사를 해 보니 팔꿈치 힘줄이 파열되어서 바로 처치를 했고 크게 다친 건 아니라 안심이라고 하였다.

그다음, 긍정도 부정도 아닌 애매한 화법을 사용한다.

'한 번 오면 좋기야 하지만, 너는 장남이기도 하니까.'

내가 가겠다고 하면 이렇게 말씀하신다.

'올 거 없다. 수술한 것도 아닌데. 회사일이 바쁘잖아.'

나는 집 안으로 들어가서 안방 문을 열어 보았다.

거의 백발인 아버지가 침대에서 몸을 반쯤 일으켜 기댄 채 다리 하나는 세우고 앉아 계시는데 오른쪽 팔은 깁스를 해서 불편해 보였다.

"아버지, 저 왔어요."

"왔냐?"

"좀 어떠세요? 많이 아프세요?"

아버지가 아픈 듯 얼굴을 찡그리니 이마의 주름이 깊게 파여 더 늙어 보였다. 오른쪽 손가락만 남기고 팔 전체를 깁스를 하니 앉아 있는 자세가 불편해 보였다.

내가 아버지의 팔을 살며시 만져 보고 아버지의 이마에도 손을 얹어 보며 살피는데 주방에서 부르는 소리가 나서 아버지를 일으켜 옆에서 도우면서 주방으로 갔다.

그나마 팔이 다치셨으니 발로 걸을 수 있어 다행이지 발이나 다리였으면 꼼짝없이 목발이나 침대 신세가 되는 거였다. 우리가 두 발로 스스로 걸을 수 있다는 것은 얼마나 좋은 일인가.

주방으로 가는 동안 내 머릿속은 엄마가 차려 놓은 맛있는 음식으로 가득 찼다. 손이 큰 엄마는 자신이 힘든 건 아랑곳하지 않고 평일에도 음식을 여러 가지로 양도 많게 만들었다. 먹는 게 남는 거라는 신조로 살았다.

그런데 주방에 가 보니 식탁에 차려진 음식은 별로 없었다. 잡곡밥에 시금치된장국, 굴비구이, 두부조림, 데친 브로콜리와 쌈장.

"엄마, 다이어트하세요? 왜 이렇게 밥상이 초라해요?"

엄마를 자세히 보니 흰 머리는 하나도 없이 염색을 했고 눈썹 문신은 초승달로 예쁘게 되어 있어 전보다 훨씬 더 젊어 보였다.

"이젠 요리하기도 힘들고, 또 채소와 생선 위주로 먹으려 한다. 그래야 건강해진다고 해서….'

그렇게 말한 엄마는 아버지 옆에 앉아 아버지의 오른손이 되었고 엄마의 푸짐한 밥상을 기대했던 나는 내심 실망한 얼굴을 하고 젓가락을 집어 들었다.

엄마는 나를 향해 두 분이 이렇게 먹기로 합의를 했다고 하면서 주변 친구들이 만성적인 고질병으로 시달리는 것을 보고 식사부터 고쳤다는 것이었다.

70대 중반인 두 분의 건강은 큰 문제는 없지만 엄마가 오른쪽 무릎관절을 수술했고 아버지는 고혈압에 지방간으로 식단을 바꿀 필요가 있었다.

앞으론 집에 오면 내 손길을 기다리는 갈비찜은커녕 삼겹살, 족발, 수육, 닭볶음탕을 만나지 못한단 말인가.

엄마가 분주히 아버지 수저 위에 밥과 반찬을 얹으면 아버지는 왼손에 쥔 수저를 천천히 들어 올려서 입으로 가져갔다. 엄마가 다

해 드린다고 했는데 아버지는 한사코 당신 손으로 먹겠다며 저렇게 보기에도 불안하게 수저를 드신다는 것이었다.

"오 여사의 음식을 기대하면서 왔는데. 아, 섭섭해."

"평상시엔 내가 차려 주는 대로 먹든가 니가 먹고 싶은 대로 만들어 먹든가 사다가 먹든가 알아서 해라."

엄마는 흔들리지 않는 군건한 결의를 말하는 것처럼 끝말에 힘을 주며 마침표를 찍었다. 그 기세에 눌려 알았다며 나는 백기를 들고 말았다.

아버지는 식사를 하면서 불편한지 자꾸 얼굴을 찡그리고 왼손으로 천천히 드시니 꽤 시간이 걸렸다.

"아버지는 왜 차를 놔두고 군이 자전거를 타시다가 아니, 끌고 가시다가 그렇게 다치셨나요?"

엄마가 아버지를 힐끔 보고 나서 말했다.

"가까운 거리는 걷고 먼 거린 자전거, 짐이 있을 때만 차를 운전하잖아. 고집이 어찌나 센지, 에구."

아버지는 고개를 돌려 엄마를 한 번 째려보고 나서 다시 천천히 밥을 드셨다.

엄마가 언제 갈 거냐고 물어서 내일 간다고 말했다. 오늘은 토요일이고 월요일에 출근하려면 내일 가는 것은 당연한 건데 엄마는 항상 물어보고 그때마다 서운해하지만 어쩔 수 없다.

아버지가 된장국 한 수저를 삼키고 나서 말했다.

"요즘 경기가 안 좋은데 회사는 잘 돌아가는가?"

"우리 회사는 예전에 조기퇴직제로 군살을 빼서 괜찮았는데 중간에 조금 어려웠다가 지금은 괜찮아졌어요."

"그거 다행이구나. 아직 부장 자리를 보존하고 있으니. 내 친구 아들은 실업급여를 받고 있다고 하더라."

"저도 어떻게 될지 몰라요."

"그러게, 걱정이구나."

식사를 다 하셨는지 아버지는 먹다 남은 밥, 반찬과 국을 천천히 손을 움직여 한곳에 모았다.

그 모습을 보고 엄마는 백구가 사료를 먹지 않으려고 해서 큰일이라고 하였다. 아버지가 자꾸 백구에게 우리가 먹는 음식을 준다며 엄마는 '네 아버지는 하지 말라면 꼭 하는 양반.'이라며 쐐기를 박았다. 아버지는 밖에서 외식을 해도 남은 음식을 따로 챙겨 와서 백구에게 주었다.

아버지가 의자에서 일어나서 잔반을 모은 그릇을 왼손에 들고 위태롭게 가려고 했다. 나는 얼른 뺏으면서 내가 갔다 온다고 하고 마당으로 갔다. 창으로 새어 나오는 불빛만 있는 마당 구석에서 백구가 격하게 꼬리를 흔들었다. 밥을 주니 배가 고팠던지 코를 박고 먹기 시작했다.

엄마를 도와 식탁을 치운 뒤 내가 설거지를 하고 나서 거실로 나와 보니 아버지는 안방으로 가셨고 엄마는 소파 앞 카펫 위에 앉아 TV를 보면서 단감을 깎고 있었다.

나는 석 달 만에 온 본가를 탐색하듯 어슬렁거리며 주방 옆, 아버지가 취미 방으로 만든 작은 방으로 들어갔다.

장식장과 벽 선반에 가득 친 수석들이 나를 반겼다. 촛대 모양, 동물 모양, 사람 모양, 꽃그림이 박힌 돌, 용이 승천하는 모양, 신비한 색상이 있는 돌.

여러 가지의 크고 작은 돌을 보니 신기하기도 하고 세상에 이런 돌도 있나 하는 생각이 들었다.

방의 세 면이 모두 수석으로 가득 차 있고 방문 옆 벽에 붙어 있는 책상 위에는 책꽂이가 놓여 있었다.

한동안 보지 않다가 오랜만에 보니 수량이 엄청 늘어나 있었다. 방이 작아서 다행이지 이건 마치 동굴 같다.

열린 문틈으로 엄마를 향해 외쳤다.

"엄마, 아버지 아직도 돌 주우러 다니세요?"

"좋은 것만 방에 모아 놔서 그래도 좀 낫다. 전에 이것저것 주워 와서 마당에 가득했을 때는 정말, 그때 생각만 하면 징글징글하다. 에구."

"그래도 이것 때문에 운동도 되고 그럼 된 거죠."

"운동은 무슨, 돈 주고 산 게 더 많은데, 에구."

아버지는 읍사무소 건설과에 근무하다가 셋째 아이가 태어나자 그만두고 목수 일을 하였다. 큰아버지를 따라다니며 일을 배웠고 실력이 쌓였을 때는 인부들을 데리고 일을 하며 수많은 집을 지었다. 그렇게 힘들게 일하며 다섯 자식을 키웠는데 언제부턴가 더 이상 일이 들어오지 않고 아버지도 허리가 아파서 일을 할 수가 없었다. 그 후 활력을 잃어 가던 중 친구인 권 씨 아저씨가 수석을 권하여 늦게 수석을 하게 된 것이다.

책상 위에 있는 책꽂이의 한 칸에 사진액자가 눈에 띄었다. 엽서보다 작은 크기의 사진인데 흑백이라 잘 보이지 않아 꺼내들고 거실로 나왔다.

엄마가 있는 쪽으로 가니 엄마는 단감 조각 하나를 내 입에 넣어주고 엄마도 하나 입에 물었다.

"이 사진 뭐예요? 처음 보네요."

사진에는 자전거를 타다가 내렸는지 자전거를 잡고 젊은 남자가 서 있고 짐칸에 어떤 남자아이가 타고 있었다.

"너잖아, 그 꼬마. 너 다섯 살쯤 아버지하고 같이 찍은 사진이야. 아버지가 액자를 사다가 끼워 넣었더라."

"난 처음 보는데…."

"아버지도 오래된 장부책에서 발견했어. 그동안 먹고사느라 잊어버렸나 봐."

사진 속의 아버지는 머리에 가르마를 타고 말끔하게 하얀 셔츠를 입고서 한 손은 핸들을 잡고 한 손으론 아이를 감싸고 웃으며 서 있었다. 반면에 아이는 어쩐지 겁을 먹은 표정으로 자전거 짐칸에 어정쩡하게 앉아 이쪽을 바라보고 있었다.

엄마가 힐끗 사진을 보더니 말했다.

"사진 속 아버지가 지금 너랑 똑같이 생겼다. 하하하."

나는 사진을 자세히 보았다. 신기하게도 내가 자전거를 붙잡고 환한 얼굴을 하고 아이와 함께 있는 것 같았다.

"아주 소중한 사진이네요."

"아버지도 소중하게 생각해서 액자에 넣었을 거야. 젊었을 때 사진이 너무 없어서…."

"이 사진 보니까 아버지 젊었을 때 참 미남이었네. 그래서 아버지에게 시집가신 거죠? 엄마."

"사진 보니까 잘생기긴 했다야, 하하하."

"까마득한 옛날이네요. 세월이 많이 흘렀어요."

"많이 흘렀지. 니가 벌써 오십 대인데…."

아버지는 내 기억에 그때도 자전거를 잘 타셨는데 이렇게 자전거로 다치는 불상사를 겪으셔서 안타까운 마음이 들었다. 엄마도 같은 생각을 한 것 같았다.

"자전거를 그렇게 타도 지겹지 않은지 늙어서도 자전거를 타고, 그러니까 저렇게 고꾸라졌지. 에구."

"엄마를 처음 만난 날도 자전거 타고 가셨다면서요."

"그러니까. 아주 그냥 몸에 붙여 놓은 거 같았어, 그때 젊었을 때도. 에구, 지겨워."

엄마는 정말 지겨운 듯 고개를 저었다. 자전거가 지겨운 건지, 아버지가 지겨운 건지 난 도통 알 수가 없다.

나는 안방으로 가서 살며시 문을 열어 보았다. 잠이 드셨는지 아버지의 얼굴은 편안해 보였다. 이불을 잘 덮어 드리고 나왔다.

엄마는 이제부터 드라마에 몰입하려는지 단감 껍질이 가득한 쟁반을 옆으로 밀어 놓고 소파 위에 있던 노란 쿠션을 가슴에 껴안았다.

나는 사진액자를 들고 아버지의 취미 방으로 다시 갔다. 액자를 책꽂이 제자리에 놓으려다가 한 번 더 사진을 들여다보았다.

강 씨는 늘 자전거를 타고 다녔다.

읍사무소에서 받은 월급을 꼬박꼬박 모아서 거금을 들여 산 소중한 자전거였다.

읍사무소에 갈 때도 장에 갈 때도 제사를 지내러 친척집에 갈 때도 어김없이 자전거에 몸을 실었다.

심지어 결혼할 여자를 첫 대면하기 위해 여자의 집에 가는 날에도, 바지춤에서 구겨진 지폐를 꺼내며 택시나 버스를 타고 가라는 어머니의 성화도 아랑곳 않고 짐칸이 달린 털털거리는 자전거에 올라탔다.

소탈하고 꾸밈없는 성격이어서 체면을 차리지 않았다고 생각할 수 있으나 정반대였다. 강 씨는 깐깐한 성격에 남자치고는 유난히 깔끔했으며 더군다나 영화배우처럼 잘생겨 누가 부인이 될지 동네의 관심사였다.

강 씨는 하나밖에 없는 양복을 입고 구두는 밑창이 너덜거려 검정고무신을 신고 자전거에 올라탔다. 가르마를 타고 포마드를 바른 그의 머리칼도, 정성껏 닦은 자전거도 윤이 났고 햇빛을 받으면 더욱 반짝거렸다.

강 씨가 소개받은 여자의 집은 이웃 마을에 있었다. 주소와 이름만 적은 쪽지를 들고 무작정 달렸다. 마을 입구에서 만난 동네 사람에게 물어보고 찾아간 집은 감나무가 있고 본채와 사랑채가 있는 전형적인 시골집이었다.

중매쟁이에 의하면 농사를 지으며 서당에서 한학도 가르치는 오 씨의 셋째 딸이라고 하였다. 중매쟁이와 같이 오기로 했는데 중매쟁이가 어제 낮부터 술독에 빠져 고주망태가 되는 바람에 혼자 부랴부랴 오게 된 것이었다.

색시의 언니가 그를 안방으로 안내했고 그는 색시의 부모에게 정중하게 인사를 올렸다. 수염을 왼손으로 천천히 쓰다듬으며 양반다리를 하고 앉은 색시의 아버지는 그를 뚫어지게 쳐다보았다. 그 옆에는 작은 몸에 인자한 얼굴과 쪽머리를 한 색시의 어머니가 앉아 있었는데 알 듯 모를 듯 옅은 미소를 짓고 있었다. 색시의 언니가 찐 옥수수와 보리차를 가지고 들어왔다. 색시의 언니는 등에 아기를 업고 있었다.

읍사무소에서 몇 번 뵌 적이 있어 오 씨와 구면이었으나 바로 앞에 앉아 있는 오 씨는 다른 사람 같았고 뭔가 위엄이 있는 것 같았다. 장인어른이 될 오 씨는 그에게 과년한 딸에 관한 자랑을 늘어놓았고 수염을 쓰다듬으며 보리며 고구마농사에 대한 얘기를 늘어지게 하였다.

옆에서 색시의 어머니가 그만하라는 듯 난처한 표정을 지으며 자꾸 오 씨 쪽으로 고개를 돌렸다.

그는 힐끔힐끔 눈을 돌려 문 쪽을 보았다. 색시를 빨리 보고 싶어서였다.

그 시각 건넌방에 있던 색시는 손이 떨리고 몸이 떨리고 심장이 멎는 것 같아 안절부절못하고 있었다. 남자가 자기를 보러 온다는 것도 몰랐고 실제로 왔다는 사실도 도저히 믿어지지 않았다. 온다면 사진이 먼저 오는 걸로 알고 있었다.

'아니, 남자라니. 이런 황당한 일이 있나?'

이 난처한 상황을 모면하려면 쥐구멍이라도 찾아서 빨리 밖으로 나가야 한다며 살며시 방문을 열어 틈새로 집 안을 살폈다. 대청마루에 사람의 인기척이 없었다. 조심조심 방문을 열고 나와 툇마루까지 와서 댓돌 위에 발을 내리려는데 벌컥 안방 문이 열리는 소리가 났다.

놀란 색시는 아무거나 앞에 보이는 고무신에 발을 집어넣고 후다닥 뛰어 옆으로 돌아 집 뒤로 숨었다. 헐떡이는 숨을 가라앉히며 쭈그리고 앉으니 앞이 캄캄하고 머리가 핑 도는 것 같았다. 한참 시간이 흐른 후 색시는 진정이 되었고 아까 방문이 열렸으니 남자가 이젠 갔을 거라고 생각하고 일어서서 살금살금 마당으로 나왔다.

그런데 하필 그때, 남자와 딱 마주치고 말았다. 색시는 혼비백산하여 어쩔 줄 모르고 멍하니 서 있었다.

그때 남자의 뒤에서 색시의 어머니가 큰 소리로 말했다.

"얘는, 왜 손님 신발을 신고 있누? 한참을 찾았잖어."

색시는 자기가 신은 검정 고무신을 보고 당황해서 얼굴을 붉혔다. 색시의 어머니는 남자에게 연신 미안하다는 말을 했고 남자는 빤히 색시의 얼굴을 쳐다보았다.

그로부터 석 달이 흐르고 여름이 끝나 가는 무렵 두 사람은 결혼을 하였다. 황당한 첫 만남 후 연애를 짧게 하고 난 뒤였다.

자전거는 색시와의 약속장소 여기저기에 데려다주었다. 연애하는 동안에도 그는 자전거를 애지중지 아끼고 닦고 기름칠하고 정성을 쏟았다. 색시에게 하는 것처럼.

오 일에 한 번 열리는 시골 장은 언제나 붐비고 시끄럽고 그야말로 인산인해였다. 없는 게 없다는 그곳은 어린 나에게 마법의 나라였다.

엄마는 아버지가 장에 나를 데리고 가는 것을 유난히 싫어했다. 장에는 별의별 사람들이 많고 특히 술주정뱅이, 도둑, 노름꾼들이 많아서 아이에게 좋을 것 하나 없다는 생각에서였다.

아버지는 아이에게 세상 구경을 시켜 주고 견문도 넓혀 남자답게 키운다며 다섯 살인 나를 자전거 뒤에 앉히고 장을 향해 힘차게 페달을 밟았다. 장으로 가는 아스팔트길은 완만하게 언덕도 있어서 중간에 내려서 아버지는 자전거를 끌고 가고 나는 걸으며 뒤따라갔다.

드디어 마법의 나라에 들어서면 나는 신이 나서 다람쥐처럼 이리저리 뛰어다니며 구경하였다.

채소와 과일장수, 생선장수, 옷장수, 신발장수, 뻥튀기장수, 꽈배기장수, 닭·오리·강아지장수, 항아리장수 등.

나는 아이스케키를 핥아먹으며 약장수의 원숭이가 묘기 부리는 것을 넋을 잃고 보았고 엿장수가 허공에다 연신 가위를 짤깍거리며 엿을 파는 것을 보았다.

아버지는 장에 오면 어김없이 국밥을 한 그릇 사서 내게 덜어 주며 호호 불면서 먹으라고 했다. 나는 국밥을 먹을 때마다 처음에는 뜨거워서 싫었지만 식은 다음에는 맛있게 잘 먹었다.

아버지는 말린 생선과 얼갈이배추 한 묶음을 사서 자전거 짐칸에다 묶고 그 앞에 나를 앉혔다.

장으로 향해서 가는 길에 있던 언덕길은 집으로 향해서 갈 때는 내리막길이 되어 내게 공포를 안겨 주었다. 아버지는 내리막길에서 내게 잘 잡으라고 이르고는 자전거에 몸을 맡기고 핸들에서 손을 떼고 신나게 내려갔는데 뒤에 앉은 나는 아버지의 옷을 꽉 잡고 눈을 질끈 감았다.

아무런 저항 없이 미끄러져 내려가는 자전거, 동그라미 두 바퀴가 무한정 내뿜는 그 동력의 힘.

손에 땀이 배었고 침을 수십 번 꼴깍 삼키고 나면 어느새 평지에 도달했는데 그제야 난 안도의 한숨을 쉬었다.

집에 도착하자마자 나는 곧장 엄마에게 달려가 침을 삼키며 두 손으로 내 목을 잡고 이렇게 말했다.

"엄마, 자전거가 스르륵 했어, 스르륵."

그러면 엄마는 무슨 소리냐며 나를 이상한 눈으로 쳐다보았다.

엄마의 배가 점점 커져서 배불뚝이가 되었다.

아기가 들어 있다는 말을 매번 들었지만 외할머니 집에서 보았던 새끼를 밴 어미 소를 생각하면 엄마의 배 속에 아기 소가 들어 있다는 말처럼 들렸다.

어느 날 엄마가 일그러진 얼굴을 하고 배를 부여잡고 신음소리를 내며 괴로워했다. 나는 엄마가 죽는 줄 알고 무서워서 벌벌 떨다가 아버지가 있는 읍사무소를 향해 뛰었다. 아버지는 내게 집에 가 있으라고 말하고 후다닥 자전거에 올라타서 달리기 시작했다. 할머니 집에 가서 할머니를 자전거에 태우고 집으로 모시고 온 아버지는 심각한 얼굴을 하고 분주히 왔다 갔다 하였다. 이웃집 아주머니까지 황급히 방에 들어가는 것을 보고 나는 무서워서 그만 울고 말았다.

잠시 후, 아기 울음소리가 들렸다. 내 동생이 태어난 것이다. 이런 상황이 그 후에도 세 번이나 있었다. 자식 욕심이 많은 아버지는 아들 넷, 딸 하나 무려 다섯 명의 자녀를 모두 집에서 낳았는데 당시에는 마을에 산부인과 의원이 없어서 모두 산파를 불러다 집에서 낳는 실정이었다.

자식이 많아지면서 아버지의 자전거는 더욱 바빠졌다. 출근하는 날은 아침에 일찍 일어나 마당을 쓸고 배달된 병 우유를 받아 부엌 찬장에 넣어 두고 자전거를 타고 일하러 갔고 출근하지 않는 날은 찬거리 마련을 위해 낚시를 하거나 해산물을 잡으러 자전거를 타고 바다로 나갔다.

엄마가 친정집에 갔다가 돌아올 때 외할머니는 살림에 보탬이 되라고 잡곡과 나물, 건어물 등을 싸 주셨는데 아버지는 버스정류장에서 엄마를 기다리다가 엄마가 머리에 이고 내린 큰 보따리를 받아 자전거에 실었다. 보따리가 크고 묵직할수록 아버지의 입가에 미소가 번졌고 자전거에 실은 무거운 짐 때문에 힘들어도 힘든 줄 몰랐다.

아버지는 이발을 하러 갈 때 아이들을 모두 데리고 단체로 이발소에 갔다. 자전거에는 어린 애를 태우고 큰 애들은 걸어서 가도록 했는데 차례로 이발을 마친 아이들의 머리는 모두 빡빡 깎여 있었다. 남자들 머리는 최대한 많이 깎는다는 게 아버지의 원칙이었는데 사람 수가 많으니 이발비도 깎을 수 있고 머리를 짧게 하면 이발소에 한참 동안 가지 않아도 되니까 절약이 된다는 아버지 나름의 경제논리였다. 하지만 애들이 조금 더 컸을 때는 머리카락 한 올 한 올을 신성시하는 그들의 신념 때문에 아버지의 고집은 더 이상 통하지 않았다.

대문 안에 자전거가 서 있으면 집에 아버지가 있다는 것이고 자전거가 없으면 집에 아버지가 없다는 것인데 하루는 자전거가 없는데도 집에 아버지가 있었다. 자전거를 고쳐 달라고 자전거포에 맡긴 것이었다. 아버지와 오랜 시간을 같이한 자전거가 더 이상 윤이

나지 않고 고장이 많았으며 점점 고물이 되어 갔다. 자전거에 무거운 것을 자주 싣고 다녀 타이어가 터지고 체인이 망가지고 핸들에도 이상이 생겼다.

아버지는 자전거를 자전거포에 맡기고 투덜거리며 걸어서 집으로 왔다. 자전거포 주인은 이번에는 고치는 데 시간이 많이 걸릴 거라고 말했고 너무 낡았으니 이참에 새로 장만하라고 부추겼다. 아버지는 아직 멀쩡하니 그냥 고치면 된다고 화를 내었지만 자꾸만 장 씨가 입에 침이 마르도록 자랑한 오토바이가 눈앞에 아른거렸다.

멋진 자태에 늠름하게 으르렁대는 엔진 소리, 힘들게 페달을 밟지 않아도 쭉쭉 달리는 모습에 얼굴이 곰보인 장 씨마저 멋져 보였다.

아버지는 자기도 오토바이를 타면 얼마나 멋있을까 생각하다가 '어린애처럼 아직도 자전거를 타고 다니냐?'고 놀리며 자랑하던 장 씨의 모습에 울화가 치밀어 발밑에 있는 돌멩이를 발로 걷어찼다.

엄마도 밭일을 해서 돈을 벌기는 했지만 아버지의 월급으로 꾸려 나가는 일곱 식구의 생활은 넉넉하지 않았다. 새 자전거를 사는 것은 꿈도 못 꿀 일이었다. 더군다나 오토바이를 소유하는 것은 기적에 가까운 일이었다.

점점 아버지의 말수가 줄어들었다. 아이들에게 나무토막으로 팽이나 총, 칼을 만들어 주면서 즐거워하던 모습은 찾아볼 수 없었다. 게다가 오토바이를 탄 장 씨를 만난 날은 온종일 기운이 빠져 있었다.

어느 날 장 씨가 오토바이를 태워 주겠노라고 하였다. 아버지는 한사코 싫다며 거절하다가 장 씨가 세 번째로 권했을 때 얼른 장 씨의 오토바이에 올라탔다. 아버지는 먼저 엉덩이로 시트의 안락함을 느꼈고 장 씨가 의기양양하게 시동을 걸었을 때는 발에서부터 허벅지까지 올라오는 묵직한 엔진의 울림을 느꼈다. 시원하게 공기를 뚫고 오토바이가 내달릴 때는 속으로 감탄하였다.

바람을 가르며 2분가량 달린 후 장 씨는 아버지에게 '어떠냐? 대단하지?'라고 물었지만 아버지는 '별거 아니네.'라며 속내를 감추고 무덤덤하게 대답하였다.

그 무렵 돌 이전의 아기들을 대상으로 하는 전국우량아선발대회에 참가할 우리 지역 대표를 선발한다는 소식이 온 마을에 퍼졌다. 전국대회에 참가하기 위한 예선으로 각 마을에서 선발된 아기들이 시·도에 모여 최종적으로 겨루는 대회였다.

아버지의 셋째 아들은 이미 마을에서 소문난 우량아였다. 태어날 때부터 몸무게가 4kg가 넘었고 유별나게 잘 먹어서 포동포동 살이 쪘다. 자연스럽게 우리 마을 대표로 대회에 참가하는 자격이 주어졌다.

엄마는 자신이 낳은 아기가 마을대표로 선발된 것에 뿌듯하고 설레었고 반면 아버지의 관심을 끈 것은 단 하나, 상품이었다. 1등은 자전거 1대, 2등은 냄비세트, 3등은 식기세트, 참가자 전원에게는 비누를 선물로 주는 것이었다. 아버지는 1등만 되면 자전거를 받을 수 있다는 희망이 생겨 적극적으로 아기를 돌보며 대회 날을 기다렸다.

드디어 선발대회를 하는 날이 되었고 보건소에서 차로 행사장까지 데려다줬다. 대회장에는 각 마을에서 온 아기들과 부모들이 아주 많았다. 심사위원들은 아기들의 몸무게를 측정하고 골격과 노는 모습을 보고 건강상태를 심사하였다.

엄마와 아버지는 아기를 안고서 손에 땀을 쥐고 결과를 기다렸다. 결과는 3등이었다. 상품은 식기세트.

엄마는 기뻐서 어쩔 줄 몰랐다. 우리 도 전체에서 건강하다는 의미의 상을 받았으니 힘들게 아이들을 낳아 키웠는데 드디어 보람을 느끼는 순간이었다. 그러나 아버지는 기쁨 반, 실망 반의 마음으로 집에 돌아왔다.

그 후로 아버지는 새 자전거와 오토바이에 대한 미련을 버리고 가족 같은 자전거를 분신처럼 타고 다녔다.

어느 날, 친구와 술을 서너 잔 마시고 자전거를 타고 가다가 소변이 마려워 길옆에 세웠는데 트럭이 자전거를 치고 가는 바람에 자전거는 만신창이가 되었다. 결국 폐기하고 장기할부로 새 자전거를 구입했는데 그 후에도 꿈에 그리던 오토바이는 소유할 수 없었다. 술을 마시는 아버지에게 오토바이는 위험해서 절대로 안 된다는 엄마의 반대 때문이었다.

거실로 나와 보니 엄마는 TV를 응시하면서 앉은 채 양팔을 움직이고 있었다. TV의 건강프로그램에서 운동을 하는 시간이었다.

"엄마, 안 주무세요?"

엄마는 계속 팔을 움직이면서 나를 보고 말했다.

"초저녁에 먹어서 아직 잘 시간이 아니구나. 근데 저 방에서 뭐 했어?"

"아, 돌 감상 좀 했어요. 예전엔 봐도 좋은 줄 몰랐는데 가만히 들여다보니까 그럴싸한데요."

"너희들 다 나가고 남은 방이 있으니까 아버지가 취미 방을 만들었잖아. 이젠 돌에 기름칠하고 닦고 하면서 콧노래까지 부르더라."

"엄마는 아버지가 수석을 하시는 게 좋지 않은가 봐?"

"그때는 네 아버지가 꼭 꽁지 빠진 새마냥 축 늘어져 있어서 기운을 살리라는 뜻으로 허락했는데 후회가 된다. 하루 종일 돌만 들여다보고 있으니, 에구."

"아직도 아버지가 그렇게 좋으세요? 엄마 옆에만 있으면 하게요?"

엄마는 어이가 없다는 듯 한숨을 쉬고 나서

"그게 아니라, 내가 말을 할 때는 대답도 안 하고 얼굴도 안 보다가 돌 보러 가자는 전화에는 말도 잘하고 행동도 빨라서 기분이 상한다는 말이지. 갔다 와서는 아무 때나 밥 달라고 하고. 아이고, 내 팔자야."

엄마는 이때다 싶은지 줄곧 이어서 말한다.

"젊을 땐 돈밖에 모르더니 늙어선 돌밖에 모른다. 다른 부부들은 같이 여행도 다니고 맛있는 식당에도 간다는데…. 아이고, 내 팔자야."

엄마는 단감 조각을 입에 넣고 씹기 시작했다.

"엄마도 같이 돌 주우러 가면 되잖아."

"내가 돌 주워서 뭐 하게. 꼴 보기도 싫다."

"엄마 밭일할 때 이젠 아버지가 잘 도와주세요?"

엄마는 텃밭에다 채소를 키워 자식에게 주고 남은 것은 옆집 사람들에게 나눠 주신다.

"도와주긴 하는데 억지로 하는 거 있지? 얼굴을 온통 찌푸리고. 아이고, 얼마나 보기 싫은지…."

그때 아버지가 팔을 보호대에 끼워 몸에 붙인 자세로 천천히 거실로 나왔다. 내가 부축해 드리려고 하니 괜찮다고 하면서 화장실에 갔다가 한참 후에 나와서 잠시 머뭇거리다 소파에 와서 앉았다.

엄마가 내게 주방에 가서 단감을 더 갖고 오라고 해서 난 단감을 두 개 갖고 왔고 엄마는 또 단감을 깎기 시작하였다.

내가 아버지에게 '수석을 보니 신기한 모양이 많다. 저렇게 모으려고 얼마나 많이 돌아다니신 거냐.'고 말하고 있는데 엄마가 끼어

들었다.

"그날도 돌 주우러 갔다 오다가 저렇게 되었다, 에구."

아버지가 입을 실룩거리더니 엄마를 보며 말했다.

"돌 줍는 게 아니고 돌 영접하는 거여. 말조심혀!"

"영접은 무슨 영접, 돌이 무슨 신이에요?"

"돌을 보기를 황금 보듯이 하라는 말도 있어."

나는 속으로 웃었다.

'아버지, 바뀌었어요. 황금 보기를 돌같이 하라.'

엄마가 과도를 내려놓고 말했다.

"그날도 아침에 분명히 맷돌을 꺼내 달라고 몇 번을 말했는데 당신
은 안 듣고 나가더니만 그렇게 다치고. 정말 내 말을 안 들어, 에구."

"에구라니! 당신이 빨리 오라고 하는 바람에 서두르다가 그렇게
되었네. 혼자 해도 될 것을 꼭 바쁜 사람 오라 가라 그렇게⋯."

아버지가 왼손으로 포크를 집어 단감 한 조각을 푹 찔러 입에 넣
고 씹기 시작했다. 다 씹고 삼키고 나서 또 한마디 하였다.

"네 엄마는 한꺼번에 이것저것 해 달라고 해서 아주 정신이 없다,
정신이 없어."

"해 주면서 그런 말 하세요, 뭘 한다고. 돌이나 쳐다보면서. 에휴,
그놈의 돌!"

"뭐? 그놈의 돌?"

아버지가 포크를 탁 내려놓는 바람에 단감 한 조각이 접시 밖으로 튀었는데 다행히 쟁반이 접시를 받치고 있어서 단감은 쟁반 안에 무사히 안착했다.

두 분은 그동안 응어리져 있던 게 봇물이 터졌는지 쉽게 끝나지 않을 기세였다. 내가 어떻게 해야 할지 모르겠다. 그래, 모르니까 가만히 있어 보겠다.

"취미생활도 적당히 해야 품위 있어 보이는 거예요."

"내가 품위 없게 한 게 뭐 있어? 당신, 권 씨가 수집해 놓은 거 보면 기절하겠네."

"그 집은 마당만 해도, 그게 집이에요? 나중에 박물관을 세운다고 전국으로 다니며 사 모으기까지 한다니."

"그 집 마나님은 권 씨에게 잔소리 안 하는데 당신은 내가 이 정도 하는 걸 갖고. 참, 사람이…."

"그 집은 포기한 지가 오래죠. 말려도 안 들어먹으니까 그냥 남편 포기한 거나 마찬가지지. 돈을 주고 돌을 산다니 정말 이해가 안 되네."

아버지가 목에 힘을 주어 말했다.

"난, 돈을 주고 안 사잖아. 돈 안 쓰고 내 발품 팔아 나중에 다 돈이 될 소중한 것들이지."

"안 사긴 뭘 안 사요? 누가 모를까 봐. 또, 받침대 만드는 거 하며 돈이 안 들긴 뭐가 안 들어? 내가 참, 말을 말아야지. 에구."

엄마는 벌떡 일어나서 엄마 방으로 가 버렸다. 언제부턴가 안방은 아버지가, 작은 방은 엄마가 따로 사용하고 있었다. 그게 서로 편하다면서.

아버지는 엄마가 방에 들어가자 나를 힐끔 보더니 냉장고에 막걸리가 있으니 한잔하자고 하였고 난 술상을 차리기 위해 주방으로 갔다. 냉장고에서 막걸리 한 병을 꺼내고 보이는 대로 사발 두 개와 아버지의 지시대로 멸치아몬드를 통에서 조금 꺼내 작은 접시에 담고 조촐하게 술상을 차려서 아버지 앞에 들고 갔다.

아버지도 소파에서 내려와 소파에 기대어 앉고 나도 술상을 내려놓고 앉았다. 소파 앞에 테이블이 없이 휑하니 넓어서 이럴 때 참 좋다. TV의 볼륨도 줄였다.

아버지에게 한 잔 따라 드리고 내 잔에도 따르는데 아버지는 벌컥벌컥 마시고 나서 잔을 내려놓았는데 보니까 벌써 절반이나 마셨다.

"내가 이 나이에, 이게 엄마에게 잔소리 들을 일이냐?"

"엄마는 엄마에게 관심을 가져 주시길 바라는 것 같아요. 돌보다 우선, 돌을 보기 전에 엄마를 먼저 보고 말하면 들어 주길 바라는 것 아닐까요? 아버지."

"얼마나 더 봐 줘야 한단 말이냐, 에이."

아버지는 남은 막걸리를 마시고 왼손으로 멸치 몇 마리를 집어 입에 넣었다. 나는 다시 아버지의 잔을 채웠다.

"아버지는 돌을 모아서 이다음에 뭐 하고 싶으세요?"

아버지는 양반다리를 한 왼쪽 무릎을 왼손으로 쓱쓱 문지르더니 막걸리 잔을 집고 입으로 가져가 한 모금 마셨다. 고개를 조금 숙인 채 가만히 계셔서 난 아버지가 화가 난 줄 알았다.

"꼭 뭘 하겠다는 게 아니다. 그냥 좋아서 하는 거라면 이해하겠냐? 돌 보러 갈 때는 오늘은 어떤 돌을 만날까 하는 기대에 가슴이 두근거린단다. 허탕 치고 오는 날이 많아도 그냥 가서 돌들을 보면 행복해."

순간, 나는 깜짝 놀랐다. '내가 잘못 들었나?' 하는 생각과 동시에 오른손이 슬며시 위로 올라가더니 집게손가락이 내 귀를 후벼 팠다.

'가슴이 두근거린단다, 행복해.'

이런 감정을 표현한 적이 한 번이라도 있었던가? 행복이라는 단어를 입으로 말한 적이 있었던가? 아버지가.

아무리 기억을 돌려 봐도 그런 말을 들은 적이 없다. 없다는 사실이 확실하다. 감정을 말로 표현하는 것을 들은 적이 없다. 남자들이 감정을 겉으로 표현을 잘 안 하기는 하지만 아버지는 지독히도 하지 않았다.

아버지로부터 행복이나 가슴이 두근거린다는 말을 들은 적이 없는데 처음 들어서 나는 순간 혼란스러웠다.

내가 본 아버지는 책임감이 강하고 주변 사람들하고 잘 어울리고 엄마와 가끔 다투고 깐깐한 면도 있지만 실은 엄마에게 다정하고 자식에게 온화한 사람이다.

목수 일을 할 때도 같이 일하는 사람들에게 까탈스럽지만 자상하게 잘 챙겨 주기도 하였다.

그러나 이제껏 살아오면서 감정을 잘 표현하지 않았다. 아버지는 기쁘면 그냥 웃고 슬프면 묵묵히 말 안 하고 기분이 상해도 말보다는 손이나 발이 먼저 나가는 사람이었다. 허공에 손을 젓거나 발로 차면서 '에이, 에이.'

우리 형제가 학교에서 다른 아이들과 싸움이 벌어져 아버지가 학교에 불려 갔을 때, 집으로 돌아온 아버지는 우리 형제를 마당에 꿇어앉히면서 분이 안 풀리는지 우리의 등을 '에이, 에이' 하면서 내리칠 뿐 훈계의 말이나 다른 말은 하지 않았다.

그날 밤에 난 아버지가 마당 구석에 앉아서 담배를 피우는 모습을 봤는데 그 모습이 어쩐지 쓸쓸해 보였다.

그리고 슬픈 이야기가 있다.

아버지의 막내아들인 내 동생이 대학에서 같은 과 여자를 사귀다가 군대를 갔는데 그사이에 여자가 맘이 변해서 다른 남자를 만났다. 동생은 휴가를 나와 그 여자가 다른 남자를 만나는 현장을 봤고 다음 날 저녁 술집으로 여자를 불러내어 추궁하였는데 여자는 변명만 하다 가 버렸다. 동생은 혼자 남아서 술을 마셨고 밖으로 나와 밤

길을 걷다가 음주운전으로 속도를 높인 차량에 치여 그 자리에서 숨을 거두고 말았다.

청천벽력과 같은 날벼락에 온 집안이 발칵 뒤집어졌다. 엄마와 우리 형제들은 어이없는 동생의 죽음이 안타깝고 슬퍼서 어쩔 줄 몰랐다. 눈물을 펑펑 쏟으며 아들과 동생을 잃은 상실감에 어찌할 바를 모르고 괴로워했다.

그래도 양심이 있었는지 동기들과 같이 발인일 전날에 나타난 여자는 연신 눈물을 흘리다 돌아갔다. 우리는 그 여자인 줄 몰랐기에 여자는 그냥 추모만 하러 온 것이었다. 나중에 안 사실인데 동기들 중에 제일 눈물을 많이 흘린 여자가 바로 동생이 사귀던 여자라는 것이었다.

몰라서 다행이지 알았다면 엄마가 그 여자에게 어떻게 했을지 가히 상상이 안 된다. 엄마는 당시 매일 울다시피 하면서 지냈지만 아버지는 굳은 얼굴로 한숨만 쉬었다.

눈물 한 방울 흘리지 않는 아버지를 두고 우린 감정이 메마른 사람이라고 했고 심지어는 '아버지는 슬프지도 않나? 목석같다, 철면피.'라며 우리들끼리 아버지를 나무랐다.

아버지는 손자를 처음 안아 보고는 웃으면서 '허허, 그놈 참.' 이라고 했고 모처럼 가족행사에 모인 손주들하고 온종일 놀아 주면서도 힘들다는 말은 하지 않았다. 손녀가 '할아버지, 이거 예뻐? 귀여워?' 하고 물으면 '응, 그래.' 정도로 대답하고 손주들을 예뻐하고 따스한 눈길로 바라보면서도 입으로는 좋다, 행복하다는 말은 한 번도 하지 않았다.

아버지는 노력을 해서 되는 일이 있고 안 되는 일이 있지만 대부분 노력을 하면 된다는 믿음을 갖고 있었다. 자식들이 아버지를 보고 본받아야 하므로 아버지는 매사에 이긋난 행동은 거의 하지 않았다. 부모를 잘 모시고 아이들을 바르게 키우고 친지, 이웃과 사이좋게 지내면 그럭저럭 한평생 살아갈 수 있다고 생각했고 그렇게 하셨다.

나는 아버지의 얼굴을 보았다. 막걸리 두 사발을 마셔서 그런지 얼굴에 화기가 돌고 이마의 주름도 옅어 보였다. 머리카락이 거의 흰색이지만 아직도 머리숱이 많다. 그러나 젊은 시절의 잘생긴 모습은 어디에도 없다.

"돌을 보면 어떤 점이 좋으세요? 방에 전시된 걸 보니까 생각보다 다양하네요."

"돌에는 동물, 사람, 풍경, 자연이 다 있고 세월이 들어 있어. 신기한 돌이 많아. 평범한 돌과 다른 질감이나 색을 보면 어느새 기분이 좋아진다."

아버지의 목소리에 힘이 들어가 있고 나를 보는 아버지의 눈빛이 살아 있다.

나는 작년 봄에 대만으로 출장을 갔다가 시간이 있어서 국립고궁박물관 관람을 하였다. 전시된 수많은 유물이 모두 신기했지만 유독 눈길을 끄는 것이 있었다.

　그것은 소동파(蘇東坡)가 고안한 음식에 그의 이름을 붙여서 음식 이름이 된 동파육 형상의 육형석(肉形石)인데 박물관의 마스코트인 동파육은 약간 가공을 했지만 놀라지 않을 수 없었다. 돼지비계와 살점이 붙어 있는 모습이 돌이 아니라 영락없는 돼지고기였으니까.

　아버지에게 얘기를 하니까 그런 게 있느냐며 놀라워하신다. 언제 꼭 모시고 가 봐야겠다. 아버지는 그걸 보고 과연 어떤 반응을 보이실까?

　아버지에게 안 주무시냐고 물으니 아까 잠깐 눈을 붙였더니 잠이 달아났다며 '너랑 이렇게 앉아서 대화하니 좋다.'고 하신다.

　내가 배가 출출하다고 하자 아버지도 출출하다며 '우리 라면 먹자.'고 하셔서 난 차키를 받고 마당으로 나왔다.

　백구는 잠을 자는지 제 집에서 나오지 않는다. 대문 앞에 세워 놓은 포터를 몰아 도로로 나섰다. 벌써 불이 꺼진 집이 많다. 시계를 보니 열 시 오 분. 조금 속도를 내어 달렸더니 사거리에 불이 환하게 켜진 편의점이 보인다. 사방이 깜깜해서 불이 환히 켜진 편의점은 네모난 큰 조명등처럼 보인다. 작년에 편의점이 생겨서 정말 편의를 만끽하고 있다. 이젠 어디를 가든 편의점 브랜드가 보이면 반갑고 안심이 된다. 내가 원하는 제품이 웬만하면 다 있고 언제든 문이 열려 있으니까. 이제는 이곳 사람들도 편의를 만끽하며 살고 있는 것이다.

아주머니가 계산대에서 졸다가 내가 문을 여는 소리에 벌떡 고개를 든다.

라면 한 묶음과 막걸리 두 병과 참치통조림 두 개를 바구니에 집어넣고 계산대로 가져가 계산을 마치고 나가려는데 어떤 아저씨가 들어왔다.

아주머니가 큰소리를 냈다.

"왜 이제 와?"

"이 정도면 빨리 온 거 아닌가?"

"뭐가 빨라. 또 거기 있다 온 거 아냐?"

"사람을 뭘로 보고, 이 사람이!"

부부의 작은 싸움이 시작되려나 보다.

집에 와 보니 아버지가 화장실에서 소변을 보시고 나왔는지 끙끙대며 바지춤을 올리고 있었다.

가만히 보니 다친 오른쪽 손도 조금씩 사용하는 것 같았다. 팔 부분만 다친 것이 정말 다행이다. 기분이 좋다. 아버지가 아까 한 말 때문에 난 이미 기분이 좋아졌다.

'너랑 이렇게 앉아서 대화하니 좋다.'

나는 주방에 가서 막걸리는 냉장고에 넣고 냄비를 꺼내 물을 부어 불에 올리고 라면을 두 개 끓였다. 엄마의 다이어트 내지 지방간 식단은 아버지와 나에게 식후 배고픔증을 심하게 느끼게 했다. 아버지도 주방으로 와서 식탁 의자에 앉아 아들이 라면 끓이는 것을 물끄러미 보았다.

아버지가 손수 드신다기에 먹기 좋게 넓은 그릇에 라면을 덜고 국물은 조금만 넣었다. 아버지는 왼손에 포크를 쥐고 라면을 둘둘 말아서 올리고 얼굴을 최대한 그릇 가까이로 내려서 입안에 라면을 넣었다. 젓가락이 아닌 포크를 사용하니 마치 어린애가 자기 손으로 처음 밥을 먹는 것처럼 어색한 손놀림이다.

그 모습을 보고 있자니 귀엽고 우스워서 저분이 정말 우리 아버지가 맞나 하는 생각마저 들었다.

'너랑 대화하니 좋다.'

그 말이 계속 내 귓가를 간지럽힌다.

그동안 명절이나 행사 때 집에 오면 정신이 없어서 아버지와 제대로 대화를 나누지 못한 게 참으로 죄송스럽다.

"아버지, 제가 끓인 라면 맛있어요?"

"응, 먹을 만하다."

난 장난을 하고 싶어서 또 말했다.

"밤에 라면 먹은 줄 알면 엄마가 뭐라 할 텐데…."

엄마는 분명히 엄마 방에서 뜨개질을 하다가 깊은 잠에 들었을 것이다.

"흔적이 남지 않게 설거지해라. 그러면 된다."

아버지의 지방간 때문에 가공음식, 특히 라면을 금지하고 있었다. 아버지와 나는 라면을 정말 맛있게 먹었다. 아니, 맛있게 먹은 게 아니라 밤에 먹은 라면이 정말 맛이 있었다. 야식을 거의 하지 않는 나는 이때 먹은 라면 하나로 야식의 묘미를 알게 되었다.

식탁을 치우고 아버지가 앉아 있는 소파로 와서 옆에 앉았다. 아까 본 사진이 생각나서 아버지에게 사진을 봤노라고 말했다. 아버지는 눈을 잠깐 감았다가 뜨고서 말했다.

"그때 네가 다섯, 여섯쯤인데 기억하니?"

"어렴풋이 기억나는 거 같아요. 아버지와 장에 갔다 오는데 누군가 사진을 찍어 준 거 같아요."

"난 아직도 생생히 기억한다. 너를 데리고 가서 영화를 보고 나온 후에 찍은 사진이다."

"영화요?"

"응, 그때 내 유일한 취미. 그 당시 유명한 배우가 나온다고 해서 보러 갔지. '미워도 다시 한번'이라고, 문희와 신영균이 나온 영화."

"사진 속의 저는 얼굴을 찡그리고 있더라구요."

"넌 영화 내내 잠을 잤는데 깨어나서 바로 사진을 찍어서 그런 거야."

"사진은 누가 찍어 줬어요?"

"사진관을 하는 김 씨가 나를 보자마자 한 방 박아 준다고, 나 덕분에 아들을 낳아서 고맙다고…."

"네?"

순간 떠올랐다.

"아, 그 얘기요?"

나도 알고 있는 이야기이다.

사진관을 하는 김 씨 아저씨는 연달아 딸만 넷을 낳아서 고민이 많았다. 더군다나 삼대독자인 아저씨는 대를 이으려면 꼭 아들을 낳아야 되는데 딸만 내리 낳으니 걱정이 많았고 아주머니는 늘 절에 가서 빌었다.

우리 아버지가 아들 넷을 낳은 것을 보고 부러워하였는데 아버지에게 비결을 물어봐도 아버지는 그런 비결은 없다고 잘라 말하며 내심 뿌듯해하였다.

어느 날 김 씨 아저씨는 아버지에게 술을 사 주며 간절히 졸랐고 그 정성에 굴복한 아버지는 마침내 비결을 알려 주었다. 아버지는 아저씨의 귀에다 대고 속삭였다.

'밤중 말고 아침이여, 아침!'

그 말을 듣고 아저씨는 바로 실행했고 이어서 아주머니의 배가 커지더니 거짓말처럼 아들을 낳았다. 그것만이 아니다. 그다음에도 아들을 낳아 아들이 둘이 되었다. 딸이 넷에 아들이 둘, 무려 여섯 명의 자녀를 두었다.

지금은 상상이 안 되는 베이비붐시대. 집집마다 생기는 대로 낳았으니 모두 대가족이었다. 한 가정에 보통 여섯 명의 자녀가 있었고 부모를 모시고 살아서 열 명 이상의 대가족을 이루고 있었다.

오죽하면 그만 낳으라고 '딸 아들 구별 말고 둘만 낳자'는 캠페인까지 생겼겠는가. 그래도 간절한 캠페인의 외침이 통했는지 이후에는 거의 모든 가정이 딸이든 아들이든 두세 명만 낳았다.

나는 아들만 둘인데 딸이 있으면 좋겠다는 생각을 매일 하면서 살고 있다.

"아하, 생각나네요. 극장 옆에 있던 그 사진관."

나는 궁금해서 물어보았다.

"아버지, 정말 아들 낳는 비결이 있는 거예요?"

아버지는 내 얼굴을 빤히 보더니 피식 웃었다.

"그런 비결이 어디 있겠나?"

나는 눈을 동그랗게 뜨고 따지듯이 물었다.

"그럼, 사진관 아저씨는요?"

"어쩌다 때가 되었으니 아들이 생긴 거지. 그때는 왜 그렇게 아들만 낳으려고 애를 썼는지 모르겠다. 다들 어리석었지. 돌이켜보면 어리석은 게 한두 가지가 아니야."

아버지는 덧붙여서 얘기해 주었는데 그렇게 자식 부자가 된 사진관 아저씨는 여덟 식구가 먹고살려면 더 많은 돈이 필요하기에 큰 도시로 갔고 변두리에서 사진관을 하면서 결혼식장마다 사진을 찍으러 다니며 열심히 살았다. 그러면서 점차 사진관을 넓혀 나갔고 지금은 작은 아들에게 물려주었다고 한다.

아버지가 소파에서 일어나 취미 방으로 들어가더니 전등을 켜고 무슨 의식을 치르는 것처럼 웅얼거리며 잠깐 서 있다가 끄고 나왔다. 입을 움찔거리며 입꼬리를 올렸는데 역시 아버지는 돌, 수석으로 행복하신 게 확실하다.

아버지가 그만 눈을 붙인다고 해서 안방으로 모셔다 이부자리를 봐 드리고 나는 이불을 들고 거실로 나왔다.

다음 날.

아침부터 시끄럽다. 옆집에 사는 닭도 울고 엄마도 시끄럽고 정신이 없다. 라면 먹은 흔적을 보고 엄마가 소리를 질렀다.

"정말 말을 안 들어, 강씨 남자들!"

설거지하는 걸 깜박했는데 이미 때는 늦어 버렸다. 소파에서 자던 나는 '엄마의 극성은 세월이 흘러도 사라지지 않는다.'라고 푸념하며 일어났다.

벽에 걸린 시계를 보니 여섯 시 이십 분. 지금은 초겨울이다. 아직 기상시간이 아닌데 여기 오면 달콤한 아침잠은 아예 포기해야 한다. 시계 아래 걸어 놓은 큰 달력에는 날짜를 나타내는 숫자에 빨간 동그라미가 많이 그려져 있다. 중요한 일정이 있는 날인가 보다.

세수하러 가다가 창 쪽을 보니 아버지가 마당에서 왼팔을 빙글빙글 돌리며 운동을 하고 있다. 그 옆에선 백구가 이리저리 움직여 보지만 애석하게도 줄에 묶여 있다.

나는 욕실에서 세수를 하고 나와 주방으로 가 보았다. 엄마는 어제 라면 먹은 흔적을 설거지하고 있었다. 엄마의 뒤에서 살짝 엄마를 안았다. 애교작전이다.

"오 여사님, 아침은 제가 준비할게요."

"얘는, 아침부터 애교 떠는 거 봐. 징그러워."

"아버지처럼 무뚝뚝하지 않아서 좋잖아, 엄마."

"내가 좋으냐? 준수 엄마가 좋은 거지."

엄마가 내게 누룽지를 끓이라고 누룽지 있는 위치를 알려 주었고 난 찾아내어 냄비에 물을 넣고 가스레인지에 올려 불을 켜고 누룽지를 집어넣었다. 그리고 냉장고에서 계란도 몇 개 꺼내어 삶았다. 마침 사과와 바나나도 있어서 사과는 씻어서 껍질 그대로 조각내고 바나나도 씻어서 껍질이 붙은 채 삼등분으로 잘라 접시에 사과와 바나나를 올리고 식탁 가운데에 놓았다. 계란을 조금 식혀서 껍질을 벗기고 먹기 좋게 반으로 잘라 그대로 접시에 놓았다. 누룽지를 세 개의 그릇에 나누어 담고 식탁에 올렸다.

엄마가 안방을 둘러보고 나와서 내가 차린 식탁을 보고 '잘했네. 넌 예전부터 남자가 유별나게 살림에 관심이 많더라.'고 하며 의자에 앉았다.

또 나를 슬쩍 보고 나서 말한다.

"준수 엄만 좋겠어. 남편 잘 만났지."

"엄마, 이게 가정평화의 비결이에요. 가사 일을 함께 하면서 남녀 평등 아래 이뤄 낸 가정의 평화."

엄마가 피식 웃었다.

"에구, 참 희한해. 내가 니 아버지에게 바라는 희망사항을 니가 다 갖고 있으니…."

"엄마가 아버지에게 하는 잔소리를 늘 듣고 살아서 내게 학습이 되었나 봐요. 난 저러지 않겠다, 또는, 난 이렇게 하겠다고 하는 자기학습."

"좋다는 거니? 나쁘다는 거니?"

"아, 좋은 거죠. 한 가정의 평화라니까요."

그때 아버지가 주방으로 왔는데 고양이 세수를 했는지 앞머리 하나 젖지 않고 왼손에는 수건을 쥐고 있었다.

간편하게 차린 아침식사를 하면서 아버지는 내게 자전거를 수리해야 하니 자전거포에 같이 가자고 하였다. 넘어졌던 자전거를 끌

고 자전거포로 가자는 것이었다. 내가 선뜻 응낙을 하니 아버지는
안심하는 눈치였고 엄마는 옆에서 혀를 끌끌 찼다.

"에구, 도대체 몇 번이야. 자전거도 이 양반 만나서 고생이 많아."

아버지는 못 들은 체 묵묵히 식사에 열중하였다.

먼저 식사를 마친 엄마가 커피를 마신다며 일어섰다. 노란 박스
안에서 커피 세 봉지를 꺼내고 전기포트에 물을 받아 물을 끓인다.

그사이 나는 빈 그릇을 들고 싱크대에 갖다 놓았다. 누룽지를 담았
던 그릇과 삶은 계란이 들어 있던 그릇이 모두 깨끗이 비었다. 음식
을 이렇게 먹을 만큼만 그릇에 담으니 모두 빈 그릇이 되어서 좋다.

얼른 설거지를 하고 식탁으로 와 보니 아버지의 왼손이 사과조각
하나를 집으려다가 그냥 물러선다. 그러곤 커피 잔을 들었다. 엄마
는 소파에 앉아서 TV에 시선을 두고 커피를 맛있게 마시고 있다.

엄마가 타 놓은 커피를 마시고 나서 나는 입고 있던 운동복을 평
상복으로 갈아입고 백구에게 줄 사료를 챙겨 마당으로 나왔다. 초
겨울이지만 따뜻한 날이다. 백구는 나를 보고 꼬리를 흔들며 달려
들고 난 마당에 있는 수도에서 물을 받아 백구에게 사료와 물을 주
었다.

어제 집에 왔을 때는 잘 보지 못했는데 아침에 보니 집 모퉁이에
돌 한 무더기가 아무렇게나 쌓여 있었다. 내가 보기엔 돌 모양이 모
두 특이하고 신기한데 취미 방으로 입성하지 못한 건 뭐가 부족해

서일까?

내가 돌을 보고 있는데 아버지도 채비를 마치고 나왔다. 밝은 하늘색 점퍼를 입고 다림질한 회색바지에 구두를 신고 중절모를 쓰니 멋있다. 다만 깁스를 한 오른팔은 보호대를 해서 목에 걸고 있으니 불편해 보인다.

난 아버지를 향해 엄지손가락을 세웠다.

"오, 아버지, 멋져요."

아버지도 기분이 좋은지 미소를 지었다.

대문 옆에 담장을 의지해서 지붕을 씌워 놓은 곳에 가서 자전거를 보았다. 자전거는 지지대가 부러져 세울 수 없어서 비스듬히 담장 벽에 기대어 있었는데 그 모습이 마치 전장에서 돌아온 군인 같았다. 핸들도 넘어질 때의 충격으로 뒤틀려 있고 체인도 빠져나와 있었다.

나는 아버지에게 '자전거 부상이 심하니 새로 하나 사는 게 낫겠다. 내가 사 드리겠다.'고 말했다. 그러자 아버지는 '아직 고치면 쓸만하다. 목숨 없는 미물이라고 그렇게 막 내치면 안 된다. 내치면 쓰레기만 된다.'라고 하였다.

혹시나 했는데 역시나 저렇게 말씀하실 줄 알았다. 집에서 쓰는 가전제품도 웬만하면 전부 고쳐서 사용했다. 그래서 집에 있는 가전제품이 대부분 오래된 것들이었는데 엄마의 반란으로 최근에 새로 싹 교체를 했다.

새로운 가전제품이 들어올 때마다 엄마는 기뻐서 어쩔 줄을 몰랐다. 그 현장에 내가 있었는데 그때 엄마는 너무 들뜬 나머지 '이참에 남편도 새로 싸악 바꿨으면 좋겠다.'라고 말하는 바람에 아버지가 삐쳐서 냉전이 지속되었는데 엄마의 말뜻은 사람을 바꾼다는 것이 아니라 지금의 아버지를 젊은 모습으로 바꾸었으면 하는 말이었다고 변명하여 겨우 아버지를 달랠 수 있었다.

대문을 모두 열어젖히고 자전거를 끌어내어 대문 밖에 있는 포터에 실었다. 아버지도 엉덩이를 들어 올려 가며 힘들게 조수석에 앉히고 나는 차에 올랐다.

주택들과 수확을 마친 들판을 지나 십 분 만에 읍내에 들어섰다. 상점들이 줄지어 있고 길에 사람들이 많이 보였다. 열 시 이전인데도 가게들은 모두 문을 열고 손님을 기다리고 있었다.

농촌은 하루를 일찍 시작한다. 농촌은 밤에 일찍 잠을 청하고 아침에 일찍 일어나 하루를 시작한다. 어르신들이 새벽에 일어나 하루를 시작하기 때문에 가게나 시장은 물론 은행이나 우체국도 문을 일찍 연다. 어르신들이 밭에 일하러 가기 전에 찾아와 그 앞에 앉아서 무작정 문이 열리기를 기다리니까 어르신들이 불편하지 않게 하려는 것이다. 도시보다 한 시간 정도 아침의 시작이 빠른 것 같다.

도시에서는 이른 시간에 거리에 사람이 별로 없는데 시골읍내는 이미 오가는 사람들이 많이 보인다. 시골에 사람이 없고 빈집도 많아 사라질 위험에 처한 지방이 많다고 걱정하는데 그것도 지역이 어디냐에 따라서 다른 것 같다. 사람들이 귀촌과 귀농을 선호하는 지역도 있는 것이다.

이곳은 아파트도 많이 생겼다. 깜짝 놀랄 정도다. 심지어 단독주택에 살던 할머니가 주택을 팔고 소형아파트에 살기도 한다. 내 부모님은 죽어도 아파트에서는 못 살겠다고 하지만.

부모님의 집은 읍내에서 조금 떨어진 곳에 있는 단독주택이고 마당이 있으며 뒤에는 엄마의 텃밭이 있다.

그동안 본가에 오면 읍내에 나갈 일이 별로 없어서 오랜만에 보는 읍내는 뭔가 많이 달라져 있었다. 예전부터 있던 점포가 여전히 자리를 지키는 반면, 새로 생긴 카페가 있고 프랜차이즈 음식점도 있고 휴대폰대리점, 은행, 마트, 편의점, 옷가게, 신발가게, 빵집, 방앗간 등이 나란히 자리 잡고 있다.

아버지가 가리키는 곳으로 운전하여 두 번째 사거리에서 왼쪽으로 돌아가니 자전거포가 있었다. 마침 옆에 전용주차장이 있어서 차를 주차시키고 우선 조심히 아버지가 내리게 하고 자전거를 내려놓았다.

자전거포의 젊은 사장은 아버지를 알아보고 인사했고 아버지와 자전거에 대해 얘기를 나누었다. 핸들 바를 모두 다른 것으로 교체하고 체인을 새로 끼우고 지지대도 교체하면 되겠다는 말을 듣고 아버지는 안심하는 눈치였다. 나흘 정도면 자전거를 모두 고쳐 놓을 수 있다고 하였다.

아버지가 내게 '수리한 다음에는 너도 없는데 자전거를 어떻게 가져가지?'라고 하는데 사장은 집까지 갖다주겠노라고 말한다. 이렇게 고마울 데가 있나. 이런 게 시골인심이다. 어르신이 많은 시골은 어르신들의 편의를 위해 젊은이들이 선뜻 발 벗고 나서는 경우가 많다. 모두 자기들 부모나 조부모 같아서 그런 것이다.

자전거 수리를 맡기고 우린 걸어서 가기로 하였다. 아버지가 갈 데가 있다고 해서….

아버지와 아들이 걷는 읍내 거리.

아버지는 오른팔을 L 자로 꺾은 자세로 가슴에 찰싹 붙여서 길 안쪽에 서고 그 옆에는 내가 아버지의 왼팔을 오른손으로 붙잡듯이 하고 어색하게 걷다가 불편해서 풀고 그냥 걸었다.

몇 걸음 걸었는데 갑자기 내 뒷목이 움찔거리며 뜨거워졌다. 목도 가눌 수 없다. 그러다가 스무 걸음 정도 걸었을 때 그 증상이 사라지고 몸이 평상으로 돌아왔다.

나는 금방 알아차렸다. 습관적으로 하는 행위는 내 몸도 익숙해서 별 반응을 나타내지 않는데 처음으로 하는 행동과 상황을 만나면 이상하게 뒷목이 반응했다. 그러다가 슬그머니 사라지곤 하였다.

'아버지와 이렇게 단둘이 걸은 적이 있나?' 하는 생각이 머리를 스쳤다. 어린 시절을 빼고 성인이 되어서 아버지와 나란히 걸었던 적은 아무리 생각해도 생각나지 않는다. 이런 상황을 오랫동안 접하지 않다가 갑자기 어색하고 낯선 상황이 전개되자 또 몸이 반응한 것이었다.

아버지는 불편한 자세인데도 신이 났는지 자꾸만 걸음이 빨라졌다. 사거리 자전거포에서 상점이 줄지어 있는 길을 따라 삼 분 정도 걸어갔을 때 아버지의 몸이 빨려들듯이 어느 가게 안으로 들어갔다.

아버지의 걸음이 빨라진 이유를 난 가게를 보고 알았다. 가게는 요즘에 보기 드문 옛 모습을 그대로 간직한 점포였다. 나무틀로 된 격자 유리창 두 칸에 도장이라고 크게 쓰여 있고 그 밑에 있는 칸에는 수석, 그 옆 칸에는 작은 글씨로 '사고팝니다.'라고 쓰여 있었다.

안으로 들어가니 그리 넓지 않은 공간에 왼쪽에는 아직도 손으로 도장을 파는지 도장샘플과 도구들이 가지런히 진열되어 있었다. 나머지 공간에는 선반에 수석이 가득 진열되어 있는데 아버지의 취미방에서 본 것과 비슷하지만 뭔가 더 웅장하고 신기하고 오묘해 보였다.

코밑과 턱에 짧고 허연 수염이 있는 주인과 아버지가 마주하고 의자에 앉아 있었다. 아버지가 주인아저씨에게 나를 아들이라고 소개했고 난 고개 숙여 인사하였다. 주인아저씨가 종이컵에 티백녹차를 내오고 두 분은 다시 마주앉아 수석에 대해 대화를 나누기 시작했다.

나는 잠시 밖으로 나와 점포 출입문 옆에 놓인 긴 나무의자에 엉덩이를 걸치고 앉아 녹차를 후후 불어서 식힌 다음 한 모금 넘겼다. 그러자 갑자기 아버지와 나란히 걸었던 때가 생각이 났다.

내가 성인이 되어 아버지와 나란히 걸었던 때는 대학에 합격하고 입학 전 하숙집을 구하고 나서 아버지가 한번 학교를 보고 싶다고 하여 상경했을 때였다. 아버지는 학교의 규모에 감탄하였고 아들이 대학생이 된 것을 뿌듯해하며 학교 여기저기를 탐방하듯 살펴보며 무한정 걸었다. 언덕에 지은 학교라서 계단이 많았는데 계단을 오르는 것은 아버지에게 어떤 걸림돌도 되지 않았고 기어이 올라가서 건물 하나하나를 눈여겨보았다.

학교를 나와서는 학교 앞에 수많은 가게가 있는 거리를 한없이 걷다가 아버지는 한정식 식당으로 나를 데리고 가서 불고기를 실컷 먹게 하였다. 얼마나 많이 구워 먹었는지 그날 저녁 아버지를 배웅하고 하숙집 내 방에 들어오니 옷에 고기냄새가 배어 있었고 한동안 그 냄새는 방에 머물러 있었다.

여기까지 회상하고 있는데 아버지가 가게 밖으로 나왔다. 주인아저씨는 나를 보고 나서 아버지에게 '아들하고 맛있는 거 먹고 들어가라.'고 말했다.

다시 조금 걷다가 차가 안 오는 틈을 보고 아버지는 잽싸게 내 팔을 잡고 도로를 가로질러 반대편으로 갔다. 그런 다음 조금 더 가니 예전부터 줄곧 자리를 지키고 있는 낯익은 양복점이 나왔다.

신사의 나라라는 영국의 런던에서 따온 이름, 런던양복점. 유리창에 '45년 전통'이라는 글귀가 붙어 있었다.

이곳은 내가 결혼할 때 내 양복과 아버지 양복을 맞췄던 곳으로 마을에 하나밖에 없는 양복점이다.

문을 열고 들어가니 사장님이 아버지와 나를 반갑게 맞아 주었다. '이젠 같이 나이 들어 간다.'라고 말하며 내게 악수를 청하는 사장님은 그새 머리카락이 많이 사라져 버렸지만 여전히 멋진 모습이다.

진열대에 다양한 양복 옷감이 차곡차곡 쌓여 있고 맞은편에는 요즘 디자인의 멋진 양복이 여러 벌 입체감 있게 걸려 있다.

내가 아직도 양복을 맞추는 사람이 있냐고 물어보니 사장님은, 진정한 멋쟁이는 수제양복을 입고 다니고 도시보다 시골이 오히려 결혼할 때 수제양복으로 몸에 잘 맞게 맞춰 입으며 결혼하는 본인이 입지 않아도 부친이 입을 양복은 맞춰 드린다는 것이었다.

사장님의 얘기를 듣고 '아버지가 여기 왜 오셨을까?'라고 생각하고 있는데 갑자기 아버지가 내 양복을 맞춰 준다고 해서 나는 깜짝 놀랐다. 뜬금없이 웬 양복이냐고 하니 오래전부터 생각했다며 막무가내로 밀어붙였다. 내가 다시 아리송한 기분으로 주춤거리니까,

아버지가 아들에게 양복 한 벌쯤 못 해 주느냐고 했고 나는, 아니 내가 지금 나이가 몇인데 아버지가 양복을 해 주느냐고 하니 '그래서 해 준다.'는 것이었다.

아버지는 나를 보면서 나지막한 음성으로 말했다.

"그 나이 먹도록 아무 탈 없이 너의 가족을 잘 건사하고 잘 살아 줘서 상을 주는 거다. 약소하지만….."

순간 가슴이 울컥했다.

그렇다면 이것은 그동안 내가 받은 상과 선물들, 그 무엇보다 소중하고 가치가 있는 선물이다.

이제 받아야 되는 이유를 알게 되어 사양하면 안 되겠다 싶어서 아버지에게 고맙게 받겠다고 하니 옆에서 보던 사장님이 흐뭇하게 미소를 지었다.

사장님은 누군가를 부르면서 치수를 재라고 했고 안에서 어떤 남자가 나왔는데 머리카락을 옆은 모두 쳐내고 앞머리는 바짝 치켜세운 이십 대로 보이는 남자가 나와 치수를 재었다. 남자가 안으로 들어가자 사장님은 딸만 셋이라 후계자가 없어서 고심했는데 기특하게도 배우겠다고 제 발로 찾아온 진정한 제자라고 하였다. 재능도 있고 요즘 애들 같지 않게 끈기도 있고 성실하니 딱 좋다고 하였다. 그렇게 말하는 사장님을 보니 참 인자해 보였다.

내가 여기 살지 않기에 양복 가봉을 어떻게 하나 하는 문제가 생

겨 아버지의 다친 팔 상태를 보러 한 번 더 가까운 시일 내에 내려오
니 그때 연락을 하겠다고 말한 뒤 서로 명함을 주고받았다.

양복점을 나오니 아버지와 나는 배가 고파졌다. 그럴 만도 했다.
아침 일찍 일어났고 누룽지와 삶은 계란만 먹었으니 말이다. 엄마
에게 전화를 해 보니 부자가 오붓하게 먹고 들어오라고 하였다. 엄
마는 옆집 할머니네 집에 가서 점심 식사하겠다고.

아버지가 선택한 식당은 양복점 옆에 있는 좁은 길로 들어간 골
목에 있는 기와지붕의 한옥이었다. 들어서면서부터 한약 냄새가 나
는 한방백숙 집이었다. 옛날 한옥을 개량하여 방을 터서 테이블을
여러 개 놓아 식당으로 만든 곳이었다.

아버지는 익숙한 듯 자리를 잡고 앉더니 따라온 종업원에게 바로
음식을 주문하였다. 잠시 후 더덕튀김, 양파절임, 깍두기 등이 나왔
다. 아버지와 나는 우선 소주 한 모금으로 목을 축였다. 잠시 후에
커다란 토종닭 한방백숙이 나오고 종업원이 위생장갑을 낀 두 손으
로 김이 펄펄 나는 닭을 잡고서 무참히 가르니 안에는 찰밥과 감자
가 얌전하게 들어 있다. 먹기 좋게 몇 번 갈라 조각을 내더니 맛있게
드시라며 물러간다.

닭고기가 쫄깃하니 맛이 있고 약초 냄새가 좋다. 이상하게 대도
시에서 먹는 것보다 시골에서 먹으면 더 맛이 있는 것 같다. 아버지
도 천천히 왼손을 사용해서 잘 드신다. 그리 불편해 보이지 않아서

좋다. 심하게 다치지 않아서 정말 다행이다.

아버지에게 여기 자주 오시냐고 물어보니 수석모임에서 몇 번 왔다고 하였고 나는 수석모임의 이름도 있느냐고 물어보았다. 아버지가 '수석한 사람들'이라며 왼쪽 엄지손가락을 치켜세웠다. 그 뜻을 알아차리고 나는 '에이, 아버지, 그건 아니다.'라고 했고 아버지는 돌이라고 해서 아무 데서나 가져오면 안 되고 큰 돌도 함부로 채취하면 안 된다고 알려 주었다.

나는 엄마가 한 말이 생각나서 엄마와 가끔 밖에서 식사를 하시라고 말씀드렸다.

"엄마와 외식했지, 왜 안 했겠냐? 그러면 좀 가만히 있지. 술 마시지 말라고 잔소리를 어찌나 하는지, 에이."

나는 아버지의 표정이 우스워 웃고 말았다.

"우습냐? 뭐가 우습냐?"

나는 또 웃고 말았다.

술을 못 마시게 하는 지방간이 문제이지만 다른 질환을 예방하는 차원에서도 금주가 나을 것이다.

식사가 거의 끝나 가니 후식으로 계피향이 진한 수정과가 나왔다. 닭이 워낙 커서 많이 남았다. 아버지는 남은 건 백구에게 갖다 준다고 봉지를 달라고 했고 종업원은 이미 알고 있다는 듯 남은 고기를 용기에 담아 봉지에 넣어 주었다. 나는 수정과가 너무 달아서 한 모금만 마시고 일어섰고 계산대에 가서 카드를 꺼내 계산을 하였다.

아버지에게 이제 집에 가느냐고 물어보니 한 군데만 더 가면 된다고 하였고 나는 아버지를 부축하여 왔던 길을 되돌아 차를 주차한 곳으로 천천히 걸었다.

자전거포도 점심시간인지 사람이 보이지 않았다. 주차장에서 차에 타고서 아버지에게 어디에 갈 거냐고 물으니 가리키는 방향으로 가자고 한다. 차에 시동이 걸리고 도로로 나와서 좌회전해서 쭉 가다가 또 다른 사거리에서 신호등에 멈췄다.

아버지가 처음에 지은 집을 보여 주겠다고 하였다.

나는 깜짝 놀라면서도 태연하게 말했다.

"예, 좋죠. 저도 보고 싶어요. 보고 싶었어요."

신호를 받고 다시 아버지의 지시대로 좌회전해서 가는데 아버지가 오른쪽을 가리키며 저기 주차장에 차를 세우라고 하였다. 아버지가 차에서 내려 주차장 옆에 있는 볼품없는 건물 쪽으로 걸어가더니 그 앞에 섰다.

직사각형의 아주 평범한 건물로 기둥과 앞면에 온통 붉은 타일이 붙어 있는 건물이었다. 앞면만 멀쩡하지 옆을 보니 지은 지 삼십 년은 족히 되어 보였다. 이층으로 지어진 건물인데 아래층은 중화요리, 이층은 당구장이라고 간판이 달려 있고 아직 영업시간이 아닌

지 불도 켜 있지 않고 사람도 보이지 않았다.

내가 아버지 가까이 다가서니 아버지가 허리에 올렸던 왼손을 들어 손가락으로 건물을 가리키며 말했다.

"이게 내가 맨 처음에 지은 거다. 이젠 페인트칠을 안 하려고 아예 타일을 붙여 버렸더라."

내심 대단히 멋진 건물을 기대했는데 실망한 나는 무슨 말을 해야 할지 몰라 쭈뼛거리다 한마디 했다.

"대단하네요. 튼튼하니까 안 헐리고 지금까지 있고."

아버지는 계속해서 내게 말을 했다.

이 앞을 지날 때마다 보면서 기분이 이상했다. 비바람을 맞으며 그 세월을 다 지낸 걸 보면 저것도 대단하다. 형님에게 실력을 인정받고 처음으로 일을 받아서 첫 삽을 뜰 때의 설렘과 떨림은 지금도 잊히지 않는다. 형님 밑에서 목수 일을 배운지 칠 년이 되었을 때 비로소 형님은 동생의 실력을 인정해서 일을 나누어 동생에게 집 짓는 것을 맡겼다.

이렇게 말하고 감회에 젖었는지 아버지는 고개를 조금 숙였다가 들어 이제 그만 가자며 발을 떼었다.

집으로 돌아가는 차 안에서 아버지의 왼손은 바빠졌다. 차창으로 보이는 상가건물과 주택을 가리키며 '저것도 내가 지은 거.'를 연달아 외치며 내심 뿌듯해하였다. 지은 건물마다 다 사연이 깃들어 있다고 하면서.

난 아버지가 지은 마지막 집은 어디 있느냐고 물어보았다. 아버지는 그 집은 멀쩡한데 헐리고 한의원이 들어섰다고 하였다.

이제 보니 아버지는 내가 아는 것보다 더 많이 마을의 집과 건물을 지었다. 다른 마을에 지은 것까지 다 하면 얼마나 많을까. 얼마나 많은 수고를 하셨을까. 그러면서도 자식에게는 하나도 내색을 안 하고 있었다.

난 아버지에게 오늘은 아버지와 단둘이 걷기도 하고 식사도 하고 집 지은 얘기도 들으니 정말 좋다고 말했다. 그리고 덧붙여 말씀드렸다.

"아버지, 정말 고생 많으셨어요, 존경합니다."

아버지도 미소 지으며 말했다.

"나도, 오늘 너랑 이렇게 다녀서 좋다."

그 말을 들으니 나도 기분이 좋아졌다.

차창을 반쯤 내리니 바람이 훅 들어와 모자를 벗은 아버지의 하얀 머리칼을 들어 올렸다.

읍내를 빠져 나오니 서서히 건물의 수가 줄어들면서 집들이 띄엄띄엄 나타난다. 왼쪽 동산 아래에 있는 교회가 보이고 오른쪽으로 부모님 집의 파란 지붕이 보인다.

저 집은 두 분이 결혼하고 분가하여 자식들을 이끌고 수차례 이

사 다닌 끝에 아버지가 직접 지은 집이다. 집을 지은 후 아버지는 복숭아와 목련 묘목을 사다가 마당에 심었고 엄마는 화단을 만들어 꽃씨를 뿌렸다. 새 집에 이사를 한 다음 엄마는 맨 먼저 집 뒤에 있는 땅을 텃밭으로 만들었고 배추, 고추, 무, 대파를 심어 정성껏 길렀다.

아버지가 자신의 집을 지은 것이 기뻐서 눈물을 흘렸다면 아마도 깜깜한 밤에 마당에 홀로 나와서 조용히 흘렸을 것이다.

집 앞에 도착하니 백구가 짖어 대기 시작했다.

오후의 태양이 여전히 하늘에서 내리쬐고 살랑살랑 바람이 불어와 아버지와 내 얼굴을 어루만졌다.

무지개펜션으로 오세요

오늘도 어김없이 일찍 일어났다.

창문 커튼을 열고 저 멀리 검푸른 바다에 해가 얼굴을 조금씩 내밀며 떠오르는 모습을 본다.

경건하고 거룩한 태양의 부상, 우주가 고요한 이 시간이 언제나 좋다.

이 세상에 나 혼자만 깨어 있는 것 같은 그 느낌이 좋아 하루도 빠지지 않고 이 시간에 일어난다.

비가 오든 태풍이 오든 그것은 상관이 없다.

내 눈에는 언제나 태양이 보이고 이 시간을 경건히 받아들이고 나서야 일손이 잡힌다.

창가를 향해 가부좌를 틀고 앉는다.

눈을 감고 명상을 한다.

아무것도 생각하지 않는다.

그저 편안한 자세로 아침의 기운을 받아들인다.

머릿속이 시원하다.

가슴이 뚫린다.

새소리가 들린다.

나처럼 일찍 일어나는 새가 있다.

시끄럽지 않게 청량한 소리로 울어 손님들이 좋아한다.

운동복을 입고 운동화를 신고 밖으로 나온다.

리트리버 솜다가 벌떡 일어나 꼬리를 흔든다.

먼저 바다 쪽을 보니 태양이 수평선 위로 떠올랐다.

'오늘도 굿모닝'이라고 말하는 것 같다.

강렬한 황금빛이 사방으로 흩어진다.

그다음 산 쪽을 쳐다본다.

언제나 저 자리에서 변함없이 지켜보고 있다.

솜다를 데리고 산책을 한다.

얼굴에 서늘한 공기가 감겨 시원하다.

이슬이 내려앉은 도로를 조금 걷다가 감귤 밭 사이 돌담길로 접어들어 아래쪽으로 내려간다.

솜다가 돌담에 대고 소변을 방출하고 거대한 몸을 사방으로 흔든다.

이끼를 덮고 묵묵히 앉아 있는 커다란 바위까지 간다.

한 사람도 보이지 않고 새만 따라온다.

오로지 새와 솜다와 나만 이곳에서 깨어나 움직이는 생물 같다.

귤나무에는 콩알만 한 열매가 무수히 달려 있다.

귤이 가진 특유의 상큼한 냄새가 나는 것 같다.

침이 고이고 허기를 느낀다.

돌아오는 길, 삼다농원의 어르신 두 분이 비닐하우스로 들어가는 게 보인다.

70대 후반의 부부인데 여전히 열정적으로 한라봉 농사일을 하신다. 그저께 부인을 길에서 만났는데 아저씨가 술을 너무 많이 마신다고 걱정을 하였다. 이젠 잔소리를 피해 술을 감추면서 마시고 시치미를 떼니 징그러워 죽겠다며 고개를 저었다.

지독한 냄새를 풍기며 돼지를 실은 트럭이 지나간다. 멀리 떨어진 곳에 양돈장이 있는데 오늘 돼지를 출하하는 모양이다.

이제 도로에 하나둘 차들이 오간다.

울타리 낮은 돌담 위에 놓인 간판을 바르게 세운다.

솜다가 펜션 마당으로 뛰어 들어간다.

돌계단을 올라가 현관에 놓인 발판에 신발 밑바닥을 훑고 안으로 들어간다.

로비를 지나 식당에 들어선다.

주방엔 토스트 굽는 냄새와 커피 향으로 가득하다.

두 여사님이 벌써 출근하여 분주하게 아침식사를 준비하고 있다.

"안녕하세요? 오늘도 날씨가 좋네요."

"네, 산책하고 오시나 봐요?"

한 분은 빨간 딸기가 있는 새하얀 앞치마를, 한 분은 보라색 포도가 있는 새하얀 앞치마를 하고 있다. 각자 제일 좋아하는 과일로 수를 놓아 직접 앞치마를 만들었단다. 두 분은 친한 친구 사이이다.

나는 씻고 옷을 갈아입고 나온다.

우리 펜션은 조식을 제공한다. 8시 30분부터 10시까지다. 메뉴는 토스트와 전복죽, 단호박죽이다.

메뉴 선택은 전날 체크인할 때 받아서 착오 없이 준비가 된다. 메인접시에 토스트 두 조각과 계란프라이, 베이컨이 놓이고 버터와 딸기잼이 곁들여진다. 한라봉 주스와 커피도 함께 나온다.

그릇에 담긴 전복죽에서 하얀 김이 올라간다.

나는 음반을 골라 재생하고 식당에 놓인 테이블을 정성껏 닦는다. 유리창 너머로 푸른 하늘과 높게 솟은 나무들이 보인다.

어느새 여덟 시가 되자 유치원생 아이를 데리고 온 젊은 부부가 들어오면서 인사를 한다.

"안녕하세요? 사장님."

"잘 쉬셨어요?"

나도 미소를 지으며 인사하고 테이블에 음식을 갖다 놓는다. 손님과 내가 룸 번호를 갖고 있어서 어디에 어떤 음식이 놓여야 하는지 알고 있다. 손님이 직접 갖다 먹을 수도 있다.

"안냐…세요."

이 가족은 할머니와 같이 왔는데 엄마가 시켜서 배꼽인사를 한 세 살 아이는 연신 할머니 품에서 몸을 비비 꼬고 있다.

엄마와 아이의 식사는 토스트와 커피, 우유. 할머니 앞에는 따뜻한 전복죽이 놓였다. 비트물김치와 함께.

대학교를 졸업하고 취업하기 전 친구와 같이 왔다는 여자는 앞머리에 큰 롤을 말고 있다.

"사장님, 여기서 보는 뷰가 참 맘에 들어서 사진 엄청 찍었어요. 호호호."

두 여자는 테이블에 놓인 음식에다 스마트폰을 대고 이리저리 방향을 바꿔 가며 연신 사진을 찍어 댄다. 그것도 모자라 음식을 가운데 두고 둘이 머리를 붙이다시피 하고 폰을 높이 올리며 셀카를 찍어 댄다.

가족 손님이 가장 많고 친구, 연인, 직장동료, 모임에서 온 손님들이 행복한 표정으로 아침식사를 하고 나서 커피와 주스를 마시고 있다.

이제 손님들은 객실로 가서 각자의 짐을 챙기고 다음 여정을 향해 떠날 준비를 할 것이다.

나는 테이블을 치우기 시작한다.

"모두 음식을 남기지 않고 깨끗하게 다 먹었네요."

나도 두 여사님과 아침식사를 한다.

매일 빵과 커피로 식사를 하다가 며칠 전부터 밥을 먹었다. 아침에 밥을 먹지 않는 내가 밥을 먹게 된 건 여사님의 간섭 때문이다. 아침에 빵만 먹지 말고 밥을 먹어 보라며 적극적으로 나를 식탁으로 끌어당겼다.

마지못해 젓가락으로 쌀밥을 집어먹고 다음, 두부부침을 입에 넣고 씹었다. 그때부터 무슨 마법에 걸린 것처럼 젓가락과 수저가 밥, 국, 반찬 위를 날아다녔고 어느새 한 그릇을 다 먹었다.

특별한 것 없는 평범한 한식인데 이상하게 맛이 있었다. 딸기 여사님은 음식솜씨가 뛰어나다. 가져오신 밑반찬도 이제까지 먹은 것과 맛이 달랐다. 요리에 일가견이 있는 것 같다. 입맛이 까다로운 남편과 살다 보니 그렇게 되었다며 겸손하게 말했지만 손맛에 정성까지 들어간 음식은 정말 맛이 다른 것 같다.

나는 커피가 담긴 머그컵을 들고 사무실로 들어간다.

컴퓨터 앞에 앉는다.

통로에 난 작은 창으로 사람들이 오는 것이 보인다.

객실을 청소하고 정리, 정돈하여 쾌적함을 유지해 주는 메이드 세 분이 차례로 출근한다.

"안녕하세요?"

"안녕하세요?"

메이드분들은 탈의실로 간다.

이어 아저씨도 출근한다.

"안녕하세요? 어서 오세요."

"예, 안녕하슈?"

아저씨는 온갖 장비가 들어 있는 창고로 간다.

뒤를 이어 유리가 출근한다. 연분홍색 원피스를 입고 흰색 카디건을 걸치고 손에 텀블러를 들고 있다. 유리는 마을 이장님의 막내 딸로 여기서 경리사무 일을 하고 있다.

"안녕하세요?"

"좋은 아침. 어서 와요."

유리는 먼저 옷걸이에 노란색 백을 걸어 놓는다. 그리고 왼손으로 컴퓨터 전원버튼을 누르고 나서 텀블러를 들어 한 모금 마시더니 의자에 앉는다.

11시, 체크아웃 시간이 다가오니 손님들은 하나둘 여행 가방을 들고 나온다.

"잘 쉬고 갑니다. 또 올게요."

사무실까지 찾아와 인사하고 가는 손님도 있다. 모두들 주차장으로 가서 차에 짐을 싣고 떠난다. 다음 여행지를 향해 가는 그들의 얼굴엔 미소가 가득하다.

이제부터 펜션은 유기적으로 돌아간다.

먼저 나는 숙소 동으로 가서 객실을 돌며 사람이 없음을 확인하고 문을 모두 열어 놓는다.

메이드들은 탈의실에서 유니폼으로 갈아입고 숙소 동으로 간다. 먼저 각 층에 있는 청소도구함을 열어 청소도구를 챙긴다. 객실에 들어가 창문을 열고 안을 둘러보고 손님이 놓고 간 물건은 사무실에 전달한다.

손님들이 먹고 치우지 않은 음식을 음식쓰레기로 따로 통에 담고 일반쓰레기와 재활용쓰레기는 객실 밖 통로에 내놓는다. 아저씨는 쓰레기를 밖으로 갖고 가서 재활용 여부를 따져 분리하여 놓는다.

그다음, 메이드는 사용한 수건, 가운, 베개커버, 이불, 침대시트 등 세탁물을 모아 세탁실에 보낸다. 그리고 주방을 정리, 정돈한다. 설거지가 안 되어 있으면 설거지를 한다. 손님이 설거지를 해 놓아도 깨끗하지 않으면 설거지를 다시 한다. 냄비, 프라이팬, 볼 등 주방도구를 제자리에 비치하고 그릇과 컵, 잔, 수저 등 개수를 확인하고 빠진 것은 체크하여 사무실에 알린다. 인덕션도 깨끗하게 닦고 포트도 물을 빼서 위치에 잘 놓는다. 냉장고, 전자레인지도 확인하여 남기고 간 물건을 치우고 깨끗하게 닦는다.

손님들은 대체로 깨끗하게 객실을 비우고 가지만 가끔 어제저녁이나 오늘 아침에 무슨 음식을 먹었는지 알게 되는 경우도 있다. 냄비에 먹다 남은 라면이 잔뜩 들어 있는 경우도 있고 국적을 알 수 없는 처음 보는 음식을 만나기도 한다. 삼겹살 한 팩이 고스란히 냉장고에 들어 있는 경우도 있다. 저녁식사를 여행지에서 하고 들어와 여기서는 숙박만 하고 가는 손님도 많다.

숙소에 딸린 주방은 여행을 와서 숙소에 묵으면서 간단하게 음식을 조리해서 먹을 수 있게 만든 편의공간이다. 기본양념을 제공하고 냄비, 프라이팬, 그릇 등을 갖추고 있어 객실에서도 간단히 요리해서 먹을 수 있으니까 사람들은 펜션을 이용한다.

여행기간이 길 때는 비용을 줄일 수 있고 친구나 가족들과 여행을 하면서 자기 집이 아닌 곳에서 요리해서 먹는 재미가 있어서 좋다. 요리 실력을 뽐내는 기회도 되고 실내에서 맘껏 떠들며 먹고 놀아도 되니까.

제주도에 여행을 왔으니 이왕이면 제주도가 원산지인 신선한 재료를 사서 직접 만들어 먹는다.

한라산을 보며 흑돼지 바비큐를 먹을 손님은 마당에 마련된 바비큐 장을 이용하면 된다. 바비큐를 할 때면 나도 손님들의 초대로 동참하는 경우가 많다.

숙소에 짐을 푼 손님들은 저녁에 바비큐 장에서 고기를 굽고 술을 마시며 친분을 나누는 훈훈한 장면을 보여 주지만 가끔 친구끼리 말싸움도 벌어진다. 너무 솔직하게 털어놓다가 감정이 상해 말싸움을 헸는데 다른 친구의 중재로 화해의 악수를 하였다. 어색한 상태로 여행을 와서 그렇게 된 것이지 싸울 거면 왜 같이 여행을 오겠는가.

다음, 메이드는 객실 내부를 청소기로 깨끗이 한 다음 수납장과 식탁을 닦고 바닥을 닦는다. 그리고 욕실청소를 한다. 사용한 수건을 모두 꺼내고 쓰레기를 모으고 휴지통을 비운다. 조개껍데기 모양의 비누가 놓인 세면대와 욕조를 깨끗이 닦고 변기도 전용세제를 써서 깨끗이 한 다음 바닥을 닦는다. 샴푸, 컨디셔너 등 세정제가 충분히 들어 있는지 확인하고 얼마 남지 않았으면 새것으로 교체한다. 여분의 화장지가 있는지 살피고 보충해 놓는다.

복도에는 아저씨와 내가 갖다 놓은 린넨 침구류와 생수와 화장지가 잔뜩 쌓여 있다.

다음은 객실이 새로워지는 단계에 들어간다.

메이드는 각 객실에 필요한 린넨 제품을 챙긴다. 객실마다 새 가운을 옷장에 걸고 새 베개커버를 씌운다. 세탁해서 뽀송뽀송한 매트리스커버를 두 사람이 잡고 펼쳐서 매트리스에 씌운 다음, 이불을 로고가 수놓인 부분이 보이게 잘 펼쳐서 덮는다.

매트리스커버, 이 과정이 제일 중요하고 힘들다. 커버를 잘 펼쳐서 씌우고 무거운 매트리스 밑에 깔끔하게 집어넣어야 하기에 호텔에는 이 과정만 맡아서 하는 전문인이 따로 있기도 하다.

세상에는 우리가 모르는 직업군이 많다. 여러 분야의 음지에서 자부심을 갖고 일하면서 우리에게 직간접적으로 많은 도움을 주고 있다. 우리의 눈에 띄지 않는 곳에서 매일 묵묵히 성실하게 일하는 사람은 그 수를 헤아릴 수 없을 것이다.

다음, 티슈케이스와 깨끗한 수건과 생수와 티백을 각각 자리에 비치해 놓는다. 각 객실은 열어 놓은 창으로 새롭고 맑은 공기가 들어온다. 세 분의 메이드가 일사불란하게 움직이기에 신속하고 깨끗하게 1층 여덟 개의 객실이 단장을 마쳤다.

2층에서도 똑같은 형식으로 객실을 정리한다. 분리된 건물로 방이 세 개 딸린 복층 독채의 객실도 있는데 같은 방식으로 청소하고 정리한다.

이로써 메이드의 업무가 모두 끝났다.

사무실과 연결된 비품창고 안에서 유리가 분주히 물품재고를 파악하고 있다. 객실에 비치하는 물품도 종류가 많아 창고 안은 선반을 만들어 종류별로 분류, 정리하여 보관하고 있다.

오늘 펜션식구들은 점심으로 바비큐 장에서 삼겹살을 구워 먹기로 하였다. 근처에 식당이 없어서 어떤 날은 마을로 내려가 맛집이나 뷔페에 가서 먹기도 하는데 멀어서 승합차를 타고 가야 한다. 점심을 먹으러 단체로 원정을 가는 셈이다.

화덕에 올린 돌판에 미리 준비한 삼겹살을 굽는다. 고기 굽는 연기가 허공에 흩어지면서 시려진다. 솜다가 옆에서 연신 꼬리를 흔들어 댄다.

텃밭에서 키운 상추와 고추를 뜯어와 깨끗이 씻어서 쌈을 만들어 먹는다. 현무암 돌판에 구운 두툼한 흑돼지 삼겹살은 맛이 끝내준다.

펜션식구들은 모두 모이면 9명이다.

유리는 20대이고 오후에 출근하는 창재는 30대, 나는 40대 중반, 주방여사님은 모두 50대, 메이드는 50대 두 분과 60대 한 분, 아저씨는 70대이다. 이렇게 20대부터 70대까지 다양한 연령층이 한꺼번에 모이기도 어려울 것 같다. 그런대로 모두 말이 통하고 업무지시가 잘 이루어져서 여러모로 다행이라는 생각을 한다.

이렇게 고기를 구워 먹을 때는 인생 경험이 많은 50, 60대 여사님들이 주로 얘기를 하는데 끝없이 이야기 주제가 생기고 대화가 이어진다.

유리는 먼저 일어서서 사무실에 간다. 홈페이지에서 예약상황과 결제상황을 체크하고 고객관리도 하고 정말 할 일이 많다. 그래도 유리는 똑 부러지게 일을 잘 한다.

점심식사를 마치고 메이드들은 퇴근을 한다.

나는 펜션을 실내외로 한 바퀴 돌아본다. 라운지, 객실, 정원까지 모두 돌아보는 데 시간이 꽤 걸린다.

펜션은 전체적으로 흰색이고 부분적으로 갈색과 녹색이 적절히 조화를 이루고 있는 철근과 콘크리트로 지은 건물이다. 라운지 동과 숙소 동으로 분리되어 있고 숙소 동은 2층 건물이다. 라운지 동에는 중앙에 라운지가 있고 동쪽에 식당, 주방, 세탁실, 서쪽에는 사무실과 비품창고가 자리하고 있다.

나는 먼저 라운지에 놓인 가구들을 점검하고 큰 화분의 식물 상태를 들여다보고 여행안내책자를 체크한다.

벽에 걸린 그림은 언제 봐도 좋다. 푸른 바다가 시원하게 있고 모래사장에 놓인 서핑보드와 강렬한 색의 꽃이 인상적이다.

라운지 동과 숙소 동 중간에는 화단이 조성되어 있다. 이 화단을 지나 숙소 동으로 가는데 숙소 동은 라운지 동보다 지대가 조금 더 높다. 그래서 계단을 몇 개 올라가야 한다.

먼저 1층의 각 객실 문을 열어 보고 확인한다. 깨끗하게 잘 정돈되어 있다. 객실 안은 침구와 벽, 커튼 등 전체적으로 흰색이고 부분적으로 소품과 가구는 녹색과 갈색으로 코디를 했다. 건물 색과 같은 색이다. 의도적이다. 열린 창문을 닫고 방문을 닫는다.

그렇게 1층의 객실 확인이 끝나면 2층으로 간다.

2층으로 가는 계단을 오르다 보니까 바닥에 뭔가 떨어져 있다. 주워서 보니 명함이다. 누군가 급하게 가다 떨어뜨렸나 보다. 명함을 자세히 보니 케이크디자이너 이름과 폰 번호만 쓰여 있다. 부디, 정성 들여 만든 케이크는 떨어뜨리지 않기를….

2층도 모두 확인하고 문을 닫는다.

다음은 숙소 동 옆에 따로 만든 독채를 점검한다. 이 독채 형은 복층으로 되어 있는데 밑에는 거실과 두 개의 방과 주방, 욕실이 있고 위에는 방 하나와 욕실이 있다. 여기서 밖으로 나가면 옥상에서 바비큐를 할 수 있다. 모두 점검하고 문을 닫는다.

이제 나는 숙소 동으로 와서 옥상에 오른다. 내가 제일 좋아하는 장소인데 오랜만에 온 것이다.

여기는 해발 300미터에 위치한 곳이라 풍광이 빼어나다. 한라산 봉우리가 보이고 그 앞으로 울창한 숲이 있으며 뒤돌아서면 멀리 바다가 보인다.

고립된 무한자유, 외롭게 떨어져 있어 철저히 고요한 곳. 그런 점이 좋아 손님들은 여기를 찾는다고 한다.

밤에는 사방이 숲이라 주위는 깜깜하고 하늘의 별만 빛난다. 수많은 별과 은하를 접하고 가끔 별똥별도 본다.

어릴 적 꿈이 과학자였던 난 지금도 별을 보면 한없이 행복하다.

여기에 오면 우주와 나와의 교감이 이루어진다.

보름달이 뜰 때는 가히 환상적이다. 보름달이 뜬 어느 날, 담배를 피우러 여기에 올라왔는데 밤하늘을 보고 나서 바로 담배를 끊었다. 이유는 모른다. 그냥 피우지 않게 되었다.

나는 옥상에서 내려와 정원을 둘러본다.

펜션의 앞은 주차장이고 뒤쪽은 정원과 바비큐 장이 조성되어 있다. 작은 정원에는 울타리에 여러 그루의 나무가 있고 그 사이사이 작은 꽃이 피어난다. 곡선으로 된 자갈길이 있고 벤치가 있어 손님이 앉아 쉬기에도 좋다.

바비큐 장은 마당 한쪽에 담을 따라 길게 펼쳐져 있는데 바닥을 돌바닥으로 하여 화재의 위험을 줄이고 편리하게 불을 피우고 고기를 구울 수 있게 화덕을 만들어 놓았다. 빨간 벽돌로 만든 세 개의 화덕이 있고 그릴도 갖추어 놓았다. 손님은 원하는 대로 화덕에서 나무장작으로 고기를 굽거나 그릴에서 숯으로 바비큐를 할 수도 있다. 그 앞에는 재료를 올려놓거나 음식을 진열해 놓을 수 있는 긴 야외용 테이블이 있고 한쪽에는 물을 쓸 수 있는 세척대가 있다.

아저씨가 화덕에 있는 재를 꺼내 철재 양동이에 담고 있다. 아저씨는 정원 가꾸기와 설비 수리, 물품 운반 등 여러 가지 일을 하고 있는데 70세인 아저씨는 젊은 시절 많은 일을 해 본 경험으로 못하는 일이 없는 만능 장인이시다.

나는 건물 뒤에 딸린 창고를 열어 본다. 아직 숯은 많이 있어서 주문을 안 해도 되겠다. 나무장작은 근처 목재소에서 나무를 자르다 나온 조각들을 아주 저렴하게 사고 숯은 유해성분이 없는 비싼 야자 숯을 주문해서 쓰고 있다. 손님은 체크인을 할 때 숯을 사 두었다가 밖에서 고기를 구울 때 사용한다.

창고 문을 닫고 나니 주방 옆 세탁실 창문으로 두 여사님이 건조기에서 세탁물을 꺼내는 게 보인다. 세탁물은 종류별로 개어 린넨 보관실에 정리를 한다. 두 여사님은 주방일과 세탁일, 아주 중요한 일을 하고 있다.

나는 정원으로 가서 수도밸브를 열어 호스로 식물들에게 물을 준다. 뜨거운 햇살을 받으며 힘들어하던 잎들이 살아난다. 젖은 자갈돌이 빛에 반짝인다.

사무실에 들어오니 유리가 홈페이지를 들여다보고 있다. 홈페이지에 객실 크기와 구조, 비치물품, 서비스내용 등이 자세하게 나와 있어 편리하게 예약할 수 있다. 언제 몇 명이 묵을지를 입력하면 자동계산이 된다. 인터넷으로 하다가 안 되면 전화로 예약하면 된다.

우리 펜션은 비싼 편인데도 예약이 잘된다. 겨울을 포함해서 예약률이 90%이다. 참으로 다행이다. 하루를 묵는 경우가 가장 많고 이틀 연속해서 묵는 경우도 가끔 있다.

다음으로 유리는 일자별로 예약상황을 정리하고 오늘의 현황도

기록한다.

순간 '악' 하는 소리가 나더니 유리가 날벌레가 들어갔다며 실눈을 뜨고 호들갑이다. 그러더니 얼른 서랍을 열고 거울을 꺼내 유심히 눈을 헤집어 본다.

나는 걱정하는 마음으로 유리를 본다.

"괜찮아?"

"네, 스쳐 갔나 봐요."

"벌레가 많이 날아드네."

"그런 계절이잖아요, 지금⋯."

유리는 화장을 고치고 다시 일을 한다.

나는 오늘의 예약상황기록장을 점검한다.

룸 번호, 인원수, 특별요청사항, 조식 여부.

조식은 투숙객이 와서 체크인을 할 때 그 여부와 메뉴를 선택하고 신청한다.

투숙금액이 조식 포함 가격이므로 조식은 모두에게 제공하나 8시 30분부터 10시까지만 제공하기 때문에 늦잠을 자거나 아침 일찍 이동하는 이유로 생략하겠다는 손님이 있어서 체크를 해야 한다.

아침에 늦잠을 자서 먹지 못하는 경우도 많다. 전날 밤새 놀다가 새벽에야 겨우 잠을 청했을 때다. 아침잠이 밥보다 달다던 사람은 어쩔 수 없다. 조식을 먹지 못하는 것이다. 숙소의 조식서비스 때문에 여행을 좋아한다는 사람은 이해할 수 없겠지만. 아니, 조식 때문에 여행이라니 더 이해가 안 된다.

몇 년 전, 태국에 배낭여행을 갔는데 난 영어를 못하고 태국어는 하나도 모르니 무조건 한국인이 운영하는 게스트하우스에 갔는데 한국식당도 같이 운영하는 곳이었다.

싸구려숙소라 그런지 객실도 엉망이었고 조식서비스가 없어서 무조건 사 먹어야 했다. 아침을 먹으려고 내려와서 식당에서 음식을 시키는데 주문을 받는 사람이나 주방에서 요리하는 사람 모두 태국사람이었다.

현지인을 고용해서 한국인이 운영하는 식당, 주문을 하려고 손을 드니 기본 한국어만 구사하는 사람이 메뉴판을 들고 와서 주문을 받았다. 메뉴는 제육덮밥, 비빔국수, 비빔밥, 갈비탕, 라면.

배가 고파 비빔국수와 갈비탕을 시켰는데 잠시 후 음식이 나오고 보기엔 먹음직스러웠다. 그런데 먹어 보니 내가 아는 맛이 아닌 새로 창조된 이상한 맛이었다. 그건 한국음식이 아니었다. 사장인 한국인이 현지 태국인에게 한국요리를 가르쳤는데 시간이 흐르면서 태국요리법이 은연중에 섞인 것 같았다.

사장에게 뭐라고 말하고 싶었으나 관두었다. 어차피 숙소도 엉망이라 개선의 여지가 없으니 말한들 뭐 하랴. 사장의 기분만 나쁘겠지. 아니, 사장은 자기네 식당 음식을 먹지 않는가? 입맛에 맞지 않아 도저히 먹을 수가 없어서 돈을 지불하고 나와서 노점에서 파는 쌀국수를 먹었는데 아주 맛이 있었다. 조식으로 노점에서 파는 현지음식을 맛있게 먹은 것이다.

우리 펜션의 특별요청은 영유아를 동반한 가족이 하는 경우가 많다. '수건 더 주세요, 티슈와 쓰레기봉지 더 주세요.' 그래서 영유아의 나이를 고려하여 비품을 서비스하고 있다.

다음, 나는 입금과 출금상황을 파악한다. 급여계산과 세금, 보험 관련도 살펴본다.

시계를 보니 벌써 3시가 지났다. 5시 이후에는 여행의 피로를 끌고 투숙객 손님이 하나둘 들어올 것이다. 입구에 도착한 손님들은 낮은 돌담 위에 놓인 '무지개펜션'이라고 쓰인 간판을 보게 된다.

이곳은 주위에 숲이 있어 무지개가 잘 생긴다. 그래서 펜션 이름이 된 것이다. 무지개는 물과 빛, 공기에 의해 만들어진다. 이곳에 무지개가 뜨면 그 풍광은 가히 환상적이다. 셰익스피어는 '무지개에 다른 색을 첨가하는 일은 무의미하다.'라고 했다. 그만큼 무지개색은 완벽한 자연의 색인 것이다.

손님의 차가 마당으로 들어오면 주차 라인이 표시된 곳 어디에든 차를 주차할 수 있다. 차에서 짐을 내려 라운지로 들어오고 예약자는 사무실에 들른다. 여러 사항을 체크하고 객실 카드키를 받는다. 동행한 사람은 라운지에서 잠시 쉬며 비치해 놓은 차나 음료를 마신다.

펜션에서의 주의사항은 홈페이지에도 나와 있고 객실에도 붙어 있어서 따로 설명을 하지 않는다. 다만 불조심과 안전을 강조해서 유의해 달라고 부탁한다.

커다란 캐리어를 끌고 숙녀 손님들이 왔을 때는 내가 캐리어를 객실 앞까지 들어다 주기도 한다. 그러면 고맙다고 하면서 방글방글 미소가 떠나지 않는다. 그 미소가 해맑아서 나는 참 좋다.

문을 열고 방에 들어간 손님은 에코백을 침대에 던져 놓고 창문 쪽으로 달려갈 것이다. 커튼을 열어 보고 뷰가 끝내주게 좋다며 감탄할 것이다.

멀리 바다가 보이고 숲과 감귤밭과 집들이 눈에 들어온다. 홈페이지에서 본 그대로라며 친구에게 '여기로 예약하기를 잘했다.'고 할 것이다.

홈페이지 사진을 잘 찍었다. 사진작가가 촬영했다. 사진이 좋아서인지 돈을 들인 홈페이지는 그런대로 멋있게 만들어졌다. 이렇게 비용을 아끼지 않고 넉넉히 지불하면 뭐든 잘 만들어 낸다.

다음, 손님은 침구의 청결함에 놀라며 침대 위에 앉아 엉덩이로 쿵쿵 눌러 보다가 그대로 발랑 누울 것이다. 식탁, 수납장, 주방도구의 세련됨에 감탄하고 욕실 문을 열어 보고 청결과 쾌적함에 놀라 다시 '정말 여기로 선택하길 잘했다.'고 할 것이다.

그러다가 TV가 없음을 깨닫고 아쉬워할 것이다. 여행지에 와서 굳이 TV를 볼 일이 있을까. 지금까지 TV가 없다고 불평하는 손님보다 없어서 좋다고 하는 손님이 훨씬 많았다. TV가 없으니까 같이 온 사람과 대화를 하게 되고 오락을 하거나 책을 읽어서 좋다고 한다. 그나마 와이파이는 되어서 다행이라는 손님이 많다.

투숙객 손님은 오후 5시가 되면 펜션에 와서 체크인을 할 수 있지만 성급한 손님은 5시 이전에 와서 체크인을 하려고 한다. 받아주기는 하는데 시간을 지켜 주었으면 한다. 어떤 손님은 스케줄이 많아서 숙소에 오는 시간이 늦어졌다며 10시에 온 경우도 있었다.

저녁식사를 하고 오기도 하지만 일부러 만들어 먹으려고 펜션에 묵는 경우가 많다. 어떤 손님은 그냥 배달시켜 먹자는 생각에 숙소로 바로 들어왔다. 그러나 여기는 음식 배달이 되지 않는 곳이고 마트와 식당은 멀리 떨어진 곳에 있다. 우리 펜션은 이런 손님에게 쌀과 라면, 김치, 밑반찬을 아주 저렴하게 제공하고 있다.

반면에 식재료를 잔뜩 싸들고 와서 온갖 냄새를 풍기며 요리하고 주방을 기름찌꺼기로 더럽히면서 식사를 푸짐하게 하는 사람들도 있다. 객실 주방에선 간단한 음식만 조리해야 하는데 이렇게 하고 가 버리면 우리는 잔뜩 밴 음식냄새를 빼고 타 버린 조리도구와 기름이 튄 포트를 교체해야 한다. 더러워진 주방을 깨끗이 청소하고 환기를 하느라 진땀을 흘린다.

여행과 생활을 분리해서 여행할 때는 온전히 보고 즐기고 맛보는 것에 몰두하였으면 한다. 여행을 가면 여행지의 고유한 음식을 맛보고 수확한 과일을 먹고 그곳에서 생산된 술과 음료를 마시고 그곳에서 만든 간식을 먹으면서 추억을 쌓으면 그보다 좋은 것이 있을까. 여행지에서는 자신의 지갑을 풀어 돈을 좀 써야 한다,

3시가 되어 유리와 두 여사님과 아저씨가 퇴근을 한다. 먼저 아저씨의 오토바이가 힘차게 달려간다. 그 뒤를 유리의 깜찍한 소형차가 가고 두 여사님이 탄 승용차가 뒤따라간다. 솜다가 쫓아가다가 되돌아온다.

나는 사무실에서 쇼핑목록을 작성한다.

잠시 후 창재가 출근을 한다.

"오늘 꽤 덥네요."

"어서 와."

창재는 4시부터 10시까지 근무하는데 체크인과 안내를 담당하고 있고 숨은 여행지를 소개하기도 한다. 창재는 체육대학을 졸업하고 취업이 되지 않아 공무원시험을 준비하는데 내가 보기엔 공무원에 별 뜻이 없는 것 같다. 카페나 펜션을 운영하고 싶다고 하는 걸 보면….

젊음은 그냥, 참 좋은 것 같다. 하고 싶은 것도 많고 뭐든 할 수 있고 무한한 앞날이 있으니까.

나는 시내에 가려고 쇼핑목록메모를 들고 일어선다. 펜션에서 필

요한 비품은 거래처를 통해 구입하니까 주문하면 된다. 조식재료와 우리 직원이 먹을 음식이나 비상식품을 사러 간다. 이번에는 약간의 문구도 사고 약국과 철물점에도 들러야 한다.

어떻게 알고 솜다가 나와서 꼬리를 흔든다. 솜다에게 목줄을 채워 무쏘 스포츠 짐칸에 태우고 줄을 차에 묶는다. 솜다는 차에 타는 것을 좋아한다. 바람에 털이 날리는 것을 즐긴다.

천천히 차를 움직여 도로로 나온다.

과수원을 지나고 대로에 들어서서 다른 차들과 경쟁이라도 하듯 질주한다.

오른쪽으로 외장이 돌로 된 예쁜 집과 아파트가 차례로 지나간다. 나는 주유소에 들러 차에 기름을 잔뜩 먹인다.

다시 달린다.

일부러 해안 쪽으로 내려가서 바다를 보며 달린다. 파도가 갯바위에 부딪쳐 하얗게 포말이 인다. 큰 파도는 카리스마가 있다.

바다를 향해서 위치해 있는 호텔, 펜션, 게스트하우스를 지나간다. 차를 우회전하여 다시 시내로 들어선다. 부동산 사무실이 꽤 많아졌다. 카페도 많아졌고 식당도 많아졌다. 유명한 해산물식당 앞에는 벌써부터 관광객이 줄을 서서 기다리고 있다.

드디어 마트에 도착. 빈 공간을 찾아 주차하고 솜다는 차에 두고 들어간다.

저녁이 가까운 시간이라 많은 사람이 쇼핑하고 있다. 규모가 큰 마트는 신선한 육류와 생선, 채소가 많다. 특히 흑돼지고기를 팔아서 좋고 이 지역에서 생산한 감자, 당근, 양배추 등 모든 채소가 싱싱해서 좋다.

나는 필요한 것을 골라 카트에 담는다.

마트 인에 지리한 빵집에서 조식에 사용할 토스트용 식빵도 구입한다. 이 빵집은 매일 새벽부터 빵을 만드는데 그날 만든 빵은 그날 다 팔린다고 한다. 솜다가 먹을 사료도 구입한다. 계산대에서 계산을 하고 나온다. 쇼핑한 물건이 카트에 가득 실렸다.

시장 보기가 재미있지만 무거운 물건은 남자인 나도 힘들다. 주부들의 고충은 잘 알고 있다.

마트 옆에 있는 은행에 가서 ATM기에서 얼른 통장정리만 하고 주차장으로 간다.

솜다가 이리저리 목을 돌려 가며 오가는 사람들을 보다가 나를 보자 꼬리를 살랑살랑 흔든다.

다시 운전하고 가서 문구점 앞에 주차를 하고 들어간다. 여기 사장님은 낚시를 하다가 알게 되었다.

"병원에 가셨다던데 어디 아프세요?"

"어서 오세요. 아, 위에 염증이 조금 있대요."

사장님이 내게 믹스커피를 권한다. 딱 커피가 필요한 시점이었는데 잘됐다. 이때쯤 믹스커피를 마시면 달달하고 맛있어서 피로가 풀린다. 우린 커피를 마시면서 '몸의 여기저기가 이상하고 아프다.'며 서로의 증상을 말하고 나서 '건강이 최고.'라는 결론을 내린다.

사장님은 남은 커피를 후루룩 마시더니 가림막을 들추고 안으로 들어가 커다란 양배추 두 개를 옆구리에 끼고 나온다. 형이 농사지은 거라며 나에게 그냥 준다. 다음에 낚시하러 갈 때는 같이 가기로 약속하고 A4용지와 매직펜과 포스트잇을 구입하고 인사를 하고 나온다.

다음은 약국에서 소화제와 진통제, 일회용밴드 등 비상약품을 구입한다. 그리고 철물점에 들러 아저씨가 부탁한 십자나사못을 구입한다. 이것으로 오늘 쇼핑은 끝이다.

펜션에 와서 목줄을 풀어 주니 솜다가 차에서 뛰어내려 정원으로 달린다. 벌써 손님들이 체크인을 하고 있다.

나는 쇼핑한 물건을 주방으로 옮기고 냉장고에 들어가야 할 것과 밖에 둘 것을 분리하여 정리한다.

급한 성격의 손님들은 벌써 나와서 바비큐 준비를 한다. 장작이나 숯에 불을 붙이기 어려운 손님은 창재가 가서 붙여 준다. 자칭 불쏘시개맨이 빠른 속도로 불을 붙여 주면 여자 손님들은 탄성을 지른다. 창재는 흐뭇해한다. 잠시 후에 여기저기서 연기가 나고 고기 굽는 냄새가 진동한다.

손님들이 사 온 상추나 깻잎 등 채소가 부족할 때가 있는데 그때
는 펜션에서 채소를 무상으로 서비스하고 있다. 여행에서 결핍을
느끼지 말라고.

바비큐 장에 있는 세척대 뒤쪽으로 가면 텃밭이 있는데 이 텃밭
에는 상추, 깻잎, 고추가 싱싱하게 자라고 있다. 아저씨가 정성껏 가
꾼 채소를 여러 사람이 나누어 먹을 수 있게 했는데 손님이 스스로
뜯어다가 씻어서 먹는다. 이것도 하나의 농촌 체험인 것이다.

창재가 주방에 들어와서 배가 고프다고 한다.

"오늘 저녁은 뭐예요?"

나는 고등어를 가리킨다.

"와, 싱싱하네, 눈을 봐요, 당장 바다에 뛰어들 것 같은데요. 와,
분노의 눈깔이네."

호들갑을 떨다가 나간다.

나는 쌀을 씻어 밥을 짓고 무를 썰어 넣어 고등어조림을 만든다.
계란말이도 만든다. 라면과 계란프라이만 하다가 여사님에게 배워
서 이 정도는 한다. 그래도 힘든 건 사실이다. 주부들의 고충은 잘
알고 있다.

식탁에 저녁을 차리고 창재를 부른다.

식사를 하면서 창재가 '오늘은 모두 일찍 체크인을 했는데 한 팀
이 아직 오지 않았다.'고 한다.

시계를 보니 7시 34분. 음식점에서 식사를 하고 있거나 오고 있을 것이다.

문득 생각나는 일이 있어 창재에게 말한다.

웨딩촬영을 하러 제주에 온 커플이 여기저기 풍경이 예쁜 곳을 다니며 촬영을 하고 마지막 장소인 해변에서 일몰을 기다리다가 겨우 촬영을 마쳤다.

촬영하는 사람은 신랑의 친구였고 세 사람은 너무 피곤해서 모래사장에 앉아서 쉬었는데 따뜻한 모래 위라 금방 잠에 빠지고 말았다. 세상모르게 자던 세 사람이 눈을 떴을 때는 이미 어두운 하늘 아래 가게의 불빛들만 반짝이고 있었다. 하마터면 밀물에 흠뻑 젖을 뻔했다.

빨리 숙소에 가야겠다고 생각한 세 사람은 배가 고픈데도 그대로 차를 몰아 숙소를 향해서 달렸고 무사히 펜션에 도착했다. 펜션에 왔을 때는 촬영 당시의 차림 그대로 하얀 턱시도와 야외드레스였고 9시가 넘은 시각이었다. 신랑의 친구가 촬영을 해 주기로 하고 꼼꼼하게 준비해서 차에 의상과 소품, 촬영 장비를 싣고 그대로 선박을 이용해서 들어왔다고 하였다.

결혼비용을 아끼려고 손수 준비해서 촬영하러 온 그 모습이 기특해서 나는 그 밤에 카레라이스를 만들어 주었다.

여행지에서는 무슨 일이 생길지 예측할 수가 없다. 이때는 기분이 들떠 있고 긴장이 풀리기 쉽고 모든 게 낯설기 때문에 예기치 않은 사고도 많은 게 사실이다.

다음 날 커플은 결혼하고 다시 오겠다면서 나에게 오메기떡 한 봉지를 주고 떠났다. 그 떡이 그렇게 맛있는 줄 그 전엔 미처 몰랐다.

내가 말하는 동안 창재는 계란말이를 혼자서 다 먹었다. 창재는 고등어조림보다 계란말이를 더 좋아한다. 난 여사님이 만든 양파장아찌를 집어 밥 위에 올린다. 요즘 이 장아찌에 푹 빠졌다.

창재가 자기는, 웨딩사진을 한라산 정상에서 근사하게 찍을 거라고 말한다. 그런데 요즘 여자 친구와 다투었는지 분위기가 이상하다. 근황을 물어보니까 대답은 하지 않고 자리에서 일어나더니 양팔을 올려 나를 향해 하트를 크게 그리며 사무실로 사라진다.

저녁식사 한 것을 치우다 밖을 보니 아직 오지 않은 한 팀, 마지막 손님이 들어오는 게 보인다. 50대 중후반으로 보이는 세련된 차림의 여사님 두 분.

가방이 무거워 보여 얼른 내가 들어서 라운지로 모신다.

"어서 오십시오. 오시는 길 불편하지 않으셨나요?"

"아, 네. 늦어서 미안합니다."

두 분은 앉으면서 똑같이 한숨부터 쉰다. 한 분이 잘 찾아와서 다행이라며 머리 위에 걸쳐 놓았던 선글라스를 빼어 테이블 위에 놓는다. 어두운 길을 긴장하며 운전하고 와서 어깨가 아픈지 왼손으로 오른쪽 어깨를 주무르고 있다.

저녁식사를 하느라 늦었다는 두 분에게 따뜻한 차를 드리니 한 분은 호호 불면서 마시는데 한 분은 무표정하게 앉아 있다.

잠시 후 나는 두 분이 묵으실 객실 번호를 확인하고 두 분의 가방을 들고 가서 안에 들여놓았다.

내 뒤를 따라온 두 분은 고맙다고 말한 뒤 한숨을 쉬며 안으로 들어갔다.

야외에는 바비큐 파티가 한창이다.

도시에서는 좀처럼 할 수가 없는 바비큐를 맘껏 할 수 있어서 뭐든 구워 먹을 기세로 온갖 재료를 불 위에 올려놓는다. 소고기, 돼지고기, 치킨, 소시지, 오징어, 새우, 전복, 버섯, 피망, 양파 등.

친구와 정이 깊어지고 가족 간에 웃음이 끊이지 않는다. 냄새가 마구 섞인다. 연기가 어둠에 녹아든다. 웃음소리가 하늘로 올라간다.

솜다는 예전엔 바비큐 장을 어슬렁거리며 돌아다녔는데 이젠 이골이 났는지 주방 구석에 납작 엎드려 있다.

정원에 설치된 조명에 날벌레가 모여들고 있다.

사무실에서는 창재가 손님에게 제공하는 인쇄물을 정리하느라 정신이 없다. 펜션 홍보와 숙박 기념을 겸해서 만든 사진엽서도 있고 여행안내 책자도 있다. 이 인쇄물들은 라운지에 비치해 놓아서 투숙객은 자유롭게 가져갈 수 있다.

이제 바비큐 파티를 하던 손님들도 정리하느라 부산하고 하나둘 안으로 들어간다.

들어가면 씻고 나서 잠자리에 들 것이다. 아니, 실내에서도 정을 나누는 시간이 계속 이어지고 잠이 쉽게 오지 않는 손님도 있다.

내가 정원에 가서 조명을 살펴보려고 하는데 정원 벤치에 누군가 앉아 있다. 가서 보니까 제일 늦게 체크인을 한 여사님이다. 그런데 연신 손수건으로 눈물을 닦고 있다.

나는 조금 기다리다가 옆에 살짝 앉았다.

"여사님, 무슨 일 있으세요?"

"아, 사장님이군요."

여사님은 한숨을 쉬고 나서 말을 하지 않는다.

내가 일어나려고 하자 여사님은 얘기를 들어 달라며 내 팔을 잡고 그대로 나를 앉힌다.

여사님과 함께 온 사람은 자신의 동생인데 작년에 폐암3기라는 진단을 받았다. 수술은 어려워 항암약물치료를 받고 있는데 구토와 어지럼증으로 힘들어한다. 그래서 기분전환하고 힘을 내라는 뜻에서 여행을 왔고 경치가 좋은 곳을 다니며 맛있는 음식도 많이 먹었다. 동생도 기운을 차려 훨씬 나아지고 많이 밝아진 것 같았다.

동생이 먼저 씻고 침대에 누웠는데 갑자기 눈물을 펑펑 쏟으며 신세한탄을 했다. 과거로 돌아가 기억을 끄집어내면서 원망과 통한에 찬 말을 하더니 언니에게 화살을 돌려 쏘아붙이며 과거의 잘못을 날카롭게 지적했다.

전에는 그러지 않았는데 요즘은 감정의 기복이 심하다. 힘들어서 그렇다는 것은 알지만 언니의 마음을 몰라줘서 너무나 섭섭하다.

"뭐라고 위로의 말씀을 드려야 할지 모르겠네요."

"동생이 그렇게 퍼부어서 조금이라도 해소가 된다면 나는 아무래도 상관없어요. 나도 마음고생을 하고 있지만 동생만큼이야 하겠어요? 그래도 이렇게 사장님이 물어봐주시고 털어놓으니 후련하네요. 들어 주셔서 감사합니다. 이제 그만 동생에게 가 봐야겠어요."

"네, 편안한 밤이 되기를 바랍니다."

여사님은 한숨을 쉬며 종종걸음으로 걸어갔다.

건강이 최고라고 하는데 건강을 잃기 전에 관리를 잘해서 모두들 아프지 말고 건강하게 일상생활을 해 나갔으면 좋겠다.

사무실로 돌아와 보니 창재가 퇴근준비를 하고 있다. 6월인데 옷차림은 껴입은 모습이다. 이제부터 독서실에 가서 공부해야 하고 자신은 춥고 배고픈 수험생이라며 너스레를 떤다. 자신의 중고 소형차를 타고 떠나면서 창재는 내게 손을 흔든다.

주방 구석에서 졸고 있던 솜다가 어느새 내 곁에 와서 나를 쳐다보고 있다.

나는 비상등만 남겨 두고 소등하고 내 방으로 간다.

솜다가 따라온다.

사무실 뒷문을 열고 나가면 작은 돌집이 하나 있는데 내가 사는 곳이다. 혼자 살기에 딱 좋게 조촐하게 꾸민 공간이다.

욕실에서 씻고 나와 냉장고를 열고 캔맥주 하나를 꺼내어 마신다.

하루의 피로를 푸는 시간.

오늘 하루도 무사히 잘 보냈다.

솜다는 마루에 깔아 놓은 전용매트 위에 엎드려 있다.

침실에 들어가 책을 좀 보다가 잠을 청한다.

새 아침이 밝았다.

나는 새소리를 들으며 일찍 일어났다.

눈을 떴지만 아직 비몽사몽.

정신을 차려서 명상을 하고 밖에 나가 오늘의 태양을 만나고 한라산을 영접해야 한다.

그래야 오늘 하루도 실수하지 않고 어떤 사고도 없이 무사히 지낼 수 있으니까.

나를 아는 사람들은 그때 생긴 트라우마에서 벗어나 긴장을 풀고 마음 편하게 살라고 하지만 잘되지 않는다.

차차 그렇게 되겠지.

그래도 악몽을 꾸지 않고 잘 자는 것만 해도 다행이다. 사십대 중반의 나이에 이렇게 좋은 곳에서 새로운 인생을 살게 된 것도 큰 축복이다.

매일 감사하며 살고 있다.

오늘도 시계처럼 잘 돌아가는 하루가 될 것이다.

산책을 하고 와 보니 두 여사님은 부지런히 조식을 준비하고 계신다. 언제나 밝고 건강한 모습으로 책임감 있게 일하며 믿음을 주시니 내가 배울 게 많다. 토스트 굽는 냄새와 커피향은 언제나 좋다.

나는 숙소에 가서 얼른 옷을 갈아입고 다시 식당으로 나온다. 행주로 식당 테이블을 깨끗이 닦는다. 날씨에 어울리는 음악을 골라 적당한 볼륨으로 틀어 놓는다.

어제 눈물을 보이며 동생 이야기를 해 주신 손님이 제일 먼저 식당에 들어와서 나를 보자마자 내 손을 잡고 고맙다고 한다. 어제 얘기를 들어 줘서 고맙고 내게 말을 하면서 마음이 많이 풀렸다고. 동생하고도 허심탄회하게 대화를 해서 동생도 오해를 풀고 마음이 안정되었다고 한다. 이내 동생분이 들어와 자리에 앉았고 두 분은 단호박죽을 맛있게 드셨다.

커피를 마시면서 동생을 바라보는 언니의 눈에서 따뜻함이 배어 나온다. 동생 분도 언니에게 다정하게 말을 하는 것 같다. 나란히 나이가 들어갈 자매의 모습을 상상해 본다. 식사를 하고 나서 바로 체크아웃을 하겠다고 한다. 벌써 짐을 다 챙겼고 다음 여행지에 가려면 빨리 출발해야 한다며 활짝 웃으신다.

　나는 두 분을 따라가서 짐을 갖고 나와 차에 실었다.

　"남은 여행 잘하시기 바랍니다. 안녕히 가십시오."

　"사장님, 잘 쉬고 갑니다."

　다른 손님들도 모두 내려와서 식당은 활기가 넘친다.

　잠시 후 식사를 마친 손님들은 객실로 가서 짐을 챙겨서 나온다. 11시까지 퇴실해야 하는 걸 모두 잘 알고 잘 지켜 준다. 지금까지 그 시간을 어겨서 늦잠을 자거나 밖에서 헤맨 사람은 별로 없었다.

　모두들 차에 짐을 싣고 내게 손을 흔들며 다음 행선지를 향해 떠난다.

　식당 테이블을 치우다가 창밖을 보니 검은색 승용차 한 대가 마당으로 들어온다.

　나는 얼른 밖으로 나간다.

　차창을 내리면서 얼굴을 내미는 백발의 남자에게 다가가 인사를 한다.

　"어서 오세요, 사장님. 잘 다녀오셨어요?"

　"응, 별일 없었지? 정 실장."

　"네, 아무 일 없었습니다. 사모님은 같이 안 오셨어요?"

　"응, 공항에 도착했을 때 딸년한테서 급한 전화가 와서 손자 봐주러 가야 해서 데려다주고 나만 왔어. 나 우선, 집에 갔다 올게. 오래

집을 비워 놔서 걱정되네."

"네, 다녀오십시오."

사장님은 차창을 올리다 뭔가 생각난 듯이 다시 내린다.

"아, 공항에서 자네 구조대 시절의 서장님을 만났는데 자네 안부를 물어보더라고, 빨리 트라우마에서 벗어나서 본래의 자네로 돌아왔으면 한다면서 무척 자네를 걱정하던데, 고맙게도."

사장님은 차 안에 있던 묵직한 선물꾸러미를 꺼내어 내게 안기고 차창을 내린 채 차를 돌려서 펜션을 떠났다.

민주네 집

배가 오가는 항구와 바다를 바라보는 언덕배기에 일본식 가옥이 하나 있는데 그 집에 민주가 살고 있었다.

담장이 양쪽으로 늘어선 길을 따라 안으로 들어가면 커다란 대문이 떡하니 서 있고 대문을 열고 마당으로 들어가면 무성한 나무가 양쪽에 줄지어 있으며 정원에는 여러 종류의 꽃이 피어 있었다.

정원 가운데에 있는 연못에는 알록달록한 색깔 옷을 입은 잉어들이 헤엄치고 있다가 우리가 빵 조각을 던지면 입을 뻐끔거리며 서로 먹으려고 경쟁하였다.

우리는 학교가 파하면 집에 오자마자 책가방을 던져 놓고 숙제할 것을 챙겨 민주네 집을 향해 뛰어갔다.

민주는 서울에서 우리 학교, 우리 반으로 전학을 왔다.

한주초등학교 2학년 3반.

주영, 선미, 소라. 우리는 삼총사라는 별명으로 늘 같이 동네를 쏘다니며 놀았는데 민주가 오고 나서 민주네 집에서 노는 것을 좋아하였다. 심지어 민주네 집에 가는 것을 자랑으로 여겼다.

정원을 바라보며 우뚝 서 있는 이층집, 삼각형 모양의 지붕이 있는 목조주택으로 돌계단을 밟고 올라가면 격자 모양으로 유리를 끼워 넣은 현관문이 나왔다.

문을 열고 신발을 벗고 마루에 올라서니 넓은 거실이 있었다. 기름칠을 한 마룻바닥은 창으로 들어오는 햇빛을 받아 빛을 내었고 창문 아래에 커다란 소파가 있고 아라베스크 문양의 양탄자가 깔려 있었다. 천장에는 화려한 샹들리에가 매달려 있었다.

넓은 거실에서 복도를 따라 조금 안쪽으로 들어가면 주방이 있는데 주방에는 냄비며 프라이팬, 주걱 등의 조리도구가 타일 벽에 걸려 있었다. 큰 찬장 안에는 접시가 차곡차곡 쌓여 있고 그릇과 컵, 술잔도 많이 들어 있었다.

주방 옆에 문이 있어 마당으로 나가는 문인 줄 알고 열어 봤더니 목욕탕이었다. 우리는 목욕탕이 유난히 큰 것에 놀랐다. 동네 목욕탕이 집 안에 있는 거나 마찬가지로 커다랗고 둥그런 욕조가 떡하니 앉아 있었다.

아래층에 방이 세 개 있고 나무계단을 올라 이층으로 가면 또 방이 두 개 있다고 했지만 우리는 올라갈 수 없는 금지구역이었다.

커다란 벽시계, 말 조각상, 도자기, 꽃병. 그 집에 있는 모든 것이 우리 눈에는 신기했고 온통 처음 보는 것으로 가득했다.

민주네 집에는 간식거리도 많았다. 민주 아빠가 집에 왔다 가면 외국과자며 초콜릿이며 쿠키, 캔디 등 간식거리가 넘치고 새 학용품도 민주의 책상에 많이 쌓여 있었다. 특히 색연필과 크레파스, 스케치북이 눈에 띄었는데 민주 부모님은 그림을 잘 그리는 민주의 소질을 키워 주려고 애를 쓰는 것 같았다.

무엇보다 우리는 전자동연필깎이에 놀랐다. 연필을 구멍에 집어넣기만 하면 손잡이를 돌리지 않아도 깔끔히 이발되어 나오는 모습이 신기하였다. 우리는 집에 있는 연필을 죄다 동원해서 가져갔고 가위바위보를 하여 순서대로 연필을 깎았다.

숙제를 하고 나면 인형을 갖고 놀거나 소꿉놀이를 하였다. 그러다가 싫증이 나면 마당으로 나와서 연못의 잉어에게 밥을 주며 시간 가는 줄 모르게 놀다가 집으로 돌아가곤 하였다.

우리는 얼굴도 동그랗고 햇볕에 타서 촌스러운데 민주는 옷차림부터 우리와 다르게 어쩐지 고급스럽고 얼굴도 하얗고 갸름해서 귀티가 났다. 프릴이 달린 하얀 블라우스를 즐겨 입었고 체크무늬 치마를 입었다. 길게 양 갈래로 땋은 머리에는 빨간색 리본을 맸으며 검은색 구두를 신고 고급 책가방을 메고 있었다. 그리고 이상하게 민주 옆에 가면 향긋한 초콜릿 냄새가 났다.

누군가 입었던 옷을 물려 입고 낡고 볼품없는 가방을 메고 싸구려 운동화를 신은 우리는 항상 부러운 눈으로 민주를 바라보았다.

소문에 의하면 민주 엄마는 고위 공직자의 첩이며 민주는 그의 딸이고 아버지는 한 달에 두 번 꼴로 집에 온다는 것이었다. 그래서 우리가 그 집에 놀러 갔을 때 민주 아버지의 얼굴은 쉽게 볼 수 없었다.

민주네 집은 항상 마을 사람들의 관심사였고 호기심의 대상이었다. 동네 여자들과 구별되는 우아한 옷차림을 한 민주 엄마에 대한 사람들의 호기심은 대단하였다.

엄마는 민주네 집에 갔다 온 나를 붙잡아 세우고 늘 이렇게 물었다.

"소라야, 그 집에 아저씨 오셨니?"

"민주 엄마는 집에서 뭐 해?"

"오늘은 뭐 먹었어?"

그러면 나는 귀찮은 듯 건성으로 대답했다.

내가 연필이나 지우개라도 받아서 가져오면,

"민주 엄마 옷 많지? 가방, 구두도 많지?"

라고 물었고 내 얼굴을 빤히 보며 대답을 기다렸다.

내가 '방에 가득, 아주 많아.'라고 답하면 엄마는 갑자기 나를 붙들고 동생을 돌보지 않고 민주네 집에 놀러 갔다며 내 엉덩이를 세

번 때렸다.

그때 나는 아홉 살이었고 네 살 남동생이 있었다.

어른들이 민주네 집을 가리켜 수군대며 하는 얘기는 우리와는 상관없었다. 우리에게는 민주의 말, 눈빛, 손짓이 중요하였다. 우리는 모두 민주와 가까워지려고 민주에게 온갖 친절을 베풀었다. 민주와의 물리적 거리를 내세우며 친한 정도를 겨루기도 하였다. 마치 설탕물에 개미가 꼬인 것처럼 민주를 둘러싸고 있었다.

그렇다고 민주가 우리만의 은밀하고 딱한 사정을 이용하여 우리보다 우위를 차지하려 하거나 우리에게 부당한 요구나 차별을 한 것은 아니었다. 오히려 민주는 우리에게 의지하고 친해지려 했으며 모두를 공평하게 대했고 우리의 야생성을 경의의 눈으로 보는 연약한 아이였다. 그리고 민주는 우리 모두에게 코흘리개 껌딱지 동생이 있음을 유난히 부러워하는 외동아이였다.

우리는 우리보다 어려 보이고 귀여운 동생 같은 민주를 좋아하였다. 물론 누구나 민주를 좋아하는 것은 아니었다. 아홉 살 어린 마음에도 질투라는 것이 있어서 민주의 차림과 말투, 좋은 학용품, 소지품을 동경하지만 민주를 가까이하기 싫어하는 애들도 있었다.

우리 삼총사는 여자애들을 이유 없이 괴롭히는 남자애들을 논리적인 말로써 굴복시키고 결국 사내의 눈물을 뽑곤 하였는데 그런식으로 험난한 세상에 자칫 외톨이가 될 수도 있는 민주를 보호하였다. 우리 삼총사는 민주를 지키는 방패였다. 외부의 힘으로부터 민주를 지키고 다가오는 악의 세력을 물리쳤다.

다른 아이들은 우리의 허락 없이 민주에게 쉽게 접근할 수 없었다. 민주에게 아무 제재 없이 접근할 수 있는 사람은 선생님뿐이었다.

우리가 민주 곁에서 민주를 지켜 주니 민주 엄마도 우리를 좋아하였고 그 집에서 놀게 허락한 것이었다.

민주 엄마는 항상 우아한 차림을 하고 있었고 예쁘게 화장한 얼굴에 손톱에는 색칠이 되어 있었다.

키가 큰 민주 엄마는 드레스를 끌며 거실을 걸었는데 걷는 모습도 우리 엄마들과 많이 달랐고 움직일 때마다 장미꽃 향기가 났다.

일하는 아줌마를 시켜 우리 삼총사에게 비스킷, 카스테라, 우유, 주스 등을 간식으로 내주었다. 모두 달콤하고 맛있고 살살 녹았다.

우리가 숙제를 하고 있을 때 민주 엄마는 레코드를 틀어 놓고 거실 소파에 비스듬히 앉아 음악을 들었는데 음악을 듣다가 크게 하품을 하곤 하였다. 책을 보다가도 꾸벅꾸벅 졸았다.

우리의 눈에 민주 엄마는 마치 다른 세계에서 온 사람처럼 예쁘고 아름답고 경이롭게 보였다.

왜 우리 엄마들은 화장도 하지 않고 땀 비린내 나는 작업복만 입고 손은 왜 그렇게 못생겼는지 모르겠다.

나는 민주에게 물어보았다.

"너네 엄마, 영화배우야?"

그러자 주영이가

"가수지? 음악을 듣고 계시잖아."

이번에는 선미가

"모델. 키가 크잖아."

민주기 웃으며 말했다.

"배우. 지금은 아니야."

소풍 가는 날, 날씨도 맑음이라 우리는 기분이 좋았다.

나는 엄마가 꺼내 놓은 흰색 쫄쫄이바지에 노란색 잠바를 입고 연두색 벙거지를 썼다.

엄마가 김밥도시락을 작은 배낭가방에 넣고 물병도 챙겨 넣었다. 엄마가 1학년 때는 따라갔지만 2학년이 되었으니 혼자 잘 다녀오라고 하였다. 엄마들이 모두 일을 하느라 같이 가는 엄마는 손에 꼽을 정도였다. 나는 따라가려는 동생을 겨우 떼어 놓고 학교로 갔다.

일찍 온 아이들은 모두 들뜬 얼굴로 운동장에 모여 있었다. 어른들은 우리가 줄 서 있는 운동장 뒤쪽 나무그늘에 자리를 잡았다. 형형색색의 옷을 입고 모자를 쓰고 도시락가방을 든 어른들도 아이들만큼이나 들뜬 것 같았다.

민주가 보이지 않아 두리번거리며 찾고 있는데 정문 쪽에서 우리가 있는 쪽으로 걸어오는 민주와 민주 엄마가 보였다.

우리도 소풍이라 나름대로 예쁜 옷을 입고 갔는데 두 사람이 나타난 순간 주변이 환해지는 것 같았다.

민주는 분홍색 원피스를 입고 하얀 모자를 쓰고 빨간 구두를 신고 있었다. 민주 엄마는 흰색 재킷을 입고 목에는 빨간색 스카프를 둘렀으며 꽃무늬 바지를 멋지게 입었고 챙이 큰 모자를 쓰고 있었다. 얼굴에는 파운데이션을 바르고 눈 화장을 진하게 했는데 빨갛게 칠한 입술이 유난히 도드라져 보였다. 그 옆에는 일하는 아줌마가 양손에 도시락가방을 들고 있었다.

엄마들은 민주 엄마를 부르며 자리를 잡아 주었고 민주 엄마는 그들이 있는 곳으로 갔다. 민주가 2학년이 되는 새 학기에 전학을 왔고 민주 엄마는 공개수업을 할 때 참석을 해서 엄마들과 이미 안면이 있었다.

1, 2, 3학년 저학년이 오늘 소풍 가는 장소는 학교가 있는 곳에서 그리 멀지 않은 곳에 있는 공원이었다. 길게 줄을 지어 노래하면서 걸어갔다. 가다가 나비를 만나면 손으로 장난을 치고 작은 풀꽃을 꺾어서 친구에게 주면서 심심하지 않게 가다 보니 언덕에 위치한 공원이 나왔다.

넓은 풀밭에서 여러 가지 놀이와 게임을 했고 드디어 기다리던 점심시간이 되었다.

우리 삼총사는 민주와 같이 점심을 먹기로 하였다. 나무 밑에 돗자리를 펴면서 민주 엄마가 우리를 불렀다.

아줌마가 층층이 쌓인 찬합을 꼭대기 층부터 하나씩 내려놓았다. 우리의 도시락은 김밥 아니면 주먹밥에 사과 몇 조각이 전부였는데 민주네 도시락은 김밥, 유부초밥, 불고기, 햄, 샌드위치와 사과, 딸기 등이 차곡차곡 들어 있었다.

아줌마가 보자기로 곱게 싼 도시락 하나를 민주 엄마에게 주면서 선생님에게 드리라고 눈치를 주었다. 민주 엄마가 선생님에게 드리니 선생님은 환하게 웃으며 인사하였고 민주 엄마도 환히 웃어서 빨간 입술이 한껏 벌어졌다.

민주도 민주 엄마도 음식을 조금 먹는 사람이라 남긴 음식이 많아 우리도 먹어 볼 수 있었다. 자주 먹지 못하는 불고기와 햄을 야외에서 먹으니 맛이 기가 막혔다. 그런데 이상하게 김밥은 우리 엄마가 만든 것이 더 맛있었다.

점심을 다 먹고 앉아 있는데 갑자기 바람이 불기 시작하더니 점점 회오리바람으로 변했다.

우린 머리에 손을 올려 모자를 붙잡았다. 민주 엄마도 벗어 놓은 모자를 지키려고 애를 썼다. 손으로 누르고 있다가 몸을 움직였다. 그때, 민주 엄마가 느슨하게 목에 걸치고 있던 빨간색 스카프가 목에서 스르르 빠져나와 하늘로 날아올랐다. 마치 용처럼 몸을 비틀며 올라가선 우리 머리 위에서 허공을 휘저었다.

우리는 고개를 들고 한참 처다보았다.

허공을 허우적대며 머물던 스카프는 다시 빠르게 움직이며 날아갔다.

우리의 시선은 스카프를 쫓았고 모두 숨죽여 보았다. 한없이 날아가던 스카프가 건물 뒤편으로 사라질 때까지, 민주 엄마가 쫓아가다가 돌부리에 걸려 넘어질 때까지….

오후에는 장기자랑을 하고 수건돌리기를 한 다음 숨은 보물찾기를 했는데 모두들 나무 밑동이나 풀숲, 돌 밑을 필사적으로 뒤졌다. 찾은 애들은 의기양양하게 선생님에게 보물을 가져갔고 못 찾은 애들은 미련을 버리지 못하고 다시 풀숲을 뒤지기도 하였다.

나는 풀숲에서 보물을 발견했는데 접은 종이를 펴 보니 '연필 2'라고 쓰여 있었다. 그래서 연필 두 개를 받았다.

선생님은 우리들에게 주변에 흩어진 쓰레기를 모아서 가져오라고 하였다. 선생님과 아이들, 엄마들까지 쓰레기를 조금씩 주워 모았다. 그랬더니 우리가 머물렀던 자리가 처음처럼 깨끗해졌다.

이렇게 놀고 나니까 소풍이 끝나서 집으로 돌아갈 때는 다들 지쳐서 터덜터덜 걸었다.

집으로 가는 길에 만난 노랑나비와 흰나비가 자꾸만 우리를 따라왔다.

생선 비린 냄새가 하늘 끝까지 닿는 마을.

우리 마을은 멸치 산업이 융성하였는데 그해도 멸치가 풍년이었고 부둣가 동네는 멸치를 삶아 말리는 일로 바쁘게 돌아가고 있었다. 바닥에 떨어진 멸치는 어슬렁거리는 개의 간식이 되었고 멸치 삶는 냄새는 온 마을에 배어들었다.

우리의 놀이터는 주로 동네골목이었는데 새로운 놀이를 위해 영역을 확장하여 부둣가로 가기로 하였다.

푸른 바다, 정박해 있는 배들, 멸치 삶는 열기와 사방으로 흩어지는 하얀 김, 바쁘게 움직이는 사람들.

우리는 바닥에 떨어진 멸치가 파닥파닥 뛰는 것을 보았는데 민주는 놀라서 기겁을 하며 우리의 뒤로 숨었다.

덕장에는 셀 수 없을 만큼 많은 멸치가 햇빛에 반짝반짝 빛을 내며 말라 가고 있었다.

우리는 배 이름을 소리 내어 읽고 배의 숫자를 세어 보다가 갈매기에게 조개껍데기를 던지기도 하였다.

그러다 배가 고파서 대대로 멸치를 삶아서 마른 멸치를 만드는 원희네 작업장으로 갔는데 일하는 사람들이 마른 멸치를 쥐여 주며 먹으라고 했지만 멸치를 좋아하는 애는 하나도 없었다. 비릿한 맛에 나무를 씹는 것 같아서 모두 싫어했다. 우리는 원희 할머니가 주신 꽈배기를 나눠 먹으며 다시 총총걸음으로 계속 걸었다.

어떤 아저씨가 우리에게 얼쩡대지 말고 빨리 집에 가라고 으름장을 놓았다. 우리는 떨어진 멸치를 하나씩 주워 일제히 아저씨를 향해 던지고 나서 필사적으로 뛰었다. 민주도 살아 있는 멸치는 무서워했지만 마른 멸치는 손으로 잡아서 우리와 함께 아저씨를 향해 힘차게 던졌다.

다음은 극장으로 발길을 돌렸다.

낮 상영이 끝나갈 무렵 관객들 통로인 정문이 활짝 열려 우린 극장 안으로 들어갔다. TV와 다른 커다란 스크린에 놀라며 남녀 배우가 얼굴을 붙이고 진하게 키스하는 장면을 넋을 잃고 바라보았다.

영화가 끝나서 밖으로 나오자 선미는 포스터를 쳐다보며 이다음에 커서 영화배우가 되겠다고 했다.

우린 이구동성으로 말했다.

"배우가 되려면, 아무도 모르게 집을 나와 비행기 타고 서울로 가야 한다."

어느 날 민주가 학교에 나오지 않았다.

선생님은 민주가 몸이 아파서 결석했다고 하였고 우린 걱정했는데 다음 날도 학교에 나오지 않자 반에서 제일 덩치 큰 진수는 우리를 향해 큰 소리를 질렀다.

"너희들 때문이야. 몸이 약한 민주를 데리고 여기저기 쏘다니니

까 민주가 병이 났지. 가만히 있는 민주에게 물까지 뿌리고, 나쁜 계
집애들!"

우리가 개천에서 놀고 있을 때 구경하는 민주에게 장난으로 물을
조금 뿌렸는데 진수가 보았던 것이다. 그래서 이때다 싶어서 우리
에게 쏘아붙였고 우리 때문이 아닐까 내심 걱정하던 우리는 그 말
에 반박할 수 없었다.

민주가 이틀이나 학교에 나오지 않자 우리는 민주네 집에 가 보
기로 하였다.

같이 가자고 애걸하는 진수도 합류를 허락해 주었다. 울상이던
진수의 얼굴이 갑자기 환해졌고 머리에 침을 바르며 매만지기 시작
했다. 진수의 아버지는 경찰관인데 진수도 커서 경찰관이 되기를
바라고 있었다. 길에서 진수 아버지를 만나면 늘 우리에게 입이 닳
도록 말하였다.

'싸우지 말고 사이좋게 놀아라.'

우리 삼총사와 진수는 학교가 파하자마자 민주를 걱정하며 민주
네 집으로 향했다.

길가에 감국 꽃이 노랗게 만발한 모습을 보고 예쁘고 향기로운
꽃을 보면 아픈 민주가 나을 것 같아 꽃을 꺾어 다발을 만들었다.

민주네 집에 가 보니 민주는 분홍색 잠옷 차림으로 침대에 앉아
있었다. 하얀 얼굴이 더 하얗고 작은 얼굴이 더 작아진 것 같았다.

우리를 본 민주는 환하게 웃으며 말했다.

"나, 감기에 걸렸어. 열이 나고 머리도 아팠는데 이젠 괜찮아."

민주는 침대에서 내려왔다.

"물장난을 처음으로 해 봤는데 재미있었어. 그런데 이렇게 아프고 말았어. 어, 진수도 왔네."

진수는 얼굴이 빨개지며 빙그레 웃었다.

우리는 얌전히 앉아서 아줌마가 가져온 쿠키와 우유를 먹었다. 이집에 처음 온 진수는 천장에 매달린 샹들리에를 연신 쳐다보고 '와'하며 신기해했고 자꾸만 이층으로 난 계단을 오르락내리락하였다.

민주가 아직 밖에 나오면 안 되기에 우리는 그만 집으로 돌아가려고 마당으로 나왔다. 그때, 검은 자동차가 미끄러지듯 마당으로 들어왔다. 차를 세우고 나온 운전기사가 급히 뒷좌석 차문을 열었고 민주 엄마와 머리가 허연 할아버지가 내렸다. 민주 엄마와 운전기사가 할아버지를 양쪽에서 부축하더니 천천히 집 안으로 들어갔다.

민주네 집에 할아버지가 온 다음부터 그 집은 지금까지와는 다른 분위기와 냄새를 풍겼다. 주방 쪽 처마에는 여러 종류의 약초가 걸렸고 약재 달이는 냄새가 끊이지 않았다. 가끔 의사와 간호사가 집 안으로 들어가고 검정차를 타고 온 양복 입은 사람들도 들어갔다.

며칠 뒤 동네에 소문이 났는데 민주 아빠가 몹쓸 병에 걸려 얼마

못 산다는 거였다. 그리고 민주 아빠가 국회의원과 장관직을 거치며 엄청난 뒷돈을 받고 그 대가로 기업체에 수많은 특혜를 준 게 발각이 되었는데 수사를 받는 와중에 병이 발견되었고 전신에 퍼졌다고 하였다. 게다가 숨겨 온 첩의 존재가 탄로 나면서 본처와 자식에게 철저히 외면당해 이제 기댈 곳은 오직 민주네뿐이라는 것이었다.

이런 사실은 민주 아빠를 대우고 온 비서 겸 운전기사가 술자리에서 친한 사람에게 은밀히 말한 건데 그 말을 들은 사람이 또 술김에 다른 사람에게 말하는 바람에 그만 온 동네에 퍼지고 말았다. 그동안 동네사람들은 민주네 집이 고위직 공무원의 별장이고 민주 엄마는 그의 첩이라는 정도만 알고 있었고 자세한 내막은 몰랐다.

우리가 민주네 집에 들어가는 것은 계속 허용되었으나 전보다 조용히 놀아야 했다. 그래서 우리의 놀이도 지극히 공간 제한적인 소꿉놀이에서 그쳤는데 이젠 진수가 끼는 날도 많았다.

진수는 학교에서도 민주를 보살펴 주어서 아이들은 둘을 가리켜 '애인이래요.'라며 놀려 댔다. 그래도 진수는 굴하지 않고 꿋꿋이 애인 곁을 지켰다. 소꿉놀이를 할 때는 자연스럽게 부부가 되어 서로 여보, 당신이라고 부르며 능청을 떨었다.

놀다가 싫증을 느낀 우리는 숨바꼭질을 하였다. 마침 집에 어른들이 보이지 않아 뛰어다니며 숨바꼭질을 하였는데 가위바위보를 하여 술래를 정하고 술래는 거실 한쪽에 튀어나온 사각기둥을 기준으로 술래를 섰다.

진수가 술래였고 우린 각각 책상 아래, 커튼 뒤, 계단 밑에 완벽히 숨었다. 그러나 진수는 경찰관의 아들답게 금방 찾아내어 모두 발각되었다.

다음에는 내가 술래가 되었는데 거실에는 아무도 보이지 않아 복도 끝까지 가 보니 문이 조금 열린 방이 있어 혹시나 하고 문을 열어 보았다.

한약 냄새와 여러 냄새가 섞여 이상한 냄새가 확 풍겨왔다. 커다란 침대에 흰 머리칼이 마구 헝클어진 할아버지가 뼈가 앙상한 손을 허공에다 대고 휘젓고 있었다. 그리고 이상한 소리를 내었다. "우우웅 우웅…."

나는 깜짝 놀라 얼른 밖으로 나가 장독대 앞에서 탕약을 달이고 있던 민주 엄마와 아줌마를 불렀고 두 사람은 급하게 집 안으로 뛰어갔다. 잠시 후에 응급차가 요란한 소리를 내며 마당으로 들어왔다.

이틀 후에 민주아빠는 민주 엄마가 지켜보는 가운데 유언 한 마디 못 하고 숨을 거두었다.

친척, 정치인, 동네사람 등 수십 명만 모인 가운데 조촐하지만 무사히 장례식을 치렀고 민주도 며칠 동안 학교에 나오지 않았다.

장례식에 온 사람들은,

'하늘을 찌를 것 같던 지위도 권력도 허무하다.'

'명예도 다 잃고 쓸쓸히 갔다.'

라는 말들을 쏟아 내었다.

이후로 민주네 집은 점점 활기를 잃어 갔다. 한 달 후에는 일하는 사람을 전부 내보냈고 더불어 정원의 식물들도 생기를 잃어 갔다.

민주 엄마의 얼굴에도 화장기가 사라졌다. 그런데 이상하게도 이 때부터 엄마들이 민주네 집을 들락거렸다.

민주 엄마가 울먹이며 말했다.

"앞으로 어떻게 살지 걱정이에요."

엄마들은 기다렸다는 듯 한마디씩 해 대었다.

"남긴 유산이 많은데 무슨 걱정이우?"

"복 좋은 사람이, 누구 놀리나?"

"새로 시집가면 되잖아, 젊은데. 팔자도 좋아."

엄마들은 모이면 민주네를 걱정하는 말을 했지만 그게 정말 걱정하는 건지 도무지 모르겠다.

학교 운동회 날이 되었다.

가을에 하는 학교 운동회는 마을의 축제였다. 운동장을 가로질러 허공에 오색기가 날리고 세계 각국의 국기들이 걸렸지만 우리는 대한민국과 일본 국기만 알아볼 뿐이었다. 그래도 좋다는 듯이 여러 나라를 상징하는 만국기는 우리 머리 위에서 힘차게 휘날렸다.

교문 앞과 운동장 구석에는 장사하는 사람들이 노점을 펼쳐 놓고 풍선이나 장난감, 솜사탕, 핫도그, 떡볶이, 꼬치구이, 쫀드기 등 우리가 좋아하는 것만 팔았다.

선생님과 우리들은 모두 새하얀 체육복을 입고 파란색 아니면 흰색 모자를 쓰고 청군과 백군으로 나뉘어 응원단장의 지시에 따라 목이 터져라 구호를 외쳤다.

나와 민주와 진수는 같은 청군이 되었다. 우리는 고학년 선배들이 하는 대로 따라서 청군을 응원하는 응원가를 힘차게 불렀다. 그러다 자꾸만 뒤를 보며 가족을 찾았다.

부모들은 우리보다 늦게 도시락과 먹을 것을 갖고 운동장으로 왔다. 뒤를 보니 아빠, 엄마와 내 동생, 민주 엄마가 나란히 앉아 있었는데 우릴 발견하고 환하게 웃었다.

2학년인 우리는 던지기와 공굴리기, 달리기가 오전에 끝났다. 나는 달리기에서 3등으로 들어왔고 덩치 큰 진수는 2등, 민주는 나와 진수의 열띤 응원에도 불구하고 꼴등으로 들어왔다.

드디어 점심시간이 되었다.

아빠가 자리를 잡아 놓은 곳에 돗자리를 펼쳤다.

아무것도 준비하지 못한 민주 엄마를 위해 엄마가 미리 점심을 푸짐하게 준비했고 두 가족이 모여 앉아 점심을 먹기로 하였다.

쌀밥, 유부초밥, 불고기, 오징어튀김, 소시지, 계란말이. 엄마는 이 많은 음식을 언제 다 만들었을까? 나는 엄마가 자랑스러웠다.

그리고 무엇보다 민주가 우리 집 음식을 먹게 되어서 좋았다. 민주가 먹는 모습을 보고 내 마음이 뿌듯해졌다.

그러나 민주와 민주 엄마는 조금밖에 먹지 않았다. 원래 입이 짧은 두 사람이었다. 민주 엄마는 포도와 사이다를 준비해서 가져와 모두 맛있게 먹었다.

점심을 먹고 나서 아빠는 친구와 한잔하고 온다며 친구를 따라 어딘가로 가셨다.

오후에 우리는 운동장 가운데에 반별로 큰 원 형태로 서 있다가 경쾌하게 흘러나오는 음악에 맞춰 빙글빙글 돌다가 남자애와 인사하고 손잡고 춤을 추었다. 그것으로 우리 2학년의 프로그램이 모두 끝났다.

어른들도 달리기와 줄다리기를 하였다. 어른들은 우리보다 더 상품에 욕심이 많은지 상품을 받으려고 필사적으로 뛰었고 줄다리기를 할 때는 무서울 정도로 강하게 당기면서 하는 바람에 보는 우리들은 깜짝 놀랐다.

마지막으로 전체 이어달리기를 할 때 우리는 목이 터져라 응원하였지만 아쉽게도 청군이 졌다. 전체점수로 해도 우리가 이미 져 있었다. 청군 모두가 기운이 빠져 버렸다.

그렇지만 나는 민주와 같이 점심을 먹고 우리 가족이 다 함께 있어서 너무 좋았다.

민주 엄마는 멍하니 소파에 앉아 있는 날이 많아졌고 우리가 놀러 가도 모른 체하였다. 그런 엄마를 보고 민주는 슬픈 표정을 지었고 그러면 우린 민주를 웃게 하려고 눈물겨운 노력을 하였다. 결국 민주 엄마는 앓아눕게 되었는데 엄마들은 미음을 쑤어 먹이며 옆에서 지켜보았다.

"딸을 생각해서라도 용기 내어 살아야 해요."

"젊은데 그렇게 맥없이 쓰러져 있으면 어떡하누?"

"정신 바짝 차려서 살아야 해. 젊은데 뭘들 못하겠어?"

민주 엄마는 힘없는 목소리로 말했다.

"저는 할 줄 아는 게 아무것도 없어요. 한때 배우의 시절도 있었지만 민주 아빠를 만나면서 내 꿈은 접었어요."

"그래도 남겨 준 재산이 많잖아요?"

"재산요? 이 집 하나밖에 없어요. 그동안 꼬박꼬박 생활비를 받아서 그 돈으로 살았어요."

"일거리가 많아서 민주 엄마가 체면을 버리면 뭐든 할 수 있어요."

"민주 엄마가 어떻게 아무 일이나 해요? 이제껏 사모님 소리를 듣고 살았는데…."

"그러지 말고 잘난 남자 하나 잡아서 결혼이나 해. 젊고 예뻐서 남자들도 눈독 들이고 있을 거야."

아픈 게 나은 후에도 계속 무기력한 모습의 민주 엄마를 보고 엄마들은 '철딱서니 없는 여편네, 엄마가 너무 나약하다, 걱정된다.'라고 나무라며 수군거렸다.

동네사람들 입에서 입으로 '민주 엄마가 결혼한다.'라는 말이 도는 가운데 우린 학교가 파한 후 거리를 배회하고 있었다.

그때 우리와 조금 떨어진 곳에서 예쁘게 차려 입은 민주와 민주 엄마가 어떤 차에서 내려 동네 최고의 일식집으로 들어가는 것을 보았다.

그 뒤를 양복을 멋지게 입은 남자가 선글라스를 벗으며 따라 들어갔다. 잠시 후 남자가 나와서 담배를 잠깐 피우고 침을 뱉더니 다시 안으로 들어갔다.

우리는 일식집 앞에 가서 열린 문 사이로 안을 들여다보다가 그냥 집으로 돌아갔다. 집에 와서 엄마에게 말하니 엄마는 무릎을 탁 치면서 아빠를 향해 말했다.

"맞네, 맞아. 그 말이 맞아."

어른들 말에 의하면 민주 엄마가 건설업을 하는 사업가와 이미 약혼을 하였고 겨울을 넘기고 여기를 떠날 거라는 거였다.

그 사업가는 사업체를 물려받아 운영 중이고 젊고 자상하고 능력

있는 남자로 이혼을 했으며 하나 있는 자식은 전처가 양육한다고 하였다.

학교에서 본 민주는 여전히 귀엽고 예뻤지만 어딘지 모르게 그늘이 져 있었다. 아빠가 돌아가시고 새로 맞이한 아빠로 인해 혼란을 느끼는 것 같았다.

어떤 때는 우리가 먼저 간다고 신경질을 부렸고 어떤 때는 민주에게 빌렸던 인형을 돌려주자 인형의 팔을 뜯어서 바닥에 내동댕이치며 그동안 하지 않던 행동을 하였다. 그리고 자꾸만 자기의 손톱을 물어뜯었다.

우리는 낯선 민주의 모습을 보며 실망하였고 민주가 그럴 땐 같이 놀아 주지 않았다. 계속되는 민주의 신경질에 짜증을 느낀 우린 급기야 앞으로 절대로 같이 놀지 않겠다고 엄포를 놓았다.

우린 민주를 모른 척하고 우리끼리 놀았다. 그러나 진수는 호위무사처럼 민주 곁을 맴돌며 지켜 주었다. 민주의 신경질을 다 받아주며 애쓰는 진수는 우리보다 한참 철이 든 어른 같았다. 민주와 우리의 냉전 덕분에 진수는 민주를 독차지할 수 있었다.

어느 날 민주가 밝은 얼굴로 우리에게 다가와 화해의 손을 내밀었다. 새 아빠가 건설현장에 가서 오랫동안 집에 없을 거라고 말하는 민주는 천진난만한 예전의 모습이 되어 있었다. 민주는 우리에게 다정히 다가왔고 우린 민주를 받아들였다. 민주는 '새 아빠가 친절하지만 어쩐지 싫다. 돌아가신 아빠가 보고 싶다.'고 우리에게 털어놓았다.

민주 엄마는 결혼 후 더욱 화려해졌다. 언제나 이 마을에서 제일 우아하고 세련된 여자였다. 마을 사람들의 불편한 시선을 의식하면서도 민주 엄마와 남자는 보란 듯이 팔짱을 끼고 마을을 활보하고 다녔고 민주 엄마는 무척 행복해 보였다.

동네 여자들은 수군거리면서도 늙은 남편이 사라지고 젊고 능력이 있는 남자와 살게 된 민주 엄마는 '이 세상에서 제일 팔자가 좋은 여자'라며 부러워하였다.

우리가 민주네 집에 놀러 가면 어떤 날은 새 아빠가 집에 있었는데 새 아빠는 우리가 놀러오는 것이 못마땅한지 우리의 인사를 건성으로 받았다. 그러나 민주 엄마에게는 친절하고 다정했는데 앞치마를 입고 설거지도 하고 청소도 하면서 민주 엄마에겐 아무것도 하지 말고 그냥 앉아 있으라고 하였다.

우린 남자가 앞치마를 입은 것을 그때 처음 보았다. 머리에 삼각형 모양의 수건을 쓰고 앞치마를 입은 새 아빠를 보고 우스꽝스럽고 이상하다고 우리끼리 수군거렸다.

민주네 집에서 민주 엄마와 새 아빠의 다정한 모습을 목격하고 집에 와서 그대로 엄마에게 전했더니 엄마는 갑자기 '여자애가 그 꼴이 뭐냐?'며 나를 돌려세우고 내 엉덩이를 세게 두들겨 팼다. 나에게 빨리 가서 세수하라고 말한 후 한숨을 쉬면서 혼잣말을 하였다.

"그년은 복도 많아. 에휴, 내 팔자야."

민주 엄마의 좋은 팔자가 오래가지 못하고 깨지고 말았다. 그런 일이 아주 짧은 기간 동안 일어났다는 사실에 사람들은 모두 혀를 내둘렀다.

마을사람들은 그 남자를 가리켜 '신사의 얼굴을 한 악인, 욕심에 눈먼 건달.'이라고 욕을 해 대었다. 민주의 새 아빠, 그 남자는 민주 엄마의 재산을 모두 빼앗아 버렸다.

언덕 위에 자리한 민주네 집은 집터와 마당은 오백 평이고 그 옆에 붙은 밭과 공터까지 하면 만 평이 넘었다. 바다가 보이고 백사장이 가까운 위치에 있어서 흡사 휴양지 별장의 모습을 풍기는 곳이었다.

돌아가신 민주 아빠는 정치적으로 잘나가던 전성기 시절에 별장으로 사용하기 위해 적산가옥을 샀고 다음으로 주변 땅을 사들였다. 휴식이 필요하면 언제든 와서 이층 서재에서 책을 읽었고 주변 산책도 하였다. 골프장에 갔다 올 때는 몇 명의 손님과 같이 오기도 하였다.

민주가 2학년이 되었을 때 모녀가 여기 사는 게 여러모로 나을 것 같아서 이주를 시켰다. 부인이 민주 엄마의 존재를 눈치챈 것 같았으니까.

국가의 공직자 신분으로 뒷돈을 받은 터라 땅의 소유권은 민주 엄마의 이름으로 해 놓았고 민주 엄마에게 말을 하지 않았다. 그래서 민주 엄마는 주택만 자신의 이름으로 되어 있는 줄 알았다. 어느 날 이층 서재를 정리하다가 깊숙이 숨겨 놓은 상자 안에서 집문서, 땅문서를 발견하였다. 민주 엄마는 민주 아빠가 자신에게 많은 재산을 남겨 준 것에 감사해했고 그다음 날 민주를 데리고 민주 아빠가 묻혀 있는 산소를 찾아가 경건하게 참배를 하였다.

그런데 세상 물정 모르는 민주 엄마는 남자의 감언이설, 계획된 친절에 넘어가 금싸라기 땅을 빼앗기고 말았다.

전부터 남자는 민주네 집이 있는 그 땅을 호시탐탐 노리며 그곳에 크고 웅장한 호텔을 지을 꿈을 갖고 있었다. 그러다 우연인지 행운인지 민주 아빠의 부고와 민주네 사정을 알게 되었고 이를 하늘이 주신 기회로 여긴 남자는 의도적으로 민주 엄마에게 접근했는데 민주 엄마는 흔쾌히 그 남자를 받아들인 것이다.

남자는 결혼을 미끼로 친절과 배려와 칭찬으로 무장했고 치밀하게 행동하며 선물 공세도 하였다. 민주에게는 자상한 아저씨의 모습을 보였다.

민주 엄마는 무방비 상태에서 남자의 재력과 친절에 넘어갔고 남자의 눈물에 모정이 발동하여 덥석 미끼를 물었던 것이다.

그렇게 남자와 민주 엄마는 약혼을 하였다. 마음 놓고 그 품에 안착한 민주 엄마는 한없이 행복한 여자일 뿐이었다. 정식으로 약혼한 것도 아니었다. 전처와 별거 중이었는데 민주 엄마는 남자가 이혼한 줄 알고 속았던 것이다.

성탄절에 남자는 민주 엄마에게 꽃과 선물을 건넸는데 그 선물은 호텔을 지어 주겠다는 것으로 민주 엄마가 호텔사장이 되어 한번 경영을 해 보라는 것이었다.

민주 엄마는 남자의 감언이설에 감격의 눈물을 흘렸고 남자는 회심의 미소를 지었다.

며칠 뒤에 남자는 사업을 하려면 회사를 만들어야 하고 서류가 복잡하다며 사무실로 민주 엄마를 불렀다. 자신감이 넘치는 남자에게 민주 엄마는 신분증, 도장과 집문서, 땅문서를 모두 맡겼다.

그날 밤, 민주 엄마는 황금빛 미래를 제시하는 남자에게 눈물을 보이며 새로 태어나는 기분이라고 했고 행복하다며 남자를 꼬옥 끌어안았다.

민주 엄마는 호텔을 경영한다는 꿈에 부풀어 가슴이 벅차고 설레었다. 서점에 가서 경영에 대한 책과 일반상식이 담긴 책을 사서 공부하였다. 호텔을 경영하려면 무식하면 안 되고 이것저것 많이 알아야 한다면서. 우리가 민주네 집에 갔을 때도 민주 엄마는 책을 붙들고 공부하고 있었다. 그런데 민주의 새 아빠는 보이지 않았다. 민주에게 물어보니 먼 곳에 있는 건설현장에 갔다고 하였다. 우리가 민주네 집에 갈 때마다 새 아빠는 보이지 않았다. 그 후로도 쭉 민주의 새 아빠, 그 남자는 나타나지 않았다.

엄마들은 또 수군거렸다. 무슨 일 있는 거 아니냐고. 우리가 보기에 엄마들은 참 이상했다. 뭔가의 낌새를 잘 알아차렸다. 머리 양쪽에 더듬이가 달려 있어 그것으로 모든 것의 동태를 파악하는 것 같았다.

더 신기한 것은, 엄마는 보지 않고도 엄마 등 뒤에서 내가 동생에게 어떻게 하고 있는지 다 알았다.

낯선 남자들이 집에 들락거리는 걸 보고 사람들은, 부하들이 나서서 일사천리로 일을 추진하고 남자는 뒤에서 조종하고 있을 거라고 했지만 민주 엄마는 무슨 사정이 있을 거라며 끝까지 남자를 믿으려 하였다.

뒤이어 건달들이 나타나 위협하며 집에서 나갈 것을 요구하였고 이로써 남자의 본색과 모든 사실을 알게 된 민주 엄마는 무서운 협박에 못 이겨 결국 몸만 빠져나오는 신세가 되고 말았다.

동네사람들은 세상 무서운 줄 모르고 유유자적 태평하게 놀던 새가 하루아침에 땅으로 추락했다, 너무나 안타깝다며 끌끌 혀를 찼다.

그들은 민주 엄마의 무지와 오만을 탓하였지만 영문도 모르고 엄마 곁에 붙어 있는 민주를 안타깝게 생각해서 모두 발 벗고 나서서 도와주었다.

우선 비어 있던 집에 살 곳을 마련해 주었다. 그리고 민주 엄마에게 일자리를 제공하였다.

누구보다 우아하고 화려한 여자에서 작업복을 입고 멸치 말리는 아줌마로 변한 민주 엄마는 '앞으론 딸만을 위하여 열심히 살아 보겠다.'며 사람들 앞에서 눈물을 흘리며 다짐하였다.

일부러 힘든 일을 시키며 수군대는 아줌마도 있었지만 같은 여자이며 아이를 키우는 엄마로서 안타깝게 생각하여 질투했던 마음을 버리고 하나라도 도와주려고 애썼다. 옆에서 보기에 너무나 안타깝지만 털고 일어나서 새롭게 출발하라며 용기를 주었고 민주 엄마도 그런 엄마들을 고맙게 생각하였다.

민주 엄마가 열심히 일하는 모습을 보면서 민주도 한 뼘 더 자란 것 같았다. 표정도 달라졌고 아기 같은 행동도 사라지고 친구를 도와주려고 먼저 다가오기도 하였다.

엄마들은 모여서 수다를 떨다가 이구동성으로 사람은 누구나 인생을 살면서 어려움을 겪고 어려움을 겪고 나면 철이 든다고 했지만 우리는 무슨 말인지 몰랐다.

우리가 10살이던 가을, 민주와 민주 엄마는 이 마을을 떠났다.

민주 엄마는 '친척언니가 사는 도시로 떠난다.'며 갔지만 동네사람들은 사는 게 힘들어서 떠난 거 아니냐며 수군거렸다. 엄마들은 혹시 또 남자가 생긴 거 아니냐며 한바탕 웃었지만 추측만 무성하였다.

우리는 민주를 빙 둘러싸고 이별의 시간을 가졌으며 각자 준비한 선물을 하며 눈물을 흘렸다. 진수는 콧물까지 흘리며 울었고 손수 써서 꾸깃꾸깃 접은 편지를 민주에게 주었다. 그러자 민주는 진수를 와락 껴안으며 볼에 뽀뽀를 했고 편지를 써서 보내겠다고 하여 진수는 얼굴이 빨개졌다. 그 모습을 보고 우리는 모두 박수를 쳤다.

어린 우리의 가슴에 헤어짐의 고통이 새겨지고 우린 이별의 아픔을 겪었다.

몇 달 후에 우리 삼총사와 진수는 민주로부터 편지를 받았는데 모두 같은 내용이었다. 서울의 어느 학교에 잘 다니고 있다고 했으며 도시여서 좋은 점과 나쁜 점이 쓰여 있었고 우리와 놀던 때가 제일 좋았다고 쓰여 있었다.

우리도 답장을 했는데 두세 번 편지를 주고받은 후부터 더 이상 편지가 오지 않았다.

시간이 흘러도 호텔을 지을 기미는 보이지 않은 채 민주네 집은 흉물처럼 덩그러니 남은 상태에서 잡목이 우거지며 우리들에게서 점점 잊혀졌다.

그 땅을 차지한 남자는 호텔을 지으려던 계획이 뜻대로 되지 않자 그 땅을 다른 사람에게 비싸게 팔았고 또다시 어떤 회사에 팔렸다는 소문만 들렸다.

우리의 특별했던 놀이 공간, 놀이터, 그 시절이 우리 곁을 완전히 떠나 버렸다. 다시 오지 않는 그 시절은 우리에게 아련한 추억이 되었다.

비밀의 해변

1

해린은 알람이 울림과 동시에 벌떡 몸을 일으켜 실눈을 뜨고 시계를 보았다. 어제 퇴근 후 친구들과 한잔했는데 밤잠을 설쳐 얼굴은 부스스하고 눈은 부어 있었다.

'다음엔 절대로 걔들과 술을 마시지 않을 거야.'

어제 일을 생각하니 절로 웃음이 나왔다.

먼저 세수를 하고 나서 화장을 간단히 하고 무릎까지 닿는 검정 스커트에 스타킹을 신고 살구색 블라우스를 스커트 안에 넣어서 입었다. 전신거울 앞에 서서 보니 영 마음에 들지 않았다.

해린은 마른 체형에 옅은 쌍꺼풀이 있고 이목구비가 뚜렷하고 입술 밑 오른쪽에 깨알만 한 점이 있으며 약간 웨이브가 있는 머리는 어깨를 충분히 덮을 만큼 길었다.

주방에 가서 냉장고를 열고 우유를 꺼내어 컵에 조금 따라 마시고 밖으로 나와 뛰다시피 하며 걸었다.

시내버스가 도착하자 사람들은 서둘러 버스에 오르기 시작하였다. 해린도 버스에 올랐다.

'아, 오늘도 생존을 위한 몸부림이 시작되는구나.'

언제나 사람들로 꽉 찬 버스. 이리 밀리고 저리 쏠리는 만원버스 안은 사람들의 땀 냄새가 한데 섞여 퀴퀴한 냄새가 났다. 사람들은 벌써부터 지친 표정이었다.

해린의 검정 하이힐이 벗겨지고 버스가 설 때마다 몸은 휘청거렸다. 그렇게 몇 번 하고 나서 버스는 회사 근처 정류장에 해린을 내려주었다.

해린이 여행 잡지 전문출판사에서 일을 하게 된 것은 거슬러 올라가면 유미와의 만남 때문이라고 할 수 있었다. 대학교에서 학점을 채우기 위해 미술사 강의를 받다가 알게 된 유미는 미대 회화과를 다니고 있었고 해린은 입시성적에 맞춰 선택한 사회학에 완전히 흥미를 잃어 불안한 미래를 내심 걱정하고 있었다.

서로의 취향을 존중하고 관심분야가 같았던 두 사람은 여기저기를 돌아다녔다. 바다가 보이는 카페에 틀어박혀 커피를 마시며 수다를 떨거나 서로 책을 바꿔 읽고 전시회에 가서 그림이나 조각품을 보며 멋대로 품평을 늘어놓았다.

유미는 또래에 비해 어른스러웠고 고민을 잘 들어 주는 상담사 같았다. 졸업을 하면 유미는 제주를 떠나 일본에서 계속 미술공부를 할 계획이었다.

어느 날, 해린은 유미가 건넨 잡지를 보다가 갑자기 '이렇게 재미있고 멋진 잡지를 만드는 일을 해 보고 싶다.'고 유미를 똑바로 쳐다보며 진지한 표정으로 말했다.

유미는 해린의 꿈을 지지하며 배울 수 있는 곳을 알아봐 주고 추천해 주었다. 서울에 있는 학원이었다.

그렇게 해서 해린은 기숙사가 딸린 디자인학원을 다니게 되었다. 잡지신문편집, 광고디자인, 브로슈어디자인, 포장디자인 등, 주로 지면인쇄에 필요한 디자인과 기업이미지통일안 작업인 C.I.P 제작을 배우는 프로그램이었다.

일 년 단위의 과정을 마치고 수료증을 받는 날, 해린을 포함한 졸업생들은 어려운 과정을 마친 서로를 격려하며 취업에 대한 정보를 주고받았다.

평소 해린의 창의력을 높게 본 원장은 지인이 경영하는 제주 소재의 잡지사에 해린을 소개해 주었고 포트폴리오를 본 잡지사 사장은 바로 해린을 채용하였다.

취업을 위해 따로 준비하고 여러 회사를 찾아가는 숱한 수고를 하지 않아도 된 해린은 자신은 행운아라고 생각하며 바로 제주로 내려갔다.

유미도 자신의 일처럼 좋아하며 축하해 주었고 해린은 그 공을 유미에게 돌렸다. 드디어 유미가 일본으로 유학을 떠나는 날, 두 사람은 제주국제공항에서 서로 껴안고 눈물을 흘렸다.

해린이 다니는 회사는 정기적으로 여행 잡지를 발행하고 다양한 책의 출판도 하였다.

기사를 취재, 촬영, 편집하는 취재 편집 팀과 광고 팀이 있는데 그녀가 속한 부서는 광고 팀으로 잡지에 게재할 광고를 기획하고 지면에 맞추어 디자인하는 일이었다.

여행 잡지에 들어가는 큰 기업의 광고는 광고대행사에서 제작한 것을 그대로 사용하지만 지역광고는 해린이 속한 광고 팀이 직접 기획, 제작하였다.

광고주를 방문하고 광고사진을 위해 호텔과 펜션, 테마 공원, 식당, 농원 등에 가서 촬영을 지켜보거나 스튜디오에 가서 촬영을 의뢰하고 광고시안과 최종안을 브리핑하고 인쇄소에서 사진이 바뀌지 않게 밤새 지켜보기도 하였다.

재미있지만 스트레스도 많은 직업이었다. 매번 획기적인 아이디어와 창의성을 발휘하기 어려워 자료수집과 응용을 거듭하면서 좌절과 보람이 수시로 교차하였다. 그래도 작업 결과가 좋아 광고주의 칭찬을 들을 때는 해린과 팀원 모두 일하는 보람을 느꼈다.

처음 취업이 되었을 때 해린은 너무 기뻐서 세상이 자기를 중심으로 자기가 원하는 대로 돌아갈 줄 알았다. 시간이 조금 지나면 능력을 인정받아 승진도 하고 돈도 벌고 멋진 남자가 나타나 낭만적인 연애도 할 것이라고 생각했다. 그러나 시간이 지날수록 연애는 커녕 하루하루 업무에 치이고 긴장하고 때로 야근도 해야 하는 생활이 계속되었다.

단발머리에 검은 테 안경을 낀 남자 팀장은 완벽주의자여서 한치의 실수도 용납하지 않았다. 광고는 비교적 자유롭고 창의성이 요구되는 작업인데도 팀장은 흡사 수술하는 의사처럼 모든 작업을 대할 때 진지했고 경건하기까지 하였다. 사십 대 후반인데 미혼인 그는 자신은 독신주의자이며 일과 결혼했으며 유일한 취미는 낚시라고 하였다.

해린은 깐깐한 팀장 밑에서 배운 것도 많고 느낀 것도 많지만 일만 하느라 어떻게 시간이 흘렀는지도 모르게 2년이 후딱 지났다고 푸념을 했다.

해린은 이제 스물여덟 살이다.

전보다 훨씬 성숙한 사회인이 되었고 이 업계 종사자로서 일조를 하고 있다는 생각을 하면 내심 뿌듯하였다.

퇴근할 때 애인이 있는 사람은 애인이 회사 앞까지 찾아오기도 했는데 솔로들은 이를 보면서 부러움의 시선을 보낸 뒤 자기들끼리 뭉쳐서 번화가 쪽으로 걸어갔다.

해린도 일행들과 아이쇼핑을 한 후 먹자골목으로 발을 옮겼다. 치킨에 생맥주를 마시고 수다를 떨면서 지친 심신을 달랬다. 그러다 일행과 헤어지면 친구가 일하는 칵테일 바에 가서 또 마셨다.

다음 날에는 하숙집 식구들이 '이모'라고 부르는 하숙집 주인의 의례적이고 애정 어린 잔소리가 이어졌고 해린은 북어콩나물국을 고마워하며 국물 한 방울 남기지 않고 깨끗이 다 먹었다.

해린이 사는 하숙집은 멀리 한라산이 보이고 개울물이 졸졸졸 흐르는 야트막한 언덕에 자리 잡은 이층집이다. 이 하숙집은 해린이 대학에 다닐 때부터 살던 곳이다. 서귀포에서 태어나고 자란 해린이 제주시에 있는 대학에 갈 때 친구들은 모두 자취를 하는데 해린의 부모는 하숙을 권했다. 아니, 권한 게 아니라 절대적이었다. 해린의 부모는 보수적이어서 여자가 혼자 자취하는 것을 극도로 싫어했다. 서울에 있는 디자인학원에 다니겠다고 했을 때도 별나다며 말렸는데 기숙사가 있다는 것과 딸의 설득에 어쩔 수 없이 보냈던 것이다.

해린과 엄마가 제주에 흔치 않은 하숙집을 알아보다가 힘들게 이 하숙집을 구했고 해린은 드디어 부모님 집에서 벗어나 자기만의 공간에서 자유를 만끽할 수 있다는 생각에 들뜨기까지 하였다. 하숙집 방에 첫 발을 들여놨을 때는 이제부터 활짝 날개를 펴고 살아 보리라 다짐하며 큰 날개그림이 있는 포스터를 사다가 벽에 붙여 놓기까지 하였다.

해린이 집을 떠나 하숙집에서 살게 되자 엄마는 전화를 할 때마다 이것저것 당부의 말을 하였다.

'집에 빨리 들어가라, 아무나 믿지 마라, 남자의 친절에 넘어가지 마라.'

해린은 생각보다 하숙생활이 좋았다. 자취하는 친구를 보며 부러워하기도 했지만 하숙집으로 돌아오면 뭔가 따뜻하고 편안해서 좋았다. 그래서 취업이 되어 서울에서 돌아온 후에도 자연스럽게 하숙집으로 들어갔던 것이다.

지금 하숙생은 대학생이 네 명이고 일반인은 두 명이다. 일반인은 해린과 영애. 간호사인 영애는 해린보다 두 살 아래이지만 어른스럽고 의젓해서 덤벙대는 해린과 비교되었다. 얼굴도 통통해서 귀여운데 하는 짓도 예쁘고 거기에다 이해와 배려심도 많았다. 그래서 하숙집 식구 모두가 영애에게 고민도 털어놓으며 많이 따르고 좋아하였다.

2

봄비가 내리다 그친 4월의 어느 주말.

하숙집 담장 밖에는 커다란 벚나무가 있는데 해린은 바람이 불 때 창으로 보이는 벚나무에서 하얀 꽃잎이 떨어져 날리는 모습을 무척 좋아했다. 이 하숙집을 구할 때도 방에서 벚나무를 볼 수 있다는 이유로 언덕을 오르내리는 수고는 아랑곳하지 않고 덜컥 결정을 했던 것이다.

해린은 침대에서 뒹굴다가 늦은 아침을 먹고 커피를 마시고 있었다. 창가에 다가간 해린이 아래를 내려다봤는데 뜰에는 비에 젖은 꽃잎들이 어지럽게 흩어져 있었다. 나무에 달려 있을 때의 화사함, 우아함은 다 어디로 갔는지 마치 버림받은 모습으로 무참히 바닥에 깔려 있었다. 해린은 참으로 예뻤던 꽃잎이 많이 떨어진 게 속상해서 한참을 내려다보았다.

그때, 대문을 열고 들어오는 사람이 있었다.

흰색 칠을 한 나무대문을 벌컥 열고 들어온 사람은 배낭을 메고 있었고 커다란 여행 가방을 대문 안으로 끌어 들였다. 그 사람이 빠르게 현관 쪽으로 가면서 이내 시야에서 사라졌다.

해린은 새로 온 하숙생일 거라고 생각하며 음악볼륨을 높이고 노래를 따라 부르다가 나중엔 흥얼거렸다. 그러다가 빨래할 게 생각나서 세탁물이 들어 있는 바구니를 왼쪽 옆구리에 끼고 세탁실에 가려고 오른손으로 방문을 확 열어젖혔다.

그 순간 '픽' 하는 소리에 이어 '아야야' 신음소리가 났다. 놀란 해린이 빨래바구니를 엎었고 눈앞에 한 남자가 두 손으로 이마를 감싸고 아픔을 참는 듯 입을 꽉 다물고 몸을 비틀며 서 있었다.

팬티, 브래지어, 스타킹, 수건. 흩어진 빨랫감과 해린의 방 앞에서 아픔을 참고 있는 처음 보는 남자.

이 상황에 당황한 해린은 어찌할 바를 모르고 멍하니 있다가 정신을 차려 얼른 흩어진 빨랫감을 모았다. 아픈 사람보다 널브러진 자신의 속옷들을 수습하는 것이 더 급했다.

"왜, 여기 서 있어요?"

"아줌마! 그렇게 문을 벌컥 열면 어떡해요?"

남자는 큰소리를 치며 해린을 흘겨보았다.

"왜 여기 있냐고요? 여기 있는 게 아니라, 지나가는 중이었어요."

"어디 다쳤어요? 아프세요?"

해린이 다친 곳을 보려고 하자 남자는 해린의 손을 뿌리쳤다.

"됐어요, 아줌마."

남자는 눈을 흘기더니 이마에 왼손을 올린 채 복도 끝으로 터벅터벅 걸어갔다.

해린은 억울한 마음에 등 뒤에 대고 소리쳤다.

"하필 그때, 이 앞을 지나갈 게 뭐람!"

해린의 방문에 매달아 놓은 청동부엉이에 이마를 찧은 것이었다. 부엉이는 아무것도 모른다는 듯 눈을 부라리며 매달려 있고 해린은 미안하면서도 한편, 아줌마라고 부르며 대놓고 큰소리치는 남자가 꼴불견이라고 생각했다.

다음 날 아침.

식사를 하기 위해 아래층에 위치한 식당으로 나온 해린은 제 자리의 앞자리에 식탁매트 하나가 더 놓여 있는 것을 보았다.

의자에 앉으려는데 '굿모닝'이라고 인사를 하며 들어온 남자는 조깅을 했는지 흰색 반팔 티셔츠에 검은색 트레이닝 바지를 입고 목에 하얀 수건을 두르고 있었다. 어제 그 남자임을 증명이라도 하듯 왼쪽 이마에 동전만 한 혹이 올라와 있었다.

해린은 피식 웃다가 얼른 남자를 훑어보았다. 혹만 아니면 깨끗한 얼굴에 오똑한 코, 한쪽만 쌍꺼풀이 있는 눈, 미남형은 아니지만 근육도 적당히 있어 보였다.

하숙집 이모가 어제 들어왔다며 남자를 소개하였고 차례로 악수를 하며 인사를 하였다. 해린의 차례가 되어 악수를 하는데 남자는 잡은 손에 갑자기 힘을 주어 해린은 손에 쥐가 나는 줄 알았다. 비명 소리가 나오려다 목구멍에서 걸려 버렸다.

'뭐, 이런 사람이 다 있어.'

"이민후라고 합니다. 잘 부탁합니다. 아, 부탁할 것은 한 가지밖에 없네요. 그 문 열 때 좀…."

중저음의 듣기 좋은 목소리였다.

"저는, 유… 해린…."

손을 풀려고 애쓰다 보니 목소리가 잘 나오지 않았다.

남자는 잡은 해린의 손을 갑자기 팽개치다시피 하며 악수를 풀었다.

'뭐, 이런 사람이 다 있어.'

남자들만 몇 마디 대화가 오고 갔는데 중국 유학생 창이 나이와 직업을 물어보아 그가 서른한 살이고 선배의 건축사 사무소에서 일한다는 걸 알 수 있었다.

어떻게 식사를 했는지도 모르게 식사하고 나서 해린은 이모를 도와 설거지를 거들었다. 이모가 키득키득 웃으며 자꾸만 해린을 보았다.

"이모 알고 계세요? 아, 글쎄 저 남자가…. 아, 정말 최악이야."

이모가 이번엔 소리 내어 웃더니 그 남자는 다락방에서 지낼 거라고 하였다.

하숙집은 이층으로 된 제법 큰 규모로 현관에 들어서면 마루로 된 거실이 있고 오른쪽에 지하창고로 내려가는 계단과 이층으로 올라가는 계단이 있어 독특한 구조를 하고 있었다. 거실 구석에 오래된 벽난로가 있고 왼쪽에 있는 주방에는 벽돌로 만든 화덕이 있는데 이 집은 옛날 제주도에 선교하러 온 외국선교사들이 살았던 곳이다.

지붕 바로 밑에는 꽤 넓은 다락방이 있다. 가끔 흰색 창틀의 유리문이 활짝 열려 있는데 그때는 이모가 청소를 하고 있는 것이다.

해린은 항상 이 다락방이 궁금했다. 그 방은 잡동사니로 가득하다는 말을 들었지만 해린은 다락방이 있는 집에 살았던 적이 있어서 그 방이 너무 궁금했다.

어린 시절 해린과 남동생에게 다락방은, 엄마에게 꾸중을 들었을 때나 심부름하기 싫을 때 만화책을 갖고 올라가 그들만의 시간을 보내는 비밀장소였다. 계단을 올라 다락방에 들어가면 특유의 냄새가 좋았다. 할아버지께서 모아 놓은 물건이 대부분이었는데 벽시계, 병풍, 도자기, 저울, 주판, 술병, 라디오 등 신기한 물건들을 구경하고 이불더미에 앉아 한참 만화책을 보다가 잠이 들곤 하였다. 그러면 저녁 먹을 시간이 되어 엄마가 찾으러 다니고 둘은 또 야단을 맞아야 했다. 지금은 낡은 집을 허물고 새로 지어서 다락방도 없어져 버렸다.

다음 날 이민후는 점퍼차림을 하고 가방을 들고 주방으로 내려왔다. 가볍게 인사하는 해린을 보고 본체만체하더니 설거지하는 이모에게 다가가 뒤에서 껴안으며 정다운 목소리로 '이모 다녀올게요.' 하고서 횡하니 가 버렸다.

해린은 기분이 상했다.

'저건 붙임성이야, 뭐야? 이모를 껴안기까지 하다니….'

해린은 회사에서도 하루 종일 이유 없이 불쾌했다. 짜증을 많이 내었고 딱 꼬집어 설명할 수 없는 답답하고 복잡 미묘한 감정에 휩싸였다.

이민후, 그 남자 때문인 것 같다가 그 남자 때문이 아닌 것 같기도 하고 천하에 몹쓸 놈이라고 미워하다가 혹이 생긴 얼굴을 생각하니 웃음도 나면서 미안하고 속옷이 널브러졌던 모습에 한숨도 나왔다. 악수했던 손을 보고 다시 기분이 엉망이 되었다.

저녁식사에 그 남자, 이민후가 보이지 않았다.

해린은 회식이 있는 날이나 친구를 만나는 날이 아니면 하숙집 저녁식사를 좋아했다. 가족과 떨어져 있는 해린에게 하숙집 식구는 가족이나 다름없었고 이모의 정성스런 영양식단은 집밥이나 마찬가지였다.

궁금한 건 못 참는 해린이 이모에게 물어보았다.

"이마에 혹 달린 남자가 안 보이네요. 어디 갔어요?"

모두가 이모의 얼굴을 쳐다보았다. 며칠간 출장을 갔다고 하였다. 이번에는 모두가 해린을 보고 '혹 붙인 여자'라고 놀리며 웃었다. 그날의 진실을 모두 알고 있었다.

해린은 복도를 오가며 무심코 다락방으로 가는 복도 끝을 자주 바라보았다. 마주치기도 싫은 그 남자가 왜 그런지 시간이 갈수록 자꾸만 궁금해지는 것이었다.

3

주말과 어린이날로 이어진 연휴를 맞아 해린은 부모님 집으로 향했다.

버스터미널에는 연휴를 이용해 놀러 가는 사람들로 인산인해를 이루었는데 그 모습을 보고 해린은 속상해서 한숨을 쉬었다. 친구들과 우도에 놀러 가기로 한 계획이 엄마의 전화로 무산되고 말았다.

장로님이 주선하는 선을 보러 집으로 오라는 것이었다. 선은 절대 보지 않겠다고 했는데 왜 부탁을 했냐고 한참 동안 엄마와 싸우다 결국 굴복하고 집으로 갔다.

예쁘고 단정하게 꾸미고 가라는 엄마의 간곡한 청을 거절한 채 흰색 셔츠와 청바지 차림으로 약속장소에 갔다.

동네에서 제일 큰 카페 안에는 의외로 손님이 많았다. 가운데 빈 자리에 앉아서 기다리고 있는데 종업원이 큰 소리로 '손님 중에 유해린 씨 계시면 손을 들어 주세요.'라고 했다. 해린은 창피해하며 손을 들었고 잠시 후에 어떤 남자가 다가왔다. 이제까지 그렇게 우람

한 남자를 가까이에서 본 적이 없는 해린은 기가 막혔다. 근육이 옷을 뚫고 나올 것 같았다. 사람의 몸이 저렇게 우락부락하게 생길 수도 있나 하는 의문이 들었다.

자리에 앉아 서로 인사를 하고 음료를 주문했다. 잠시 어색한 침묵이 흘렀고 이내 주문한 음료가 나오자 남자는 잽싸게 오렌지주스를 들어 한 모금 마셨고 해린은 커피가 뜨거워 조금씩 마셨다.

커피만 홀짝이는 해린에게 남자는 어색함을 떨쳐 내려는 듯 입을 열었다. 자신은 헬스트레이너로 헬스클럽을 운영하고 있다고.

해린이 호응하니까 남자는 이어서 각종 수상경력을 나열하고 운동 얘기만 늘어지게 하였다.

운동은 좋아하지도 싫어하지도 않지만 근육질 남자는 무지 싫어하는 해린이었다. 남자의 말을 참을성 있게 듣다가 한계에 이르자 드디어 입을 열었다.

"저, 실은 사랑하는 사람이 있어요. 저의 어머니가 엄청 싫어하는 애 딸린 이혼남이라 아직 가족에게 소개도 못 하고 애만 태우고 있지요. 가족의 성화에 어쩔 수 없이 나왔는데 죄송하지만 먼저 일어날게요."

해린은 자리를 뜨면서 말했다.

"계산은 제가 할게요. 안녕히 가세요."

얼굴이 붉어지면서 눈을 동그랗게 뜨고 동상처럼 미동도 하지 않고 앉아 있는 남자를 뒤로하고 해린은 계산을 하고 카페를 나왔다. 가슴이 두근거렸다. 처음 선을 보는 자리인 데다 엉뚱한 거짓말을 하려니 손에서 땀이 났다.

집에 온 해린은 가족에게 온갖 구박을 받았다.

"장로님 뵐 낯이 없다. 어떻게 깜찍하게 그런 거짓말을 할 수가 있니?"

해린도 한마디 하였다.

"그런 남자를 소개해 준 장로님이 원망스러워. 근육질이라니. 참, 기가 막혀서…."

엄마와 할머니의 구박은 모두 웃어른이어서 견딜 수 있지만 군 제대를 하고 집에 있던 네 살 아래 동생 승현은 히죽히죽 웃으며 누나를 놀려 대는 데 재미를 붙였다.

"오, 애 딸린 이혼남이라. 그럼 애는 내 조카가 되는 건가? 난 삼촌이고?"

해린은 놀리는 동생이 얄미워 그의 팔을 세게 꼬집었다.

다음 날, 엄마는 하숙집 이모에게 갖다주라고 말린 표고버섯과 나물, 집 된장을 한 보따리 챙겨 주었다.

엄마와 할머니는 집과 농장 주변 텃밭에 온갖 채소를 심고 가꾸었다. 집에서 먹는 채소는 모두 직접 기른 유기농이었는데 돌아가신 할아버지가 워낙 입맛이 까다로웠고 은행을 명예퇴직한 후 본격적으로 대를 이어 감귤농사를 하는 아버지도 할아버지를 닮아 까다로운 입맛의 소유자였다.

크고 불룩한 보따리 때문에 스타일 구긴다고 엄마에게 투덜대며 할머니에게 인사를 하고 나왔다. 동생이 보따리를 들고 버스 정류장까지 따라와 주었다.

해린은 가방이 아닌 불편한 보자기에 싸 준 엄마가 원망스러웠다. 그것도 눈에 확 띄는 황금색 보자기에….

엄마는 보자기 예찬론자다. 사각형 보자기는 내용물이 어떤 형태이든 물건을 싸기에 좋다며 심지어 친척에게 과일선물을 할 때도 상자 안에 곱게 들어 있는 사과나 배를 모조리 꺼내 하나하나 얇은 한지로 두어 번 감싼 후 보자기에 넣고 묶는 것이었다. 그러면 친척들은 정성 어린 보따리선물을 받았다며 좋아하였다.

해린은 버스 짐칸에 보따리를 올리고 창가 좌석에 자리를 잡고 앉았다. 조금 있으니까 부모와 동행한 여섯 살 정도의 아이가 버스에 탔다. 아이는 과자봉지를 손에 쥐고 엄마와 아빠가 앉아 있는 뒷자리에서 빠져나와 해린의 옆자리에 앉았다. 해린은 아이와 눈이 마주치자 미소를 지었다. 아이는 쑥스러운지 몸을 비비 꼬았다. 얌전히 앉아 있던 아이는 엄마에게 갔다가 오기를 수차례 반복하였다.

버스가 달리기 시작하자 해린은 피곤함이 몰려왔고 날씨도 포근해서 서서히 눈이 감기기 시작했다. 이내 잠에 빠져 좌석에 기댄 머리가 좌우 방향을 바꾸며 흔들리다가 급기야 머리는 헝클어지고 입을 벌린 채로, 그야말로 몰골이 말이 아니었다. 한참 지나 무슨 소리가 나는 것 같아서 해린은 잠에서 깨었다. 옆에 보니 아이는 없었다.

해린은 잠을 쫓으려고 먹다 남은 캔 커피를 한 모금 마시다가 무심코 왼쪽으로 시선을 돌렸다.

통로를 사이에 두고 건너편 좌석에 중학생인 듯한 작은 남자애가 무표정하게 앉아 있고 그 옆, 창가 좌석에 나타난 실루엣.

햇빛을 받아 반짝이는 머리칼, 창틀에 왼쪽 팔을 올리고 비스듬히 기대어 오른손에 책을 들고 심취한 듯 열중한 모습. 옆에서 보니 코가 더욱 오뚝해 보였다.

바로 그 남자, 이민후였다.

움직임 하나 없이 책에 빠져 있는 모습이 경이롭기까지 해서 해린은 아는 체를 할 수 없었다. 가만히 있으면서 힐끔힐끔 곁눈으로 훔쳐볼 뿐이었다.

이민후는 통로 건너편 자리에 유해린이 있는 것을 아는지 모르는지 가끔 고개를 들어 창밖 풍경을 보다가 다시 책 속으로 빠져들었다.

시외버스터미널이 가까워지자 사람들은 짐을 챙기기 시작했다. 버스가 주차장에 멈추었고 사람들은 하나둘 버스에서 내렸다.

해린도 짐을 챙기려고 일어섰다. 이민후에게 인사를 할 생각으로 건너편 좌석을 봤는데 아무도 없었다.

'성격도 급하시지, 벌써 가 버렸네.'

숄더백을 어깨에 걸치고 짐칸에서 자신의 보따리를 꺼낸 다음 서둘러 버스에서 내렸다.

버스터미널 광장으로 나온 해린은 택시를 잡으려고 기다렸다. 꽤 많은 사람이 갈 길을 재촉하며 빠르게 걷고 있고 해가 완전히 지기 전에 찾아온 희미한 어둠이 광장에 내려앉아 있었다.

해린이 택시를 부르고 나서 바닥에 내려놓았던 짐을 들려는 순간, 뒤에서 짐을 낚아채는 손이 있었다. 깜짝 놀란 해린이 뒤돌아보니 미소를 지으며 짐을 들고 서 있는 사람은 이민후였다.

해린은 얼떨떨한 표정을 하고 말했다.

"어, 안녕하세요? 여긴 웬일이세요?"

이민후는 택시 뒷좌석 문을 열면서 말했다.

"집으로 가실 거죠? 같이 타고 갑시다."

짐 보따리를 사이에 두고 택시 뒷좌석에 나란히 앉은 두 사람은 반가우면서도 어색한 기분을 감출 수가 없었다. 차창만 보다가 이민후가 먼저 입을 열었다.

"피곤하셨나 봐요. 어찌나 잘 주무시는지 깨울 수가 없었어요. 덕분에 책 한 권을 다 읽었네요."

"네? 아, 집에 가면 엄마가 붙들고 밤새 얘기하셔서 잠을 못 자서 그래요."

이민후는 궁금해서 물었다.

"무슨 얘기를 하시는데요?"

해린은 한숨을 쉬고 나서 말했다.

"대부분 아빠와의 연애담, 아빠에 대한 푸념들이죠."

"엄마와 딸은 통하는 게 많은가 봐요?"

"통한다기보다 같은 여자로서 동지애랄까, 어느 한 지점을 같은 관점으로 바라볼 때가 많다는 거죠. 그럼, 깨어 있을 때는 왜 아는 체를 안 했어요?"

이민후는 대답을 안 하고 빙그레 웃기만 하였다. 사실은 해린이 자기 쪽을 힐끔힐끔 쳐다보는 것을 알고 장난기가 발동하여 일부러 모른 체하고 있었던 것이다. 그래서 이왕이면 포즈를 멋지게 했고 쓸데없이 그 포즈를 유지하고 지탱하느라 목과 팔이 아플 지경이었다.

이민후의 그런 속셈도 모르고 해린은 혼자 은밀한 염탐을 하였던 것이다.

이민후가 대답을 하지 않자 머쓱해진 해린은 자꾸만 손가락을 긁거나 비비며 차창 밖 거리만 바라보았다.

택시가 하숙집 골목입구에 두 사람을 내려 주었고 이민후는 해린의 보따리를 들고 해린은 그 옆에서 나란히 걸어 올라갔다.

"이거 뭐예요? 꽤 무거운데. 나를 못 만났으면 고생깨나 할 뻔 했네요."

해린은 민후를 보면서 대답했다.

"이게 다, 우리 입속으로 들어갈 소중한 거니까 잔말 말고 들고 가세요."

두 사람은 서로 마주 보고 웃었다.

같이 택시를 타고 온 이후로 해린과 민후는 조금 친해진 것 같기도 하고 아닌 것 같기도 한 민숭민숭한 나날을 보내고 있었다.

해린은 영애가 자기 방에 놀러 왔을 때 영애에게 이민후가 괜찮은 사람 같다고 말했다. 그 말을 들은 영애는 '적극적으로 사귀어 봐라. 아마 인연일지도 모른다.'며 자기 일처럼 좋아해 주었다. 그러면서 연애에 관해서는 언제든지 상담해 주겠다고 했는데 그때 영애는 사귀던 남자와 헤어진 지 얼마 안 되었고 친구들의 연애담을 많이 알고 있었다. 영애는 남녀관계에 대해서도 해린보다 한참 선배였던 것이다. 해린은 그 점을 높이 우러러 영애가 어느 면에서나 항상 언니 같다고 생각하고 있었다.

4

장마가 시작되어 비가 자주 오고 후덥지근한 날이 계속되었다. 화창했던 하늘이 갑자기 어둡게 변하면서 비가 쏟아졌고 해린은 비가 더위를 씻어 주는 것은 좋지만 습기가 많아 끈적이는 느낌은 정말 싫었다.

민후의 얼굴을 보기가 어려웠다. 밤샘 작업을 하고 와서 늦게 출근하기도 하였고 들어오지 않는 날도 많았다. 이모가 전하는 바로는 큰 프로젝트를 맡아 막바지 작업에 매달리고 있다고 하였다.

해린의 일도 바쁘긴 하지만 요즘은 야근을 할 정도는 아니어서 시간적 여유가 있는 편이었다.

해린은 비가 오니 중국 유학생 창이 생각났다. 이렇게 비가 오는 날이면 창은 마치 향수병이라도 난 듯이 애절한 중국노래를 틀어놓았고 그러면 또 다른 유학생 천익이 자연스럽게 합류하였다. 덩달아 영호와 현수도 끼어 그들만의 청춘시대가 전개되는 것이었다.

방학을 맞아 둘은 중국으로 갔고 둘은 배낭여행을 떠나 하숙집은 고요하고 썰렁하였다. 일 년 단위로 계약해서 빌려주기 때문에 방학 동안에도 여전히 주인이 돌아오기를 기다리는 그들의 보금자리였다.

한 지붕 아래 살면서 가족처럼 지내는 하숙집의 특성으로 인해 누군가 보이지 않으면 허전하고 궁금하고 누구에게든 신변에 변화가 생기면 가장 빨리 눈치를 채는 게 하숙집 사람들이었다.

혼자 자취하는 사람들은 하숙집에서 여럿이 불편해서 어떻게 사느냐고 의아해하였다. 그러면서 직장을 다니는데도 여전히 하숙집에 사는 해린을 이상한 눈으로 보았다.

해린은 그럴 때마다 하숙집이 불편한 것은 아니지만 자취하는 친구들을 부러워하기도 하였다. 그들은 시간적, 공간적 제약이 없이 자유를 맘껏 누리는 것 같았다. 사람이 법적으로 성인이 되면 무엇에도 구애받지 않고 저렇게 맘껏 살아가는 것이 진정한 자립인데 혼자 자취하는 것을 유난히 싫어하는 부모님을 원망할 때가 많았다.

비가 내리다 그친 토요일.

해린은 영업팀의 신 과장이 딸의 돌잔치를 한다고 하여 참석하였다. 돌잔치에서 신 과장은 어렵게 얻은 아이가 대견한지 자식 자랑에 아내 자랑을 하느라 열을 올렸고 해린과 동료들은 서로 눈짓으로 '못 말려'를 연신 발사하였다.

뷔페접시를 들고 오가며 산해진미로 포식한 후 동료들과 헤어져 밤에 돌아온 해린은 하숙집으로 들어가려다 깜짝 놀라 멈춰 섰다.

희미한 가로등 불빛이 비치는 벚나무와 담장 사이에 남녀가 서로 밀착하고 있는 것이 보였다.

황급히 대문 안으로 들어간 해린은 호기심과 동시에 불길한 예감에 사로잡혔다. 얼른 담장 안쪽으로 걸어가 담 밑에 놓여 있는 플라스틱 의자에 올라서서 담장 위로 몸을 반쯤 올려서 숨을 죽이고 지켜보았다.

담벼락에 등을 기댄 여자의 어깨를 잡고 남자가 거칠게 키스를 하였고 여자는 속수무책으로 당하면서 빠져나오려 애쓰고 있었다. 여자가 힘겹게 밀쳐 내어 서로 몸이 떨어진 후 여자가 힘차게 남자의 따귀를 때렸다.

"어떻게 내게 그따위 말을 해? 헤어지자고? 내가 민후 씨에게 그것밖에 아니었어?"

"아니, 그게 그러니까⋯."

"나를 갖고 놀았던 거야? 민후 씨 그런 사람이었어? 아, 정말 미치겠네."

여자의 앙칼진 목소리에는 원망이 가득했다.

"아니, 그게⋯."

여자는 잡으려는 남자의 손을 뿌리치고 골목길을 빠르게 걸어 내려갔고 남자는 따라가다가 멈추어 서더니 돌아와서 대문 안으로 들어갔다.

담장에 숨어서 들킬까 숨죽여 지켜보던 해린은 혼란스러웠다. 손이 떨리고 처음 보는 장면에 가슴이 쿵쾅거렸다. 여자의 앙칼진 목소리가 다시 들리는 것 같았다. 무엇보다 키스 장면이 강렬하게 다가왔다.

'이민후와 여자의 이별의 키스?'

멍한 기분에 사로잡힌 해린은 잠시 그대로 있다가 집 안으로 들어갔다.

5

장마가 끝나고 더운 날이 이어졌다.

해린이 몸을 담은 회사는 새로운 클라이언트의 방문으로 분주한 나날을 보내고 있었다.

재일교포 사업가가 제주도에 투자하여 호텔을 지었는데 호텔을 홍보하는 일이 시급하여 관계자는 물론 회장까지 직접 나서서 열을 올리고 있었다.

먼저 호텔이미지를 만들고 대대적인 홍보를 위해서 신문, 잡지를 기점으로 방송까지 내보내어 확실하게 홍보한다는 전략을 세우고 있었다.

광고제작을 기획부터 최종안까지 제주에서 만들고 우선 신문과 잡지에 광고하여 홍보효과를 올리라는 회장의 요청에 따라 진행되었다. 또 한 가지 회장의 요청은 모델로 유명 연예인을 세웠으면 하는 것이었다.

첫 광고를 해린의 회사 여행 잡지에 게재하기로 하였고 광고팀에 제작의뢰를 하였다. 수차례의 기획 끝에 이미지 창출을 위한 모델로 개그맨 서영필이 발탁되었고 관계인들이 회사를 방문하기로 하였다.

호텔이미지가 고객에게 친근한 호텔이어서 먼저 가족단위 관광객을 타깃으로 해서 요즘 대중의 사랑을 받고 있는 개그맨을 모델로 발탁한 것이었다.

해린의 회사는 정기적으로 여행지를 발행하고 다른 출판물도 많이 만들고 있었다. 게다가 좋은 사진을 얻기 위해 자체 스튜디오를 운영하고 있었다.

드디어 제작 전반의 사항을 논의하기 위해 한자리에 모이는 날이었다.

개그맨 서영필은 뚱뚱한 몸을 좌우로 흔들며 매니저와 소속사 간부를 대동하고 들어왔는데 TV에서만 보던 장난기 가득한 피에로의 모습은 찾아볼 수 없고 의젓하고 조용한 기품이 흘렀다.

회의 내내 그의 얼굴에서는 미소가 떠나지 않았다. 모든 사항을 논의하고 다음 날 스튜디오에서 사진촬영을 하고 회사를 나설 때 서영필은 직원들에게 공손히 인사했고 원하면 사진도 같이 찍어 주다가 악수를 한 후에 떠났다.

이상하게 모두 기분이 좋고 마음이 따뜻해짐을 느꼈다. 모두들 한마디씩 하였다. '친근한 동네 아저씨 같다, 예의가 바르다, 화면에서 본 것보다 날씬하다, 잘생겼다, 저러니 남녀노소 모두에게 인기

가 많을 수밖에 없다.'

한 사람이 지닌 여러 측면의 모습들, 우리는 한두 가지 모습만 보고 그 사람을 평가하여 열광하는 팬이 되거나 반대로 질책하며 숱한 가십거리로 삼는다. 대중에게 많이 노출될 뿐 그들도 우리와 같은 사람이며 생계를 위한 직업을 가진 사람인 것이다. 세상엔 여러 가지 다양한 모습의 사람들이 어우러져 산다.

자기 자리에 돌아온 해린은 갑자기 그 밤의 이민후가 떠올라서 고개를 절레절레 흔들었다. 급기야 눈을 질끈 감고 말았다.

그 후 기획안대로 회사 사람들은 일사불란하게 움직였고 한 번의 수정만을 거친 후 모든 작업이 완료되었다.

한라산과 호텔을 배경으로 서영필이 익살스런 표정으로 서 있고 왼쪽 상단에 '꿈의 호텔'이라고 쓰여 있는 광고. 이미 알려진 사람이라 그 모습이 친근하게 다가왔다. 광고주도 아주 만족해하였다.

회사 사람들은 어려운 프로젝트를 마치고 나면 동료애가 더욱 돈독해졌다. 서로 열정이 있고 개성이 강해 마찰도 생기지만 열린 마음으로 잘 극복해 나갔다.

해린은 매번 새로운 일을 접하면서 새로운 세상을 알게 되니 쉽게 싫증을 내는 자신에게는 좋은 직업이고 자기는 운이 좋은 편이라고 생각했다.

해린은 햇빛이 잘 드는 하숙집 식당에 혼자 앉아 나른한 오후를 즐기고 있었다. 이번 프로젝트를 성공적으로 마쳐 팀원 모두에게 하루의 휴가가 주어졌다.

평일이라 모두들 어디 갔는지 오랜만에 가져 보는 혼자만의 시간이었다. 해린은 너무 더워서 냉장고를 열어 보았다. 캔 맥주가 있어서 하나 꺼내어 마시면서 창문을 열었다. 시원하게 불어오는 바람을 느끼면서 음악을 들으니 좋았다.

해린은 한껏 분위기에 취해 또 하나를 꺼내 마시면서 음악에 맞추어 몸을 흔들며 춤을 추었다. 그러자 꽃무늬가 가득한 원피스에 있는 꽃들이 사방으로 퍼지며 흩날렸다. 취기가 올라와 해린의 양쪽 뺨과 코가 벌겋게 변했다.

그때 민후가 식당으로 들어오다가 정신없이 춤을 추고 있는 해린과 마주쳤다.

해린은 정신 나간 사람처럼 실실 웃으며 당황해하는 민후 앞에 서더니 오른쪽 집게손가락을 그의 얼굴 앞에서 까딱거렸다.

"이민후! 너 바람둥이지? 다 알고 있어. 니 얼굴에도 쓰여 있어, 바람둥이라고…."

민후는 바람둥이라는 해린의 말에 놀라면서도 온통 붉은 얼굴과 혀 꼬부라진 목소리가 참 가관이라고 생각하며 피식 웃었다. 냉장고 문을 열어 보고 어젯밤에 넣어 둔 캔 맥주 두 개가 이미 해린에

의해 없어진 것을 알았다.

"유해린 씨, 맥주 빚지셨네요. 꼭 갚으세요."

"뭐라는 거야, 갚으라고? 갚을 사람은 너지!"

해린이 이번에는 민후의 가슴팍을 손가락으로 콕콕 찌르며 말했다.

"그 여자에게… 갚으세욧!"

'그 여자?'

민후는 고개를 갸웃거리다가 생수병 하나를 꺼내들고 제 방으로 가 버렸다.

취기가 오를 대로 오른 해린은 식탁에 얼굴을 붙이고 그대로 쓰러졌다. 얼굴은 옆으로 돌려 식탁 위에 밀착시켰고 두 팔은 늘어뜨린 채 식탁 밑으로, 다리는 벌리고 엉덩이는 쭈욱 내민 자세로 겨우 의자에 걸쳐 잠이 들었다.

한참 후에 민후가 다시 왔다.

그는 해린의 자세, 모양새에 혀를 차면서도 위태로워 보여 흔들어 깨웠다. 꼼짝도 하지 않았다. 그때 마침, 이모도 들어오셔서 둘은 힘겹게 해린을 그녀의 방으로 옮겼다.

민후는 해린을 업고 가서 침대에 눕히다가 허공에 휘두른 그녀의 손에 따귀까지 심하게 맞았다. 이모도 어쩔 줄 몰라 하며 해린에게 이불을 덮어 주었고 두 사람은 해린의 방을 나왔다.

민후는 맥주도 뺏기고 힘들게 업고 와서도 따귀를 맞은, 참 어이

없는 날이라고 생각했다.

그날 저녁, 잠에서 깬 해린은 목이 말라 견딜 수가 없었다. 마침 침대 옆에 있던 물을 벌컥벌컥 마시고 나서 식당에 갔더니 이모는 마시지도 못할 술을 왜 그렇게 마셨냐고 핀잔을 주면서 민후에게 고마워해야 한다며 자초지종을 말해 주었다.

무슨 말인지 몰라 곰곰이 생각해 보니 어렴풋이 그의 모습은 떠올랐지만 등에 업힌 일은 도저히 생각나지 않았다. 더구나 뺨까지 때렸다니 믿을 수가 없었다. 그에게 업힌 것이 사실이라면 이것은 '말도 안 되는 사건'이었다.

맥주는 500㎖ 한 캔이 그녀의 적정음주량인데 기분을 내다가 하나를 더 마신 게 화근이었다. 창피해 죽겠다며 좀 흥분하기도 한 해린의 모습을 보고 핀잔을 주던 이모도 빙그레 웃고 말았다.

그 시간 민후는 고교동창 친구들을 만나 저녁식사를 하고 있었다. 모두들 어엿한 사회인이 되어 각자의 분야에서 제 몫을 하고 있지만 이렇게 만나면 예전의 고교생으로 돌아가 장난치고 농담하는 철없는 애들로 변하곤 하였다.

이런저런 대화를 하고 나면 나중엔 여자에 관한 얘기로 꽃을 피웠다. 결혼한 사람은 한 명, 애인이 있는 사람은 민후를 포함해서 두 명이고 한 명은 애인이 없었다.

민후는 얼마 전에 여자 친구와 헤어진 상태라 그 일이 다시 도마

위에 올랐다. 민후는 '그 여자가 집요하게 따라다녔고 나도 싫지 않아서 만났는데 뭐가 급한지 자꾸 연인처럼 행동하려는 것에 부담을 느꼈고 그래서 이별을 통보하였다.'고 해명하였다.

"그게 헤어진 이유냐?"

"너는 그게 문제다. 여자에게 집중하지 못해. 잘 지내다가도 여자가 관심을 보이면 갑자기 발을 빼더라. 여자와 헤어질 땐 우리가 봬도 정말 여자가 안쓰러워."

"민후는 연애의 고수야."

"선수야, 선수."

"보통, 남자들은 친절하고 부드럽게 접근하는데 민후는 거친 이미지로 다가가잖아."

"거친 남자를 좋아하는 여자도 많다."

"거친 남자가 아니라 나쁜 남자를 좋아한대."

"나쁜 남자가 좋다니. 참, 취향도 독특하네."

한 친구는 자신의 여자 친구가 결혼을 빨리 하자고 해서 고민이라고 말했다.

"그녀 집에서 연애기간이 길어지는 걸 걱정하는 눈치인데 난 솔직히 기혼남 대열에 빨리 합류하고 싶지 않아."

민후가 말했다.

"주변 기혼남들을 보면 마치 로봇처럼 원격조종 당하며 얽매어

사는 것 같더라."

"결혼을 망설이다 보니 다툼도 생기고 죽겠어."

"그래도 여자가 있는 니들이 부럽다."

초여름 밤은 깊어 가고 그들의 이야기도 길어졌다.

민후는 문득 해린이 생각났다.

바람둥이라니? 또, 뭘 갚으라는 건지. 도통 모르겠다.

그러다가 따귀를 맞은 게 생각나 억울해서 한숨을 쉬었다. 그래도 해린을 업었을 때의 따뜻한 체온과 밀착된 신체의 느낌이 생각났다. 여자를 업어 보기는 처음이었다. 생각보다 무거웠지만 그녀의 온기가 좋았고 맥없이 늘어진 모습을 보고 애잔한 마음도 생겼다. 쾌활하고 덜렁대는 이면에 순수함과 연약함이 보였다.

출근 전 아침식탁에서 해린과 민후는 서로 인사를 했지만 별다른 내색을 하지 않았다.

영애는 요즘 병원에 장염환자가 늘었다고 말했고 민후는 아침회의가 있다며 토스트 한 조각만 입에 물고 가 버렸다.

회사에서 일을 하면서 해린은 며칠 전 이모가 한 말을 떠올리며 그게 사실이라면 민후에게 고마움을 표시해야겠다고 생각했다.

해린은 민후에게 전화했고 민후는 기다렸다는 듯 흔쾌히 응답을 해서 해린은 마음이 놓였다.

퇴근 후 해린은 약속한 레스토랑에 먼저 도착했다. 해린의 회사에서 그리 멀지 않은 곳에 위치한 레스토랑이었다. 성악가와 그의 부인이 운영하는 곳으로 클래식이 흘러나오고 테이블마다 꽃이 있어 분위기가 좋았다.

잠시 기다리고 있으니 민후가 왔고 날씨 얘기를 먼저 한 후 메뉴를 정했다.

이상하게 하숙집에서 볼 때와 달라 보였다. 서로 마주하고 있자니 쑥스럽기도 하고 어색했다.

"그날은 본의 아니게 폐를 끼치고 신세를 졌네요. 저는 생각이 잘 나지 않지만 이모 말을 듣고 나서 미안하고 고맙고 어찌할 바를 모르겠더라고요."

"해린 씨, 보기보다 무겁던데요. 전 날씬한 여자는 깃털처럼 가벼운 줄 알았어요."

너스레를 떠는 그의 모습에 해린은 안심이 되었다.

두 사람은 함박스테이크와 스파게티를 먹으며 흘러나오는 음악에 관한 얘기와 최근 본 영화에 관한 얘기로 조잘거렸다. 어색함은 모두 사라졌다. 얘기를 하다 보니 취향도 같은 것 같았다.

후식으로 나온 딸기음료를 마시고 나서 두 사람은 일어섰다. 해린이 계산을 하려니까 민후가 계산을 했다고 하였다.

"아, 내게 빚진 거 있네. 내일 시간 되면 맥주 사요."

"네, 내일은 빚 갚는 날 할게요."

레스토랑을 나오니 더운 공기가 피부를 감쌌다. 민후가 볼 일이 있다고 해서 두 사람은 그 앞에서 헤어졌다.

다음 날 저녁, 민후는 해린을 바닷가 근처에 있는 식당으로 데리고 갔다. 싱싱한 회와 초밥으로 식사를 한 다음 걸으며 바닷가를 한참 산책하다가 카페들이 즐비하게 늘어서 있는 카페거리에 갔다.

마음에 드는 가게를 발견하고 들어가서 맥주와 감자칩으로 다시 배를 채운 다음, 밖으로 나온 두 사람은 바닷가 벤치에 자리를 잡았다.

짭짤한 소금기를 머금은 바다 냄새가 코끝을 스치고 지나갔다. 이미 어둠이 내려앉아 여기저기 가로등이 켜지고 검은 바다 위에 고깃배 불빛이 비친 모습은 정말 찬란하고 아름다웠다.

날씨가 더워지면 밤에 사람들이 밖에서 머무는 시간이 길어진다. 갑자기 더워진 밤을 피해서 나온 사람들이 많았다. 친구나 연인끼리 와서 바닷바람을 맞는 사람, 아예 밖에다 돗자리를 펼쳐 놓고 한잔하면서 살아가는 얘기를 하는 아저씨들이 눈에 띄었다.

민후가 해린에게 빚진 맥주를 갚으라고 한 것은 어디까지나 다시 만나기 위한 핑계였다. 오늘도 민후가 계산을 했고 해린은 빚을 갚기는커녕 더 늘었다며 푸념을 하였다.

어제에 이어 오늘까지 둘이서 식사를 해서 그런지 오늘은 농담도 하고 웃으며 더 가까워진 것 같았다. 허물없는 이성 친구처럼 보였다.

호기심이 발동한 해린이 물었다.

"바람둥이 맞죠? 이제까지 몇 명이나 울렸어요?"

민후가 멋쩍어 웃으며 대답했다.

"아니, 내가 어디를 봐서 바람둥이라는 거예요? 이 세상에 나만큼 순진한 남자 있으면 나와 보라고 해요. 아니면 나랑 사귀어 보든가…"

"지금 절 꼬시는 거예요? 그러면 정말, 우리 한번 사귀어 볼까요?"

민후는 왼쪽 눈을 찡긋거리며 윙크를 하였다.

두 사람은 말없이 바다를 바라보았는데 민후가 갑자기 심각한 표정을 지으며 이야기를 시작했다. 중저음의 목소리로 가끔 멈추었다가 이어지는 독백은 밤공기를 가르며 날아갔다.

두 사람 사이에 잠시 침묵이 흐른 뒤 해린을 먼저 택시에 태워 보내고 앉아 있는 민후의 뒷모습은 실루엣만 남은 채로 한참 동안 그대로 있었다.

6

집에 돌아온 해린은 침대에 누워 민후가 한 말을 떠올리며 상념에 빠졌다. 선불리 하기 힘든 깊은 사연을 애써 자기에게 전부 말한 것은 아마도 친밀감을 느껴서 그랬을 거라는 생각을 하였다. 가족의 상처 깊은 이야기를 꺼내기가 얼마나 힘들었을까, 남다른 아픔을 간직한 민후에게 가슴속 깊이 안타까움과 연민을 느꼈다.

대대로 지주인 민후의 할아버지는 마을 사람들에게 베풀며 교육에도 힘써 자신의 세 아들뿐 아니라 가난한 학생도 후원하며 마을 사람들의 존경을 한 몸에 받았다.

전쟁이 발발하자 학도병으로 참전했던 두 아들은 전사하였고 그로 인해 온 힘을 다하여 막내아들의 교육에만 몰두하여 유학까지 시켰다. 결국 그 아들은 박사학위를 받아 교수가 되었고 초등학교 동창인 어머니와 결혼하여 민후를 낳았다. 그때는 정말 행복한 가정인 것 같았다.

그런데 할아버지가 돌아가시고 막대한 유산을 상속받은 아버지는 점점 변해 갔다. 가르치던 여학생과 바람이 났고 추궁하는 어머니를 핑계로 집에 들어오지 않았다. 그로 인해 어머니는 술을 마시는 날이 많아졌고 어느 날 술을 마시고 운전하다가 옹벽을 들이받는 사고로 그 자리에서 숨을 거두었다. 민후가 중학생이 된 해의 봄이었다.

그리하여 혼자 남은 민후는 외갓집에서 살게 되었고 외할머니와 이모는 극진히 사랑으로 보살펴 주었다. 그 덕에 빨리 상처를 극복할 수 있었다. 지금 살고 있는 하숙집의 이모는 정말 자신의 이모라고 하였다.

아버지는 새로 살림을 차렸는데 스무 살이나 나이 차이가 나는 두 사람 사이에 금이 가기 시작했고 급기야 큰 싸움 끝에 여자는 집을 나가 버렸다. 그러자 아버지는 민후를 가끔 만나러 왔고 부자 간의 갈등이 좀처럼 지워지지 않는 상태가 지속되었다.

외할머니까지 돌아가시자 아버지와 살게 되었지만 가족의 끈끈한 정이 없는 상태에서 아버지는 뒤늦게 아버지의 의무를 다하려 했고 이미 성장한 아들은 무심하게 아버지를 대했다. 아들의 냉랭한 태도에 낙심하던 아버지는 은퇴 후 뇌졸중을 앓았는데 후유증이 남아 생활하는 데 불편함이 생기자 요양원으로 들어가 버렸다.

다시 혼자가 된 민후를 이모가 불러서 하숙집에서 살게 된 것이었다.

해린은 민후가 그런 아픔이 있는데도 밝고 씩씩한 이유를 이모를 통해서도 엿볼 수 있었다. 이모는 사랑이 많은 분이라고 늘 생각하고 있었다. 이모의 배우자인 아저씨도 자상하고 부지런했으며 자식이 없어서 입양한 아들을 정성으로 보살폈다. 부모의 사랑을 충분히 받지 못한 민후를 따뜻하게 대해 주었고 아픔을 느낄 수 없도록 사랑을 쏟았던 것이다.

해린은 민후가 누군가에게 하기 어려운 이야기를 자신에게 말한 이유가 정말 자신이 가깝게 느껴져서, 더 나아가 전적으로 사귀고 싶어서 그런 것이 아닌가 하는 생각이 들었다. 갑자기 얼굴이 빨개지고 가슴이 마구 뛰었다.

그날 이후로 두 사람은 가까워졌다.

민후는 얘기를 들어 줘서 고맙다고 했고 해린은 자기에게 허심탄회하게 말해 줘서 고맙다고 했다.

정식으로 사귀기 시작했지만 하숙집 식구들은 아직 눈치채지 못했다. 식사를 할 때도 두 사람은 여느 때와 다름없이 지냈고 가끔 티격태격했지만 처음부터 삐걱거렸으니 으레 그런 것으로 받아들였다. 의사표현을 일부러 다른 방식으로 했고 사귀는 사실을 당분간 모두에게 비밀로 하였다.

두 사람은 퇴근 후에 만나 저녁식사를 하고 나서 주로 연극이나 영화를 관람하였다. 민후가 먼저 음식 값을 지불하면 해린이 관람료를 지불하는 식으로 공평하다면 공평하고 평등하다면 평등한 계산을 하였다. 다음번에는 순서만 바뀌었을 뿐 언제나 두 사람의 지갑에서 공평하게 지출이 되는 것이었다.

어떤 날은 영화를 보고 나서 걸어서 집까지 온 적도 있었다. 서로의 감상을 얘기하고 뜨거운 토론을 하다 보니 계속 걷게 되었고 그러다 보니 자연스럽게 손도 잡았고 어느새 집 앞에 와 있는 것이었다.

대학생 영호와 마주쳤지만 그도 음주한 상태로 들어오는 중이라

거들떠보지도 않고 횡설수설하며 대문 안으로 들어갔다. 두 사람은 서로의 손을 잡은 채 웃으며 영호를 뒤따라 들어갔다.

어느 날, 민후와 해린이 현관에 들어서자 이모가 요양원에서 연락이 왔는데 아버지 증상이 나빠진 것 같으니 한번 갔다 오는 게 좋을 것 같다고 하였다. 민후는 놀라는 기색이 없이 덤덤하게 가 보겠다고 하였다.

민후는 가끔 아버지 문병을 갔다. 그래도 자신의 아버지인데 마음속 분노도 시간과 더불어 차츰 가라앉았고 아버지의 잠든 얼굴을 볼 때마다 측은한 감정에 사로잡히곤 하였다. 그러나 행동은 정반대로 나타나는 것이었다. 사소한 것으로 두 사람은 언쟁하였고 아버지의 고집은 여전하였다.

아버지는 젊은 복지사의 태도를 문제 삼고 '요즘 애들은 어른도 몰라보고 예의가 없다.'는 말을 자주 하였다. 그리고 '아들도 똑같다. 제 아비를 우습게 안다.'고 고래고래 소리를 지르기 일쑤였다. 그러면 민후는 또 마음의 상처를 안고 요양원을 나오는 것이었다.

자신이 사랑한 여자에게 상처를 주고 다른 여자에게는 상처를 받은 아버지였다. 책상 서랍 깊숙이 있던 일기에는 어머니를 그렇게 만든 것에 대한 책임과 회한이 쓰여 있었고 아버지가 진실로 사랑한 사람은 어머니라는 것을 알 수 있었다.

그래서 민후의 가슴속에는 원망과 함께 염려와 연민이 자리하고 있었다.

민후 옆에 서 있던 해린이 말했다.

"민후 씨, 나랑 같이 갈래요? 내일은 별로 할 일도 없고 민후 씨 혼자 가는 것보다 예쁘고 상냥한 내가 같이 가면 뭐라도 도움이 되지 않겠어요?"

"실망만 할 거예요. 아버지는 깐깐한 데다 고집도 세고 노인이지만 마지막 자존심으로 말에 날이 서 있으니 괜히 상처만 받을 겁니다."

"상처가 생기면 민후 씨가 약을 발라 주면 되잖아요."

"내게도 상처가 생길 텐데. 그러면 우린 둘 다 부상자네요, 하하. 처음 보는 사람에게도 자기 감정대로 함부로 하는 분이에요. 왜 그렇게 사람을 힘들게 하는지 모르겠어요."

"남자가 나이가 들면 고집만 세고 잔소리가 늘고 이기적으로 변한다고 엄마가 말했어요."

"해린 씨 부모님은 사이가 좋으실 것 같은데요?"

"전에는 싸우지 않아서 좋았는데 아빠가 퇴직해서 두 분이 매일 얼굴 맞대고 사니까 서로 티격태격하는 일들이 많아졌어요. 아주 사소한 걸로 다투신다니까요."

"해린 씨 부모님도 나름대로 애로사항이 있을 거예요."

"내가 보기엔 아빠가 관심을 받고 싶어서 일부러 투정 부리는 것 같아요, 애처럼."

"그런 점에서 제 아버지랑 비슷하네요. 남자들은 모두 그런가 보죠?"

"남자들은 애초에 미완성 작품이잖아요."

"그럼, 여자들은 남자가 갈비뼈를 희생하여 만들어 줬는데 왜 그렇게 냉정하고 깍쟁이인 겁니까?"

끝나지 않을 것 같은 어이없는 대화에 두 사람은 웃고 말았다.

7

이튿날, 자동차수리센터에서 오랜 시간 공들인 민후 아버지의 차를 찾아 타고서 두 사람은 요양원으로 향했다.

빈손으로 가기도 어색하고 무슨 준비를 해야 할지 몰라 해린은 중간에 꽃집에 들러 프리지아 한 다발을 샀다.

민후는 같이 갈 사람이 생겨서 좋다며 해린에게 장미꽃 한 송이를 선물하였다. 해린은 고맙지만 겨우 한 송이냐고 하니 민후는 예쁜 장미가 여러 송이 한데 뭉쳐 있으면 예쁘지 않다며 얼버무렸다.

열어 놓은 차창으로 들어오는 바람을 두 사람은 얼굴에 잔뜩 맞았고 자동차는 길가에 서 있는 나무들을 하나씩 제쳐 가며 여름 속으로 달렸다. FM에서 나오는 노래를 같이 부르며 한참을 가다 요양원이 보이기 시작하자 민후 얼굴에서는 웃음기가 사라졌다.

마을에서 벗어나 외진 곳 언덕에 위치한 요양원은 주변에 소나무가 많고 옆에는 기도원도 있었다.

차에서 내려 요양원 건물을 향해 걸어가는 동안 민후가 심호흡을 했고 해린이 따라서 심호흡을 했다. 요양원 출입구 앞 화단에 활짝 핀 수국이 반겨 주었다.

해린을 로비에서 기다리게 하고 민후는 먼저 담당자를 만나러 갔다. 잠시 후 나온 민후는 아버지가 침대에서 내려오다 발을 삐어 걸을 수 없으니 당분간 휠체어를 타야 한다는 말을 들었다고 하였다.

민후가 아버지가 계신 방의 문을 노크하고 열었다. 바로 그때 민후의 얼굴을 향해 티슈박스가 날아왔다.

아버지는 씩씩거리며 소리를 질렀다.

"자식도 다 소용없다. 정말, 가뭄에 콩 나듯 찾아온다. 뭐 하러 왔냐?"

"미안해요, 아버지. 요즘 좀 바빴어요."

"너는 젊고 바빠서 좋겠구나. 나는 여기, 고물처럼 찌그러져 있는데…."

민후가 해린에게 들어오라고 해서 해린이 들어와 민후 아버지에게 고개를 숙여 인사를 하였다.

"처음 뵙겠습니다. 유해린이라고 합니다."

해린이 언뜻 보니 아버지는 머리칼이 하얗고 턱에도 짧고 하얀 수염이 있고 전체적으로 육십 대 후반이라고 들었는데 나이보다 더 들어 보였다. 이마의 주름과 눈매로 보아 교수 시절 꽤나 깐깐해서 학생들을 힘들게 했을 것 같다는 생각을 하였다.

아버지는 예상하지 못한 해린의 등장에 잠시 당황하다가 안경 너머로 해린을 훑어보더니 덤덤한 말투로 말했다.

"결혼할 여자냐? 그래서 바빴던 거야? 아가씨, 여기까지 오느라 수고했어요. 예전엔 절대 결혼하지 않겠다고 하더니 이 아가씨가 네 마음을 사로잡았구나. 그래서 무엇을 단정 짓는 말을 함부로 해서는 안 되는 거다, 흠흠."

민후가 말했다.

"이제 막 사귀기 시작했어요."

아버지는 민후에게 심부름을 시켰고 그가 방을 나가자 해린에게 가까이 오라고 손짓했다.

"아가씨, 우리 아들을 잘 부탁해요. 아픔을 간직한 채 살아가는 게 안쓰럽지만 내가 해 줄 수 있는 게 없어서 안타까워요. 어릴 때 모습도 그대로 여기 들어 있어요. 귀엽고 사랑스런 아이였어요. 같이 있어 주지 못했죠. 지금은 아들을 보면 그냥 미안한 마음뿐이에요."

차분히 말하는 목소리에 힘이 들어 있고 눈빛에서 아들에 대한 사랑을 엿볼 수 있었다.

해린은 손을 잡아 드리며 쾌유하시기를 바란다는 말을 했다. 잠시 후 민후가 들어와서 다시 오겠다는 인사를 하고 두 사람은 요양원을 나왔다.

돌아오는 차 안에서 민후가 말했다.

"제 아버지, 환자 같지 않죠? 아직 고집도 여전하시고, 휠체어로 거동해야 하니 걱정이 되네요. 잠시도 가만히 있지 않는 분인데 말이에요."

"민후 씨를 아주 깊이 사랑하고 계시던데요."

"네? 아버지가 뭐라고 하던가요?"

"아버지와 저만의 비밀이에요."

"아버지가 나를 사랑하고 미안해하는 건 알아요. 표현을 하지 않아 답답할 뿐이죠. 나도 이제는 아버지를 인정하고 받아들이는데 정작 앞에서는 드러내지 않죠. 아버지는 아직도 자식에게 권위를 내세우고 있고. 오히려 아버지가 그러는 게 훨씬 마음이 편해요. 그래야 아버지답고요."

"아버지들은 그 권위의식이 자존심인 것 같아요. 제 아빠를 봐도 그래요. 변화에 둔감하고 쓸모없는 뭔가를 지키려고 고집을 부리시죠."

민후가 웃으며 다음에 올 때 아버지의 책을 가져와야 하는데 또 같이 와 주면 영광이라고 했고 해린은 흔쾌히 그러겠다고 대답했다. 조금씩 그의 세계를 알게 되는 것 같다고 하니 민후는 환영한다며 두 팔을 활짝 벌렸다.

요양원이 있는 마을을 빠져 나오니 서쪽 하늘에 노을이 지기 시작했다. 두 사람은 차를 세우고 밖으로 나와서 노을을 바라보았다. 민후가 해린의 어깨에 손을 얹었고 두 사람은 아무 말도 하지 않은 채 그대로 서 있었다.

회사에서 동료들은 해린을 보고 '예뻐졌다, 혹시 사랑하는 사람이 생긴 것 아니냐.'며 관심을 보였다. 그래서 해린은 거울을 자주 보게 되었는데 확실히 피부가 좋아지고 예뻐지고 활력이 생긴 것 같았다.

해린에게 그와의 만남은 세상을 아름답게 보이게 했고 혼자 길을 걸으면서도 미소가 지어졌다. 그의 말 한 마디, 한 마디를 곱씹으면 피식 웃음이 나왔고 그의 행동을 떠올리며 잠시 넋이 나간 사람처럼 멍하니 있다가 동료에게 핀잔을 듣기도 하였다.

하숙집 이모와 이모부는 둘이 가까워진 것을 반가워했다. 해린과 조카 민후가 어울리는 한 쌍 같다면서 잘 사귀어 보라고 격려를 해주었다.

8

민후가 아버지의 집에 책을 가지러 가기로 한 날이 되었다. 토스트와 커피로 아침식사를 하고 두 사람은 출발했다.

외곽도로를 한참 달려야 가는 그곳은 시내에서 벗어나 있는 작은 마을이라 여기저기 전원주택이 흩어져 있었다.

마을의 동산을 지나고 다시 숲으로 난 길로 접어드니 집이 보였다. 추억과 아픔이 공존하는 집, 아버지의 집은 그런 곳이었다.

유산을 상속받고 나서 아버지의 꿈대로 원하는 모습의 집을 바로 지었는데 그때는 이 집에서 행복한 날만 계속될 것 같았다. 그러나 기쁨도 잠시 아버지는 바람이 나서 집을 자주 비웠고 어머니와 사이가 나빠졌다. 어머니가 세상을 떠난 후에 아버지는 이 집에 오기를 꺼려하면서도 직접 지은 집에 애착이 있어 팔지 않고 그대로 남겨 두었다. 동거하던 여자와 헤어지고 나서야 이 집으로 거처를 옮겼는데 지금은 친척 아저씨가 관리하면서 살고 있다.

대문 앞에 주차하여 차문을 열고 밖으로 나오니 숲에서 나는 향기가 온몸에 스며드는 것 같았다. 해린은 숨을 크게 쉬어 공기를 들이마셨다. 두 사람은 안으로 들어갔다.

회색 지붕에 흰색 외벽으로 된 집이었는데 단층인데도 꽤 크고 높아 보였다. 외벽 한쪽은 넝쿨로 덮여 있어 스산한 느낌마저 들었다. 측백나무가 몇 그루 있고 잔디가 군데군데 파여 있었다.

민후가 해린에게 자기가 어렸을 때는 이 잔디밭이 놀이터이자 캠핑장이었고 파티장이었다고 말했다.

집 안에서 아저씨가 나오셨다. 육십 대 초반의 아저씨는 왼쪽다리를 심하게 절었다. 아버지가 혼자 사는 친척 아저씨를 집에 살게하고 그동안 관리를 부탁했던 것이다.

아저씨는 두 사람에게 배가 고플 것 같아 식사를 준비해 놓았다며 주방으로 데려갔다. 고양이 한 마리가 식탁 밑에서 두리번거리다가 거실로 달아났다. 모두 식탁에 앉아 식사를 하며 이런저런 이야기를 하였다.

식사를 마치고 민후가 해린을 데리고 아버지 서재로 갔다. 안에들어가니 중고책방에서 나는 냄새가 났다. 사람이 드나들지 않아썰렁한 냉기가 흘렀다. 창가를 등지고 앉은 마호가니 원목의 책상이 있고 양쪽 마주 보는 벽은 책으로 가득 채워져 있었다.

해린은 책들을 유심히 살펴보았다. 건축 관련 책들이 많았다. 그모습을 보고 민후가 말했다.

"건축학과 교수였어요."

"같은 분야라서 도움이 많이 되었겠네요. 아, 민후 씨는 서울에서대학을 졸업했는데 왜 다시 내려왔어요?"

"모두 서울에만 있으면 그건 좀…. 이곳에서 일등 하려고 내려왔죠. 그러는 해린 씨도 서울에서 학원을 다녔는데…."

"고향에서 살고 싶어서요. 가족도 친구도 다 여기에 있으니까. 난고향이 좋아요."

"그럼 해린 씨도 여기서 일등 해요."

두 사람은 서로 얼굴을 보며 웃었다.

민후는 책을 몇 권 챙겨 해린에게 안기며 거실에 갖다줄 것을 부탁했고 자신도 책을 가득 챙겨서 나왔다.

아저씨가 복도로 이어진 창고로 두 사람을 데리고 가서 자신의 작업실을 구경시켜 주었다.

나무와 기계와 공구가 어지럽게 널려 있는 공간. 나무로 장난감이나 그릇, 도마 등의 생활용품을 조금씩 만들어 유치원과 노인복지시설에 기증을 하다가 입소문이 나서 이젠 의뢰도 받아 제품을 만든다는 것이었다. 간간이 생기는 수입은 기부도 하는데 그 보람으로 살고 있다고 하였다.

해린은 손으로 직접 만든 제품이 예쁘고 신기해서 아저씨가 만든 나무그릇을 꼭 사용해 보고 싶다고 말했다. 아저씨는 해린에게 수저와 컵받침을 선물로 주었다.

거실로 돌아오는데 복도 구석에 있는 장식장 안의 사진 하나가 해린의 눈에 띄었다. 머리를 올리고 두 손을 모으고 비스듬히 앉아 있어 기품이 느껴지는 여인의 사진, 한눈에 봐도 미인인 그 여인은 바로 민후의 어머니였다.

자신도 모르게 빨려들 듯이 보고 있던 해린을 민후가 얼른 데리고 거실로 나왔다. 표정이 어두운 민후의 모습에 당황한 해린이 주방으로 가서 차를 끓여 가지고 왔다.

차를 반쯤 마시고 나서 민후가 마당으로 나가고 그 모습을 지켜 보던 아저씨가 말했다.

"이제 덤덤해질 때도 됐는데 아직도 아픔이 가시지 않은 모양이야. 아니, 아픔이라기보다는 저를 남겨 두고 간 엄마에 대한 원망과 아버지에 대한 분노가 얽혀 자기를 괴롭히는 거지. 여기만 왔다 가면 한동안 힘들어하고 헤어 나오려면 한참 걸리니 알아 두는 게 좋을 거야. 나도 어떻게 해 주지 못해 안타까울 뿐이라네."

그렇게 말하고 한숨을 쉬면서 아저씨는 일어났다.

해린이 창밖을 보니 측백나무 옆에 민후가 고개를 조금 숙이고 서 있었다. 그 모습이 정말 외롭고 쓸쓸해 보였다. 다소 장난기가 있는 그의 다른 면을 보는 듯 했다.

해린이 갑자기 자석에 끌려가듯 밖으로 나가더니 민후의 옆에서 민후의 손을 꼭 잡았다. 민후는 몸을 돌려 해린을 껴안았고 두 사람은 한동안 그대로 있었다.

하숙집에 도착하니 아무도 없었다.

두 사람은 아버지의 집에서 가져온 짐을 집 안으로 들여놓았다. 생각보다 짐이 많아 해린은 자기가 무슨 심부름꾼이냐며 투정 부렸다. 그러자 민후가 짐을 날라다 주면 자기 방을 구경시켜 주겠다고 했고 평소 그가 사는 다락방에 호기심이 가득했던 해린은 열심히 짐을 날랐다.

해린의 콧등에 땀이 송골송골 맺혔다. 다 옮기고 나서 둘은 하이파이브를 했다.

그의 방에 들어온 해린은 천천히 둘러보았다. 다락방치고는 꽤 넓고 천장이 높고 아늑해 보였다.

침대, 책상, 오디오, 음반, 카메라, 책장에 꽂혀 있는 책과 어지럽게 쌓여 있는 책, 행거에 걸린 많은 옷, 침대 옆 서랍장, 그 위에 디지털시계, 창에는 녹색계열 체크무늬 커튼, 창가에 놓인 낡은 테디베어, 바닥에 깔린 베이지색 러그, 뒤집혀진 실내화. 큰 방을 가득 채운 물건에서 그의 성격을 읽을 수 있었다.

"방이 어지럽죠? 내가 깔끔하지 못해서 이모에게 자주 핀잔을 들어요."

갈색 테디베어가 유난히 낡은 것 같아서 물어보았다.

"어릴 때부터 갖고 놀던 내 친구예요. 낡긴 했지만 친구니까 버릴 수 없어요."

곰 인형을 살펴보니 바느질자국이 많이 있었다. 해린이 그것을 보고 있자니 민후가 말을 이었다.

"그걸 갖고 험하게 놀다 보니 자주 실밥이 터졌는데 그때마다 엄마가 꼼꼼히 꿰매 주셨어요. 그때가 내게는 제일 행복한 때였던 것 같아요. 아, 듣고 싶은 음반이 있으면 언제든 빌려 가세요."

민후는 약간 울컥해진 음성으로 말을 돌렸다.

CD음반이 많았다. 가요, 팝송, 재즈, 클래식. 해린이 장르를 구분하지 않고 듣느냐고 하니까 민후는, 음악도 자기의 친구이고 혼자 있을 때 음악을 많이 듣다 보니 장르를 가리지 않게 되었다고 하였다.

해린이 내려가서 씻어야겠다며 일어서자 민후는 오늘 같이 가 주어서 고맙다며 해린의 어깨를 가볍게 툭툭 쳤다.

다음 날 아침에 민후가 보이지 않았다. 이상하게 생각한 해린은 이모에게 물어 보았다.

"이모, 민후 씨 어젯밤에 또 나갔나 봐요?"

"어제 아버지 집에 갔다 왔지?"

"네, 저도 같이요."

"또 거기 갔나?"

"네? 어디요?"

이모가 난처한 표정을 짓더니 건성으로 대답했다.

"으응, 뭐… 그런 게 있어."

해린이 뭐냐고 물어봤지만 대답하기 곤란한 질문에 당황한 듯 이모는 바쁘다며 황급히 자리를 피했다.

해린의 집에서 전화가 왔다. 엄마는 다소 흥분한 어조로 승현이가 2학기 때 복학을 해야 하고 어차피 둘 다 제주시에서 살아야 하니 아빠가 이참에 집을 사서 자식 둘을 살게 한다는 것이었다. 부동산에 투자하는 셈치고 사는 것이니 그 집에서 사이좋게 자취를 하라는 것이었다.

해린은 처음에는 좋았지만 한편 마음이 편치 않았다. 혼자서 하는 자취가 아니고 덜렁대는 동생을 낀 생활을 해야 하니 불편할 것 같았다. 무엇보다 정든 하숙집을 떠나야 한다는 사실이 싫었다. 또 한 가지는 민후를 가까이서 지켜볼 수 없기 때문이었다. 민후의 다락방에서 둘이 오붓하게 음악을 들으려고 한 꿈이 깨진 것이다.

엄마에게 저항을 해 봐야 먹혀들지 않을 것 같아서 그만두었다.

저녁 때 해린의 동생이 하숙집으로 찾아왔다. 함박웃음을 지으며 나타난 승현은 이내 웃음을 거두고 말했다.

"나 혼자 자취하려고 했는데 대대로 완고한 집안내력으로 인해 이 나이에 자유를 박탈당했다. 억울하다."

"나도 마찬가지야. 시집갈 나이에 징그러운 남동생이랑 한 지붕 생활을 하게 되었잖아."

"기왕 이렇게 된 거, 우리 서로 간섭하거나 형제애를 발휘하지 맙시다."

"나도 마찬가지입니다요."

남매는 마주 보며 웃었다.

마침 민후가 식당으로 들어와서 해린이 물어보았다.

"어디 갔다 왔어요?"

"아, 그냥 바람 좀…."

"수상한 냄새가 나요."

남매의 사정을 들은 민후는 해린이 하숙집을 떠나는 것은 섭섭하지만 동생과 정답게 잘 지내라며 해린의 어깨에 오른손을 올리며 가볍게 감쌌다.

두 사람이 연인 사이임을 눈치챈 승현이 누나의 옆구리를 쿡쿡 찔렀다.

"아하, 이분이 바로 애 딸린 이혼남?"

어리둥절해하는 민후를 보며 해린과 승현이 깔깔 웃었다.

승현은 초면에 염치불구하고 민후의 방에서 하룻밤 신세를 지기로 하였다. 자취하는 친구 집에서 밤새 놀려고 했는데 친구에게 급한 일이 생겼고 다른 친구들은 모두 군복무를 하고 있었다.

민후는 동생이 생겼다며 좋아하였고 승현은 이참에 민후를 탐색해 볼 속셈이었다. 대체 어떤 남자이기에 누나가 마음을 주고 있으며 진도는 어디까지 나갔는지 무척 궁금하였다.

승현은 누나의 방에 가 있겠다며 이층으로 올라갔다.

승현은 공부를 잘했지만 친구들과 노는 데에 관심이 많아 항상 친구들이 옆에 있었다. 공부하는 모습은 보기 어려운데 시험은 잘 치렀다. 수업시간에 만화책을 보다가 들켜 혼나기 일쑤였다. 도대체 시험을 잘 치르는 이유를 알 수 없었다. 그래서 친구들은 그를 럭키보이라고 불렀다.

승현은 대입시험이 끝나자마자 남자친구가 있는 여학생을 몰래 사귀다 남자에게 얻어맞았고 다른 여학생에게는 차이기까지 우여곡절도 많았다.

그는 첨단농업경영을 하겠다며 농업경영학과에 들어갔고 복학하면 2학년 2학기가 되는 것이었다.

해린이 들려준 얘기를 들은 민후가 재미있다고 웃어 댔다. 어쩌다 남자친구가 있는 여학생을 사귀게 되었는지 정말 유쾌하고도 엉뚱한 동생이라고 생각했다.

해린은 민후에게 건축학과 전공은 어떻게 하게 되었는지 물었다.

"어릴 때부터 아버지가 하는 일을 보면서 자라다 보니 자연히 꿈이 생겼죠. 그때는 아버지가 멋져 보였거든요. 아버지가 학생들과 친하게 지내면서 집에서 건축에 대한 토론도 하고 조언도 해 주었으니까요. 깐깐했어도 학생들로부터 존경을 받았죠. 소신 있고 원칙을 지키는 사람이라고 다들 좋아했어요. 그런 분이 어쩌다 어머니에게 소홀하게 되었는지. 아버지에 대한 반항으로 건축학과 지망을 하지 않으려고 했지만 그게 쉽지가 않더라고요. 적성검사를 해도 그쪽이고 결국 담임선생님의 설득에 결정하게 된 거죠."

"아버지를 미워하면서 아버지의 영향을 받은 아들이네요. 자식은 부모의 거울이라고 절대 닮지 않으려고 해도 어느새 닮아 가고, 그래서 천륜이라고 하나 봐요."

"아버지에 대한 반항으로 한 가지 더, 하지 않으려고 한 게 있었죠. 바로 결혼인데 어머니를 불행에 빠뜨린 대가로 손자를 안겨 드리지 않겠다는 결심을 하게 되었죠. 그래서 결혼을 전제로 하는 만남이 아닌 자유롭게 사람 대 사람의 만남을 추구하다가 오해도 많이 받았고 심지어 바람둥이라는 말도 들었어요."

"바람둥이 맞잖아요?"

"내가 어디를 봐서요? 여자들은 소유욕이 강한가 봐요. 조금만 다른 여자에게 친절을 베풀어도 질투의 화신으로 변하더군요. 그런 후엔 남자에게 더 집착하고요. 평생 결혼을 하지 않으려고 했는데 작년에 아버지를 보고 마음을 바꾸게 되었어요. 쓸쓸한 고목을 보는 것 같았거든요."

둘의 대화는 끝날 줄 모르고 이어졌다. 어느새 자정을 한참 넘기고 있었다.

민후가 시계를 보며 말했다.

"오늘 어쩌다 보니 나만 말을 많이 했네요. 다음엔 해린 씨의 얘기를 들을래요."

서로의 눈을 바라보며 진실한 대화를 나눈 두 사람의 뒤로 창가에 달빛이 조용히 비치고 있었다.

9

해린의 부모가 시내에 구입한 집은 방이 세 개, 거실, 주방, 욕실, 베란다로 구성된 작은 아파트였다.

승현이 다니는 학교와 해린의 직장과의 거리를 고려하여 부모님과 중개인이 애써 발품을 팔아 적당한 것을 적당한 가격에 구할 수 있었다.

해린도 하숙집에서 아파트로 이사를 하였고 엄마와 여기저기 돌아다니며 생활용품과 주방용품도 마련하고 필요한 가구와 전자제품도 들여놓았다. 해린의 통장에서 지출이 많았는데 그래도 뿌듯하였다. 큰 것은 엄마가 사 주셔서 많은 도움이 되었고 할머니도 쌈짓돈을 보태셨다.

승현은 해린에게 민후가 '일단, 남자답다.'고 했고 더 두고 보겠다고 엄포를 놓았다. 그 말을 들은 해린은 '니가 뭔데?'라며 승현의 코를 잡아당겼다.

승현은 학교에 복학하여 다시 대학 생활을 하였다. 이제는 철이 들었는지 도서관에서 공부하는 시간이 많아지고 아울러 귀가도 늦어졌다.

더위도 한풀 꺾이고 해린의 회사에서는 제주의 가을여행에 대한 기획기사를 위해 기자들은 밖에서 살다시피 하고 광고를 위해 영업 팀도 분주하게 움직였다. 발행 부수도 늘었다. 잡지를 정기 구독하는 구독층은 전국의 여행업계이거나 일반인, 해외 구독자인데 점점 늘어 가고 있었다.

구독자 수가 증가하고 광고 수주도 많아지니 회사 분위기는 활기가 넘쳐 보기에 좋았다.

광고 팀도 바쁘게 움직였다. 한번은 유명음식점 광고주가 싱싱한 생선 사진을 꼭 넣어 달라고 했는데 수십 번의 사진 촬영만으로 안 되어 결국 그래픽처리를 하였다. 촬영하던 날 모델이었던 생선 여러 마리가 찌개로 변했고 생선회 상차림 사진은 다행히도 싱싱하게 잘 나와서 광고주는 만족해하였다. 광고 팀은 그날 대접받은 생선회와 찌개를 배부르게 실컷 먹었다.

해린은 퇴근 후 오랜만에 하숙집을 찾았다. 하숙집 이모의 생일이라 꽃다발과 케이크를 들고 갔다.

생일파티에 제일 늦게 도착한 해린은 하숙집 대문 앞에 선 검은 승용차와 그 옆에서 서성이는 한 여자를 봤다. 비쩍 마르고 키가 큰 여자는 진한 화장을 하고 머리에 선글라스를 걸치고 미니스커트를 입고 있었다. 얼굴을 보니 오십 대 중반으로 보였다.

그 여자는 해린을 보고 여기 사느냐면서 이민후를 불러 줄 것을 부탁했다. 몹시 흥분해 있었다.

"미친년, 세상에 남자가 그놈 하나밖에 없나? 죽겠다고 수면제를 그렇게 먹다니 내 참 기가 막혀서. 이민후, 빨리 나오라고 해요."

날카로운 여자의 목소리에 해린은 가슴이 두근거리는 것을 억누르며 집 안으로 들어갔다.

하숙집 식구들이 식당에 모여 있었다. 대학생들은 풍선을 열심히 불어 대고 있었고 민후와 영애는 식탁에 생일상을 차리느라 정신이 없는 듯 했다.

민후는 해린에게 윙크한 후 케이크를 받아서 식탁 위에 올려놓았다. 이모는 보이지 않았다. 깜짝 파티를 위해 아저씨가 이모를 데리고 외출한 것이었다.

해린이 민후에게 밖에 누가 찾아왔다고 전했는데 목소리가 떨렸다. 의아한 표정으로 해린을 본 민후가 나가고 해린은 의자에 털썩 주저앉았다.

해린은 생일파티를 어떻게 했는지도 모르게 혼란스러웠다. 밖으로 나간 민후는 돌아오지 않았고 억지로 생일파티에 어울리면서 애쓰다가 겨우 집에 돌아온 해린은 머릿속이 복잡해져 침대에 그대로 쓰러지고 말았다.

눈물이 나왔다. 이제 막 사랑하게 된 남자의 결정적 치부를 본 것 같아 그냥 눈물만 나왔다. 그러다가 어느 날 밤 보았던 가로등 불빛 아래 남녀의 키스 장면이 자꾸만 눈앞에 어른거렸다.

'아아, 그는 정말 바람둥이구나. 이번에도 이별이라니, 도대체 어떤 사연으로 여자가 죽으려고 했을까, 여자에게 어떻게 했으면 죽으려고까지 할까. 아니, 그럼 난 몇 번째인 거야? 나도 상처 받기 전에 이만 헤어져야겠다.'

이런저런 생각을 하니 기분이 나쁘고 머리가 아팠다.

그 후로 해린은 민후를 의도적으로 만나지 않았다. 민후에게 온 전화도 받지 않았고 집으로 찾아온 그에게 일방적으로 이별통보를 하며 문도 열어 주지 않았다.

민후는 오해를 하는 거라며 모두 설명하겠다고 했지만 해린의 굳어 버린 마음을 되돌릴 수 없었다.

민후는 눈앞이 캄캄해졌다. 해린은 자기가 마음속 깊이 사랑하는 사람이고 잃고 싶지 않은 사람이었다. 해린을 생각하면 마음이 편안하고 따뜻해졌다. 지난날 자신이 잘못 선택한 행동으로 지금 그녀에게 상처를 줬다고 생각하니 가슴이 먹먹해졌다.

친구로부터 그런 말을 전해 듣지 않았으면 애초에 생기지 않을 일이었다. 친구와의 술자리에서 여자에 관한 이야기를 하다가 친구는 자신의 선배에게 들은 이야기를 민후에게 재미 삼아 말하였다.

'단골술집 사장을 누나라 부르며 친하게 지내는 선배가 있는데 그가 어느 날 바가 한가한 시간에 사장과 같이 마시게 되었는데 사장이 취기에 털어놓은 과거가 흥미롭고 한편 충격이었다면서 선배는 말했다.

　가정형편이 어려웠던 여자는 뒤늦게 대학에 들어갔는데 대학교수를 발판으로 자신의 불우한 처지를 바꾸려던 여자는 의도적으로 교수를 유혹했다. 계획된 행동과 미모로 접근하니 교수도 그만 넘어갔는데 뒤늦게 남편이 바람난 사실을 안 부인이 추궁했고 급기야 교수는 집을 나가 따로 살림을 차렸다. 그때부터 부인은 술을 마시기 시작했고 어느 날 술을 마신 상태로 운전해서 남편이 있는 곳을 찾아가다가 사고를 일으켜 사망했다.

　여자는 동거하던 스무 살 연상의 교수에게 싫증을 느껴 젊은 남자를 몰래 사귀었고 교수에게 들켰다. 두 사람은 헤어졌고 여자는 사업가와 결혼하여 딸을 낳았는데 의처증이 있는 남편과도 결국 이혼하여 양육권은 자신이 갖고 재산분할소송으로 재산을 쟁취해 바를 개업하였다.'

　그 말을 듣고 민후는 전율을 느꼈다. 자신의 가족을 파탄에 빠뜨린 장본인, 바로 그 여자였다.

　아버지의 일기장에도 그 여자가 자신을 좋아하지 않는데도 위선을 감추고 아버지를 유혹했다는 것을 뒤늦게 알아차린 회한의 글이 쓰여 있었다.

　친구가 하는 말을 듣고 민후는 갑자기 어떤 영감이 뇌리에 스쳐 지나갔다. 이것은 엄마의 억울함을 갚을 하늘이 주신 기회라고 생각하였다. 그 뒤로 여자의 바에 드나들었다. 아직 구체적인 계획은 없지만 그곳에 가면 뭔가 떠오를 것 같았다.

사장에게 자신의 신분을 숨기고 그곳을 단골처럼 드나든 어느 날, 대학생으로 보이는 사장의 딸을 보는 순간 그 여자가 아버지를 유혹했듯이 그 딸을 똑같이 유혹하고 차 버리면 되겠다는 생각이 들었다.

기회를 기다렸고 결국 그 딸은 걸려들었다. 엄마와 다른 삶을 기대했던 여자는 민후를 좋아했고 현모양처가 되고 싶어 했다. 그런 여자의 꿈과 희망은 민후와 상관없는 것이었다. 민후가 하는 대로 수동적으로 따르던 여자는 민후가 다른 여자와 함께 있는 모습을 보면 질투의 화신이 되었고 만나 주지 않으면 안절부절못하며 점점 집착이 심해졌다.

그러다 민후는 해린을 알게 되었고 복수놀이에 흥미를 잃게 되었다. 문득 부질없는 짓을 했다는 생각이 민후를 괴롭히기 시작했다.

결국 이별을 통보했는데 어느 날 여자는 하숙집까지 찾아와 민후에게 끝까지 매달렸다. 민후는 막무가내로 몰아치는 여자에게 마지막 복수의 키스를 진하게 하였고 이것으로 되었다고 혼자 마무리 지었던 것이다.

민후가 하숙집까지 찾아온 여자의 엄마와 함께 병원에 찾아가 보니 불면증이 심해서 다량의 수면제를 복용한 것이 원인이었다. 위세척을 하고 정신을 차린 후 병실 침대에 누워 있던 여자는 민후를 보자마자 눈물을 쏟았다.

그러자 여자의 엄마는 민후를 향해 온갖 욕설을 하며 '내 딸을 차 버린 너 때문에 이 사달이 났다.'며 윽박지르더니 딸에게는 이런 남 자와 당장 헤어지라며 엄포를 놓았다.

민후는 '내 엄마를 죽게 한 장본인은 바로 당신!'이라는 말이 목구 멍까지 차올랐으나 참고 참으며 위기를 넘겼다. 여자는 자존심도 없 는지 정말 죽어 버리겠다, 돌아오라며 끝까지 민후에게 매달렸다.

여자와 그 엄마에게 진저리가 났다. 민후는 가슴이 답답해져서 얼른 병실을 빠져나와 밖으로 나왔다.

이 일로 해서 해린과의 관계에 금이 가 버렸다.

'어떻게 해야 할지 모르겠다.'

엄마는 항상 해린에게 말했다. 남자는 모두 늑대라고. 그러면서 엄마는 사람을 쉽게 믿어 버리는 내 딸이 걱정이라며 푸념하곤 하 였다.

민후를 만나는 동안 그가 늑대라는 생각은 들지 않았다. 남자가 늑대라는 말은 진실한 사랑을 해 보지 않은 여자들의 하소연이라고 무시해 버렸다. 민후를 만나고 그에 대해 알게 되면서 진심으로 그 를 대했고 그도 진심으로 그녀를 바라본다고 믿었다. 그랬기에 스킨십도 누가 먼저라고 할 것도 없이 자연스럽게 하였다. 그러면서 '남자도 여자도 같은 사람이며 더구나 우리는 한민족이 아닌가'라는 그녀만의 정의를 내리며 내심 자부심을 갖고 있었다.

그런데 뭐 이런 황당한 일이 있나, 그나마 아직 키스를 하지 않아서 다행이다. 도대체 몇 명과 동시에 연애를 한 건가. 가로등 밑의 여자와 수면제 먹은 여자와 나. 순진한 얼굴 뒤에 그런 음흉함이 감춰져 있다니 괘씸하다. 나도 가로등 여자처럼 그런 신세가 되는 건가. 역시 피는 못 속이는가 보다. 그 아버지에 그 아들이다. 그러나 믿을 수 없다. 도저히 그럴 사람이 아닌 것 같은데, 눈을 보면 알 수 있지 않은가. 아아, 정말 모르겠다. 결국 우리는 헤어져야 하는가?

'아아, 괴롭다. 알다가도 모를 인생이다.'

잡념이 끝없이 몰려와 책을 봐도 머릿속에 들어오지 않았다.

'이럴 때 유미가 있으면 얼마나 좋을까?'

해린은 한 달 전에 유미가 보내온 일본관광엽서를 만지작거렸다. 일본의 전통마을 시라카와고의 모습이 담긴 엽서였다. 엽서에는 간단하게 근황이 적혀 있었다. 나고야예술대학에서 공부하고 있는 유미는 졸업 때까지 한국에 돌아오지 않는다고 했다. 서로 의지하는 남자친구가 생겼고 아르바이트를 하면서 공부에 매진하고 있다고. 힘들지만 반드시 공부를 마치겠다고 하였다.

해린도 어딘가로 떠나 버리고 싶었다. 가끔 집에 놀러 오는 영애에겐 솔직하게 털어놓을 수가 없었다. 어쩌면 영애는 눈치를 챘으면서도 물어보지 않는 것 같았다.

집으로 돌아온 승현은 기운 없이 축 처진 누나를 보고 무슨 일 있느냐고 물었다. 아무것도 아니라는 말에 혹시 싸웠냐고 물었지만 해린은 화를 내며 아무 일 없다고 잘라 말하곤 방으로 들어가 버렸다.

잠시 후 승현의 휴대전화 벨이 울렸다. 민후가 누나를 바꿔 줄 것을 부탁해서 바꿔 주려고 했지만 해린은 방에서 꼼짝하지 않았다. 싸움을 눈치챈 승현이 남자 대 남자로 만나자고 제의했고 민후는 그러자고 했다.

닭갈비와 소주를 앞에 놓고 마주 앉은 두 남자.

"아니, 사귄 지 얼마 되지도 않았는데 벌써 싸워요?"

"아니, 싸운 게 아니라 어쩌다 오해가 생겨 가지고. 누난 어떻게 지내?"

"입맛도 없나 봐요. 바보같이 멍하니 있기도 하고 툭하면 짜증 내니 나도 죽겠어요. 아니, 연애의 고수께서 여자 마음 하나를 못 얻다니 이거 정말 남자 망신 아니에요?"

승현은 괜히 어깨가 우쭐해졌다.

"남자 망신? 확대 해석하지 말아 줘. 어쨌든 해린에게 그런 모습을 보여 창피하고 미안해 죽겠어."

승현은 민후에게 무슨 일로 싸웠냐고 따져 물었다.

민후는 한숨을 쉬더니 자초지종을 말했고 승현은 누나가 오해하고 있음을 알았다. 승현은 주변에서 숱하게 연애담을 들었는데 남자들은 자신의 행동반경을 관리하지 못해 여자로부터 질투와 오해를 받는 경우가 많았다.

승현은 민후에게 다시 관계가 회복되기를 진심으로 바란다, 용기를 내라며 민후의 어깨를 토닥거렸다. 그 순간은 승현이 연애 선배가 된 기분이 들어 한없이 우쭐해졌다.

소주잔에 술을 주거니 받거니 하며 남자 대 남자로 깊은 이야기를 나누다 보니 두 사람은 더 가까워졌다.

승현은 누나에게 민후의 사정을 전했다. 그래도 해린은 마음이 풀리지 않았다. 시간이 지나면 어떻게 될지 모르지만 지금으로선 마음에 안개가 가득해서 쉽게 풀릴 것 같지 않았다.

그러다 갑자기 예전에 해린을 짝사랑하던 꺼벙이안경이 떠오른 것은 왜일까. 요즘은 어떻게 지내고 있을까 하는 궁금증도 생겼다.

회사에 입사하고 나서 얼마 되지 않는데 해린에게 온갖 관심과 친절을 베풀며 해린에게 다가온 남자는 눈이 작았지만 잘생긴 편이었고 굵은 테 안경을 끼고 있었다. 카피라이터인 그 남자는 실력은 인정받았지만 어쩐지 자기만의 세계에 있는 사람처럼 인간관계에 서툴렀다. 해린에게 시를 써서 선물했지만 그걸 전하는 시점이 항상 어긋났다. 심지어 화장실 옆에서 기다리다가 별안간 시를 내밀기도 하였다. 정식으로 교제하자는 것도 아니어서 해린은 그 선물의 의미를 알지 못했다.

그래도 남자가 관심을 보인다는 사실에 가슴이 부푼 해린은 눈에 콩깍지가 씌어 있었는데 연애 경험이 없는 해린은 옆에서 누가 보더라도 연애에 숙맥이라고 할 만하였다.

그런데 남자는 돈이 안 드는 시만 써서 선물하고 커피도 한 잔만 주문하여 여자만 마시게 하는 지독한 짠돌이였다. 거기에 결벽증까지 있다는 것을 알게 되었는데 먼저 입사한 동료로부터 그가 회사의 모든 여자에게 그렇게 접근했으며 지금은 해린의 차례라는 말을 들었을 때 망치에 얻어맞은 듯 골치가 아팠다. 그의 관심을 받은 여자들은 각자의 방법으로 퇴짜를 놓았고 그러면 남자는 아무렇지 않은 듯 고독을 즐기다 다음 사람을 물색하는 것이었다.

이번에는 해린이 퇴짜를 놓을 차례였고 조금만 더러운 것도 끔찍이 싫어하는 남자의 약점을 이용하는 것이 효과적이라는 동료의 조언을 듣고 기회만 엿보았다.

먼저 해린은 책상을 정리하지 않았고 책상 밑에 일부러 쓰레기를 방치하고 커피를 서비스하면서 일부러 그의 책상에 흘렸다.

그렇게 거리를 두고 있었는데 그는 식당을 하는 어머니가 편찮아 장남으로서 도와드리기 위해 고향으로 간다며 사직서를 내었고 해린에게 마지막 시를 선물하였다.

해린은 어렴풋이 시의 내용을 떠올려보았다.

여인이여.
이리 보아도 저리 보아도 좋은 나의 뮤즈.
품에 안고 달나라 우주를 여행하다
돌아오는 곳은 언제나 차가운 방.
가슴은 뜨겁고 사랑은 위대한데
받아 주는 이 없어 허공을 떠도네.
세상이 메말랐는가.
여인이 변했는가.
수십 벌 옷을 갈아입고 분칠하는
어리석은 인형.
아, 여인이여.

후에 들리는 얘기는 어머니의 식당을 도맡아 하게 되었는데 결벽증이 가치를 발휘하여 손님들에게 좋은 평판을 받는다는 것이었다. 주방과 식기를 청결하게 하고 한번 오른 반찬은 모두 버리고 식재료도 당일 구입을 원칙으로 하여 운영을 잘한다는 것이었다. 그리고 동네 여자와 결혼하여 아이도 낳았다고 하였다.

　그때 그 소식을 듣고 해린과 동료들은 모두 입을 모아 꺼벙이안경이 잘 사는 것 같아 다행이라고 하였다.

10

민후는 해린을 만나지 않으니 영혼이 한없이 피폐해지고 황량한 것 같아 일이 손에 잡히지 않았다.

혼자 아버지를 면회하러 요양원에 간 날이었다.

요양원 근처에 있는 보육원에서 요양원에 위문 온 사람들이 위문 행사를 하고 있었다. 초등생, 중학생으로 구성된 위문단이 요양원에 있는 환자들을 모아 놓고 노래와 춤, 연극으로 즐겁게 해 주니 모두 크게 소리 내어 웃었고 때론 감동의 눈물을 흘렸다.

부모를 요양원에 입소시키고 찾아오지 않는 사람들도 많았다. 그런데 어린 학생들이 찾아와 웃음을 주고 작은 손으로 어깨와 팔을 주물러 주며 위로해 주니 고마워서 눈물을 흘리는 것이었다.

위문단에는 장애를 가진 어린이도 있었다. 태어나자마자 버려진 아이도 있고 이혼 후 보육원에 맡겨 놓고 돌보지 않는 아이도 많다고 하였다. 그들 모두가 따뜻한 사랑을 받지 못한 아이들이었다. 그런데도 아픈 사람들에게 사랑과 축복을 선사하는 것이었다.

민후는 가슴이 뭉클해짐을 느꼈다. 자신이 살아온 시간은 자신밖에 모르는 이기적이고 위선적인 삶이고 좁은 세계에 갇혀 살며 불평만 일삼는 생활이었다.

자신도 그 아이들과 다를 바 없었다. 엄마의 부재와 사랑의 결핍, 아무리 성인이 되었어도 극복하지 못하는 감정이 있었다.

민후는 자신의 처지를 비관만 하고 있었는데 아이들은 모두 받아들이고 성숙하게 웃고 있었다.

민후는 자신의 모습이 심히 부끄러웠다. 그렇게 한동안 아이들을 보고 있다가 무엇인가에 이끌리듯 보육원 관계자를 찾았고 그들과 같이 보육원으로 갔다.

보육원은 가까운 곳에 있었는데 나무들로 가려져 길에서는 잘 보이지 않았다. 그동안 관심이 없어서 눈에 띄지 않았는지도 모른다. 원장실에 안내되자마자 거두절미하고 봉사활동을 하고 싶다고 말하니 머리가 허연 할머니 원장은 반갑게 손을 내밀었다.

"이 아이들은 사랑의 손길을 필요로 하는데 요즘은 바쁘다고 특정일에 선물을 들고 와서 사진만 찍고 가는 경우가 대부분이에요. 우리 보육원도 지자체의 지원만으로 운영하기엔 너무 부족하여 그동안 후원에 의지해 왔는데 점점 사람들 관심에서도 멀어지고 여러 가지로 운영이 어렵네요."

"저는 가진 것도 없고 미약하지만 뭔가 제가 할 수 있는 것으로 작게라도 도움을 드리고 싶습니다."

민후는 자신이 하는 일을 말하였고 원장님은 민후를 데리고 밖으로 나와서 건물을 보여 주었다.

우선 겉으로 보기에 위험하고 망가진 곳을, 안전을 위하여 수리하기로 하였다. 민후가 며칠 후에 오겠다고 하니 원장님은 '젊은 사람이 참 결단력이 있고 시원시원해서 좋다.'며 고마워하였다.

민후는 회사 사람들과 거래처들을 설득하였다. 모두 기꺼이 동참하겠다고 하였다. 때마침 회사 일에도 시간적 여유가 있었다.

먼저 낡은 건물 외부를 수리하고 놀이기구를 부분교체 했으며 내부 욕실을 고치는 공사를 하였다. 자재는 거래처에서 재고물품을 원가로 조달해 주었고 인건비는 민후의 회사에서 부담하여 진행하였다.

작업을 마치고 완성이 되자 아이들도 보육원 직원들도 모두 좋아하였는데 특히 아이들은 놀이터를 다시 사용할 수 있게 되어 좋아하였다.

민후는 이렇게 좋아하는 사람들을 보니 마음이 뿌듯해졌고 남에게 진심을 갖고 자신의 뜻대로 베푼 첫 봉사에 스스로 대견하다고 느꼈다.

그리고 이상하게도 자꾸만 미소가 지어졌고 행복하다고 느꼈다. 직업적 일의 성취나 금전적 수입, 연인에게서 느끼는 행복과는 다른 그 무엇이 가슴 안에서 꿈틀거렸다. 지금껏 느껴 보지 못한 것이었다. 혹시 우리가 찾는 '무지개 너머 행복'이 이런 것이 아닐까 하는 생각마저 들었다.

봉사에 동참한 사람들도 몸 고생은 했지만 보람을 느낀다며 계속해서 봉사하고 싶다고 하였다.

어느 날, 해린이 민후에게 전화를 했다.

약속장소에서 만난 두 사람은 반가우면서도 어색해서 잠시 침묵이 흘렀고 민후가 먼저 입을 열었다.

"자의든 타의든 나쁜 모습을 보여 주어 해린의 마음을 아프게 해서 정말 미안해."

"민후 씨를 미워하니까 일이 손에 잡히지 않고 의욕도 없고 무기력해서 어떻게 지냈는지 모르겠어요. 그동안 큰 오해를 했어요, 미안해요."

"혼자 지내면서 해린이 나에게 얼마나 소중한 사람인지 확신하게 되었어. 내 삶을 반성하는 의미에서 그동안 봉사활동을 했는데 힘들었지만 뜻깊은 시간이었어."

민후는 봉사활동 한 얘기를 자세히 들려주었다.

해린도 귀담아들었다. 이상하게 점점 빠져들면서 나중엔 감동적이었다. 해린도 그동안 뭔가 마음속이 허전하던 차에 민후의 얘기를 들으니 자기도 하고 싶어졌다.

해린이 동참하고 싶다고 하니 민후는 대환영이라며 좋아하였다. 마음 변하기 전에 빨리 계약서를 쓰러 가자며 해린을 일으켜 세웠다.

밖으로 나온 두 사람은 걷기 시작했다. 해린의 어깨에 손을 얹은 그가 갑자기 멈춰 서더니 고개를 돌려 가볍게 입맞춤을 하였다. 해린의 얼굴이 빨개졌다. 연이어 해린이 입맞춤을 했고 두 사람은 아무 일 없는 듯 팔짱을 끼고 다시 걷기 시작했다.

나란히 걸어가는 연인의 모습은 참 아름다웠다.

그 후, 해린과 민후는 일주일에 한 번 보육원을 찾았다.

과외를 받을 수 없는 아이들에게 수학과 영어를 가르쳤다. 초등반과 중등반으로 나누었고 민후는 수학을, 해린은 영어를 가르쳤다. 지루하지 않도록 야외수업도 하고 노래도 부르고 놀이도 하였다. 어떤 날은 근처 언덕으로 소풍도 갔다. 그런 날은 자연스럽게 아이들의 고민을 상담하는 날이 되었다.

두 사람은 아이들이 꿈과 희망을 잃지 않았으면 하는 마음으로 열심히 가르쳤다. 힘들고 어려운 점도 있었지만 아이들이 잘 따라주어 보람은 배가 되었다.

어느새 아이들은 두 사람이 오는 날만 기다리게 되었다.

약간의 정성과 수고로 이렇게 많은 사람이 기쁨을 가지니 참으로 놀랍고 시간이 갈수록 둘이서 한곳을 바라보며 같은 목표도 생겼다. 무심코 소모적으로 나만을 위해 쓰던 시간에 생산적으로 뭔가를 한다는 것이 더욱 좋았다.

다른 듯 닮은 두 사람, 다른 점도 많고 비슷한 것도 많고 취향도 제각각인 두 사람이었다.

해린은 자기가 좋아하는 사람이 하는 봉사를 무조건 따라 하는 거라면 벌써 지쳐서 그만두었을지도 모른다. 민후도 마찬가지로 일회성으로 그쳤을지 모른다.

해린과 민후가 보육원에서 봉사하는 중에 천사가 내려와 두 사람의 어깨에 한 줄기 빛을 흘리고 사라졌다. 그것은 천사의 선물이었는데 둘이 봉사를 그만두지 않고 계속할 수 있게 지치지도 싫증나지도 않게 하는 마법의 몰약을 뿌린 것이었다.

데이트를 하다가도 아이들을 위한 아이디어를 내고 함께 교재도 만들었는데 주로 해린의 집에서 만들었다.

승현이 약속이 있어 나갈 준비를 하다가 민후가 손가락을 펼쳐 종이에 대고 연필로 본을 뜨는 것을 보고 연극대사를 읊듯이 양손을 들어 올리며 외쳤다.

"오, 그대의 손은 종이 위에 재물로 바쳐져 그림이 되고 그대의 눈과 입은 허공에서 탐욕의 불을 내뿜는구나."

해린이 승현을 향해 지우개를 던졌다. 승현이 재빨리 피해 밖으로 나가자 두 사람은 마주 보며 깔깔 웃었다.

창밖으로 보이는 느티나무에서 마른 잎이 하나둘 떨어지며 바람에 날렸다.

두 사람이 소파에 앉아 커피를 마시며 쉬고 있는데 해린이 민후의 얼굴에 고양이 수염처럼 검은 물감이 묻어 있는 것을 보고 손으로 닦아 주었다.

그러자 민후가 갑자기 그녀의 얼굴을 두 손으로 감싸고 강렬하게 키스를 하였다. 그러다 그 자세 그대로 소파에 쓰러졌다. 한참 동안 껴안고 서로의 심장 소리를 듣다가 민후가 그녀를 일으켜 앉혔다.

해린을 지켜 주고 함부로 하지 않는다는 다짐을 민후는 벌써부터 하고 있었기에 솟구치는 욕망을 억누르고 참을 수 있었다. 그러나 해린의 입술만은 참을 수 없었다.

한쪽 팔로 해린의 어깨를 감싼 민후가 입을 열었다.

"이제 해린은 내 삶의 의미가 되었어. 여태 반항적이고 무계획적이던 나를 무지개로 인도했어. 뭐든 진지하게 생각하지 않는 내 가벼움을 받아 준 건 해린이 마음이 너그러워서란 걸 알아. 이제 해린이 없는 내 인생은 생각할 수가 없어. 내게 와 줘서 고마워."

"정말 고마운 건 나예요. 난 인생을 입는 옷처럼 생각하며 맘에 안 들면 다른 것으로 갈아입으면 그만이라고 편한 것만 좇으며 살아왔어요. 민후 씨가 아니었으면 이런 봉사를 할 생각도 안하고 나에게 좋은 것만 사고 먹고 즐기며 지냈을 거예요. 정말 소비를 위한 소비를 하는 인생이죠."

둘의 만남이 서로에게 자극을 주고 긍정적인 방향으로 발전하는 두 사람은 실로 하늘의 축복을 받은 연인이었다.

서로 사랑하는 감정이 차올라 두 사람은 진한 키스를 주고받았으며 앞으로 어떤 일이 있어도 헤어지기가 싫다고 생각했다.

두 사람은 아직 결혼도 생각히지 않았다. 결혼은 주변사람들이 하는 것이지 자신들과는 상관없는 것 같았다. 자신의 의지대로는 절대 못 할 것 같았다. 해야 할 피치 못할 사정이나 가족의 간곡한 요구라면 모를까….

두 사람은 다만, 곁에 있고 함께 뭔가를 하는 이 시간, 이 계절이 좋을 뿐이었다.

11

가을바람에 나뭇잎이 떨어져 수북이 쌓였다.

민후와 해린은 아이들을 데리고 보육원 근처 숲으로 갔다. 밤도 줍고 각자 맘에 드는 나뭇잎을 몇 개씩 주워 모으고 다람쥐가 잽싸게 나무 위로 오르는 것도 보았다.

배가 출출해져서 모두 양지바른 풀밭에 앉았다. 간식으로 싸 온

빵과 우유를 먹으며 놀던 중 얼굴에 여드름이 난 6학년 정호가 민후에게 첫 키스한 얘기를 해 달라고 하였다.

잔뜩 뜸을 들이던 민후가 예전에 봤던 영화를 자신의 체험인 것처럼 실감 있게 말해 주었다. 듣고 나서 아이들은 '에에, 선생님 비겁하다.'라고 하였고 해린은 거리낌 없이 말하는 민후의 모습에 어이가 없어 웃고 말았다.

아이들은 두 사람과 야외에서 놀거나 축구하는 시간을 제일 좋아하였다. 여섯 살 희선이는 커서 선생님과 결혼할 거라고 하였고 열네 살 경수는 선생님 같은 멋진 사람이 되어 자신도 봉사하며 살 거라고 하였다.

시간이 갈수록 정도 쌓이고 보람도 쌓였다. 직장에서 바쁘게 일을 하다가 주말에 보육원에 오면 머리가 씻기고 영혼이 맑아지는 것 같았다. 아이들의 순수한 기운이 두 사람에게 고스란히 전달되는 것이었다.

보육원에 갔다가 돌아올 때는 요양원에 가서 아버지를 만났다. 무슨 기적이 내렸는지 아버지도 몸이 좋아지고 있었다. 아이들에게 받은 활력이 민후를 통해 아버지에게 전달되는 것 같았다. 아버지는 이제 거동할 만하니 집으로 가고 싶다고 하였다. 집에서 글을 쓰고 아저씨가 만드는 것도 옆에서 거들며 여생을 보내고 싶다고 하였다.

온화하고 편안해진 아들 얼굴을 보고 나서 아버지는 해린의 손을 잡고 고맙다는 말을 하면서 눈물을 글썽거렸다. 변화된 아들 모습이 누구보다 기쁜 아버지였다.

마침내 그리운 집에 돌아온 아버지는 눈을 감고 깊은 숨을 몰아쉬며 이제부터 제2의 인생이 다시 시작된다는 사실을 감사하게 생각했다. 이제는 휠체어 대신 목발을 짚고 움직여서 훨씬 좋다고 하였다.

가사를 돌봐 주는 아주머니가 생겼고 집에는 전에 없던 활기가 생겼다. 민후는 이제 아버지 걱정은 하지 않게 되어 좋다며 해린을 보고 활짝 웃었다.

그런데 이번에도 민후가 사라졌다.

아이들 수업 때문에 만나기로 했는데 하숙집에 없었다.

"이모, 말해 주세요. 어머니 산소에 가는 거 아니에요?"

"직접 물어봐."

이모의 태도로 보아 어머니 산소는 아닌 것 같았다.

이모가 선뜻 알려 주지 않아서 궁금증이 더 커진 해린은 그 생각으로 머릿속이 가득 찼다.

'아버지 집에 갔다 올 때마다 도대체 어디로 사라진단 말인가?'

해린이 민후와 사귀는 걸 모르는 해린의 집에서는 더 나이 들기 전에 시집가라고 성화였다.

그 성화에 못 이겨 해린은 민후에게 부탁하였고 두 사람은 입막음을 하러 해린의 집을 찾아 서로 연인임을 선포하였다. 그리고 결혼은 때가 되면 할 거라고 안심시켰다. 두 사람에게는 어색한 자리였지만 해린의 가족은 인정하고 받아들이는 눈치였다.

해린의 아버지는 민후가 봉사하는 것에 점수를 후하게 주었고 정말 애 딸린 유부남을 데려오면 어떡하나 걱정이 많던 엄마는 해린이 남자 보는 눈이 그래도 걱정할 수준은 아니라며 민후에게 자꾸만 음식을 권했다. 할머니는 빨리 식 올려서 아기 많이 낳으라고 하면서 민후의 손을 꼬옥 잡았다.

민후에게는 몸 둘 바를 모르는 자리였지만 사랑이 있고 화목하고 가풍이 있는 모습이 보기 좋았다. 자신에게는 없는 가정의 화목함과 가족 구성원의 질서를 보았고 그 모습이 내내 부러웠다.

가족에게 인사를 하고 돌아가는 민후의 차 안에서 두 사람은 음악을 들으며 눈과 마음으로 대화를 했다.

민후가 먼저 입을 열었다.

"해린의 가족을 보니 나도 따뜻한 가정을 갖고 싶다."

"결혼하고 싶어요?"

"아직 결혼은 자신 없고 언젠가는 하겠지. 해린은 빨리 결혼하고 싶어?"

"나도 아직 결혼은 하고 싶지 않고 연애를 실컷 해서 추억을 많이 만들고 싶어요."

"결혼은 여러 가지로 책임이 따르는 중대한 일인 것 같아. 우선 양가의 가족에 대한 예의, 자식을 낳아 키우는 부모의 의무, 사회에 대한 의무. 그러고 보니 세상의 수많은 부모들에게 무한한 존경심이 생기네. 정말 결혼은 인생에 있어 큰 경이로움이야."

"서로 만나 데이트를 하다가 헤어지기 싫어서 결혼한다고 하지만 그건 피상적 표현이고 결혼은 엄숙한 행위이고 약속이고 맹세인 것이죠."

차창 밖으로 전봇대가 하나씩 지나가고 하늘은 푸르고 맑아서 마치 투명한 유리를 씌워 놓은 것 같았다. 그것을 보고 민후는 사람의 인생도 날씨와 닮았고 계절처럼 흘러간다고 하자 해린이 그에 동의하였다.

해린은 문득 생각이 나서 입을 열었다.

"아버지 댁에 갔다 오면 꼭 가는 곳이 있죠?"

"어? 무슨 말이야?"

"다 알고 있어요."

"아, 이모에게 들은 모양이네. 별거 아니야."

"별거 아니라뇨? 어머니 산소도 아니고 도대체 어딜 가는 거예요?"

"어머니 산소? 하하하⋯."

민후는 대답을 하지 않은 채 입을 닫았고 두 사람 사이에 침묵이 흘렀다.

해린은 대답을 회피하는 민후가 섭섭했다. 아직도 마음을 열지 않는 민후가 갑자기 미워지기 시작했다. 그래서 좌석에 몸을 비스듬히 누이고 팔짱을 끼고 눈을 감아 버렸다.

민후는 해린을 한 번 흘끗 보고 나서 계속 앞만 보며 운전을 하였다. 차는 해안도로를 한참 달리다가 어느 해안가 공터에 멈춰 섰다.

해린은 눈을 떴다.

해가 지고 있었다. 빛을 사방으로 쏘며 바다와 하늘을 노랗고 붉은빛으로 칠해 놓았다.

민후는 해린이 앉은 쪽으로 와서 문을 열어 주었다.

"여기가 어디예요?"

"응, 보여 줄 게 있어."

민후는 해린의 손을 잡고 어딘가로 이끌었다.

나무가 많이 있고 풀이 무성한 곳을 지나서 해안가 검은 갯바위가 있는 아래쪽으로 내려갔다. 온통 가파른 바위절벽이라 위험해 보였다.

해린은 민후의 손을 잡아 가며 조심조심 내려갔다. 내려가니까 바다가 떡하니 눈앞에 나타났다. 더 이상 나아갈 수 없는 끝이었다.

바로 앞에서 파도가 바위에 부딪쳐 깨지면서 하얀 포말을 만들었다.

민후는 해린을 조금 평평한 바위 위에 앉게 하고 옆에 앉았다. 사람의 얼굴도 갯바위도 석양빛을 받아 노랗게 빛났다. 해린은 이렇게 강렬한 석양을 바로 눈앞에서 본 적이 한 번도 없다는 생각을 하였다.

"아, 완벽한 석양을 보여 주는 거예요?"

그 말을 듣고 민후는 장난기가 발동하였다.

"어머니 산소가 아니라 여기야. 아버지 집에 갔다 올 때마다 힘들면 왔던 곳이 여기야."

"아, 이제야 궁금증이 풀렸네."

해린이 위로하듯 민후의 머리를 쓰다듬었다.

"얼마나 힘들면 여기까지 왔을까요?"

두 사람을 감싼 석양빛도 따뜻하게 둘을 위로해 주는 것 같았다.

서로 기대고 앉아 있는데 갑자기 민후가 '이제 그만 돌아가자.' 하면서 일어섰다. 얼떨결에 해린도 일어섰다.

갯바위에서 위쪽으로 올라가야 차를 세워 둔 공터로 가는데 민후는 조금 올라가다가 가파른 갯바위의 오른쪽으로 가더니 잽싸게 밑으로 뛰어내렸다.

조심히 따라가던 해린은 깜짝 놀랐다. 바로 눈앞에서 민후가 사라졌다. 밑에는 파도가 치는 바다인데 왜 저럴까, 수영을 하려고 저러나.

그때 민후가 해린을 불렀다. 해린은 또 다른 석양의 모습이 있어서 보여 주려나 보다 하며 조심히 민후가 사라진 쪽으로 갔다.

민후가 밑에서 안심하고 내려오라며 손을 내밀었다. 해린은 민후의 손을 잡고 천천히 발을 디디며 아래로 내려갔다.

해린은 깜짝 놀랐다.

바닷물이 일렁이는 갯바위일거라고 생각한 그곳은 모래 해변이었다. 하얗고 깨끗한 모래가 쌓인 둥그런 모양의 작고 조용하고 예쁜 해변.

'아니, 이런 곳에 모래사장이 있다니!'

조심히 걸어가서 모래 위에 서 보니 더 놀라웠다.

지붕과 담처럼 생긴 검은 돌이 붙은 형상으로 벽처럼 한쪽 면을 차지하고 있고 모래 위에 박혀 있는 돌은 평평하면서 동그란 모양으로 안으로 움푹 들어가 있고 모래사장이 양탄자처럼 넓게 펼쳐져 있었다.

지붕과 담 모양의 바위도 박혀 있는 돌도 모두 화산이 폭발하고 용암이 바다 쪽으로 흐르다 멈춰서 만들어진 것이라고 민후가 말했다.

해린은 세상과 동떨어진 곳에 온 것 같고 조용하고 따뜻해서 아늑한 느낌이 들었다.

민후가 해린의 손을 잡고 끌더니 여기 앉아 보라고 하였다. 모래

속에 반쯤 파묻힌, 둥글고 가운데가 움푹 들어간 의자 모양의 검은 돌 위에.

등을 대고 앉으니 햇빛을 받은 돌이라 따뜻하였다. 바로 눈앞에 바다가 있고 석양이 지고 조용해서 꿈을 꾸는 것 같았다. 정말 비현실적인 풍경이었다.

민후도 해린의 옆에 앉았다. 두 사람은 서로 기댄 채 아무 말도 하지 않고 해가 사라질 때까지 그대로 있었다.

12

며칠 후, 해린은 이모에게 전해 줄 게 있어서 하숙집에 갔다. 광고주에게 받은 녹차선물을 녹차를 사랑하는 이모부에게 양도하려고 간 것이다.

이모와 이모부는 반갑게 맞이해 주었다. 민후는 부산에 출장을 가고 없었다. 요즘 해린과 민후는 그 모래 해변에서 돌아온 후로 서로 바빠서 만나지 못하고 있었다.

해린이 말을 꺼냈다.

"그곳에 갔다 왔어요. 민후 씨가 아버지 집에 갔다 오면 꼭 찾아갔던 그 장소."

이모부가 말했다.

"아하, 이제 알았구나. 우리도 가 보고 깜짝 놀랐잖아, 그런 곳이 있었다니. 우리 낚시하는 사람들도 모르는 그런 장소를 민후가 알고 있었어."

이모와 이모부는 서로 얼굴을 보며 의미심장하게 웃었다.

"두 분은 어떻게 그곳을 알게 되었어요?"

이모가 말했다.

"전에 민후가 우리에게 꼭 보여 줄 곳이 있다며 데려가더라고. 혼자만 알려고 했는데 특별히 보여 준다면서…."

이모와 이모부는 번갈아 가면서 얘기를 해 주었다.

그곳은 민후가 갈 때마다 아무도 오지 않았고 와서 머문 흔적도 없어서 민후가 이름을 지었다.

'비밀의 해변, 히든 비치.'

엄마가 돌아가시고 외할머니의 집에 맡겨진 민후는 아무리 사랑으로 보살펴 준다고 해도 엄마의 사랑과 다르고 늘 마음 한구석 어딘가 허전하였다.

그래도 무사히 성장을 해서 대학 진학을 했고 군대를 갔다 와서 전역한 기념으로 혼자 제주도를 한 바퀴 돌았다.

오토바이에 짐을 싣고 달리다 마음에 드는 곳이 있으면 텐트를 치고 야영을 했다. 아침에 일어나서 라면을 끓여 먹고 커피를 마시고 나서 다시 길을 가다가 좋은 장소가 나오면 또 텐트를 치고 책을 읽거나 주변을 산책하면서 오롯이 혼자만의 시간을 즐겼다.

오토바이를 타고 혼자 하는 여행은 한편으론 힘들었지만 앞으로 헤쳐 나갈 일들에 대해서 생각하고 진짜 자신의 모습을 찾는 여정이 되어 주었다.

어느 날, 잠시 쉬려고 해안가에 앉았는데 이상하게 무언가가 자꾸만 민후를 끌어당기는 것 같았다. 민후는 자기도 모르게 일어나서 아래로 내려갔다. 민후의 의지가 아닌 어떤 힘이 자신을 어디론가 이끄는 것 같았다.

민후는 어느새 모래 해변에 서 있었다.

'이런 백사장이 있었나?'

주위를 둘러보니 모래에 반쯤 묻힌 둥글면서도 가운데가 움푹 들어간 작은 바위가 보였다. 그 자리에 앉아 보았다. 따뜻했다. 그다음, 비스듬히 누워 보았다.

무어라 형언할 수 없는 느낌이 들었다. 마치 엄마의 품 같이 따뜻하고 편안해서 민후는 저도 모르게 자꾸만 눈이 감겼다. 이 순간 엄마가 보고 싶어 미칠 것 같았다.

'지금도 엄마가 너무 보고 싶어. 시간이 흘러 다들 괜찮을 거라고 하지만 엄마가 없다는 이 허전한 기분을 누가 알까. 난 지금도 아프

단 말이야.'

민후의 얼굴에 눈물이 흘렀다. 걷잡을 수 없는 감정이 몰려와 한참 동안 울었다.

'근데, 여기 좋은데? 나만 아는 장소면 좋겠는데?'

스르르 잠이 들었다. 오랜만에 엄마가 꿈에 나타나 민후를 포근히 안아 주었다.

눈을 떴을 때는 이미 어두워졌고 하늘에 떠 있는 초승달이 지켜보고 있었다. 이 세상에 혼자만 있는 것 같았다. 민후는 한참 있다가 아침이 돼서야 그곳을 나왔다.

그 후로 엄마가 그리울 때나 일이 풀리지 않거나 스트레스가 쌓이면 자연히 찾아가게 되었다. 갈 때마다 마음속 응어리가 풀리고 차분해지고 머리가 시원해지는 것이었다.

그동안 갈매기만 머물다 갔을 뿐 아무도 찾아온 사람이 없었다. 정말 민후를 위한 민후만의 비밀의 공간이었다.

이모와 이모부의 말을 들은 해린은 생각했다.

'누구에게나 비밀의 공간이 필요해. 찾아가 마음의 위로를 받을 그 사람만의 공간이. 그곳이 어디이건 그 사람에겐 어느 곳보다 편안하겠지.'

이모부가 말했다.

"나도 나만의 비밀장소를 찾아볼까나."

이모가 발끈해서 말했다.

"무슨 소리예요?"

"난 산 쪽으로 찾아봐야겠어."

이모가 이모부를 향해 눈을 흘겼다.

민후가 출장에서 돌아와 두 사람은 다시 그 해변을 찾았다. 해린의 부탁 때문이었다.

해린은 모래를 작은 병에 넣어서 유미에게 보내 주고 싶다고 하였다. 민후가 그 해변에서 힘을 얻었듯이 일본에서 힘들어하는 유미에게 격려하는 뜻으로 보내고 싶다고 하니 민후는 좋은 생각이라고 하였다.

여전히 조용하고 따뜻한 그곳은 해린이 처음 봤을 때처럼 경이롭게 다가왔다.

해린과 민후는 꼬마 병에 조심스럽게 하얗고 고운 모래를 넣고 마개를 닫았다. 마치 두 사람의 사랑을 담은 것 같았다.

햇볕은 쨍쨍 모래알은 반짝

ⓒ 고윤희, 2024

초판 1쇄 발행 2024년 7월 17일

지은이   고윤희
펴낸이   이기봉
편집   좋은땅 편집팀
펴낸곳   도서출판 좋은땅
주소   서울특별시 마포구 양화로12길 26 지월드빌딩 (서교동 395-7)
전화   02)374-8616~7
팩스   02)374-8614
이메일   gworldbook@naver.com
홈페이지   www.g-world.co.kr

ISBN   979-11-388-3355-4 (03810)